산과 삶과 사람과 4

전라도의 산

산과 삶과 사람과 4

전라도의 산

발　행 | 2022년 02일 21일
저　자 | 장순영
펴낸이 | 한건희
펴낸곳 | 주식회사 부크크
출판사등록 | 2014.07.15.(제2014-16호)
주　소 | 서울특별시 금천구 가산디지털1로 119 SK트윈타워 A동 305호
전　화 | 1670-8316
이메일 | info@bookk.co.kr

ISBN | 979-11-372-7494-5
www.bookk.co.kr

글머리에

산이라는 이름의 공간, 거기서도 가장 높은 곳, 제가 그곳에 오르는 이유는 결코 그보다 높아지기 위해서가 아니었습니다. 그 높고도 웅장함 속에서 저 자신이 얼마나 낮고 하찮은 존재인지를 깨닫기 위함이 맞습니다.

그럼에도 그곳에서 내려와 다시 세상에 들어서는 순간 저는 거기서 얻었던 가르침을 까맣게 잊고 맙니다. 산과 함께 어우러져 세상 시름 다 잊는 행복감이 가물거리다 사라질 즈음이면 또다시 배낭을 꾸리게 됩니다.

시시때때로 자연의 위대함을 되뇌고 교만해지려 할 때 인자요산仁者樂山의 귀한 의미를 새기며 거기로부터 충분한 에너지를 받을 수 있었기에 감사한 마음으로 산에서의 행보를 기록해왔습니다.

얼마 전 갤럽은 우리나라 국민의 취미 생활 중 으뜸이 등산이라는 조사 결과를 발표했습니다. 주말, 도봉산역이나 수락산역에 내리면 그 결과에 공감할 수밖에 없을 것입니다.

그처럼 많은 등산객이 오늘 가는 산에 대하여 그 산의 길뿐 아니라 그 산에 관한 설화, 그 산에서 일어났던 역사적 사실, 그 산과 관련된 다양한 문화와 정보를 알고 산행하면 훨씬 흥미로울 거라는 생각이 들었습니다.

'산과, 삶과 사람과'는 그러한 취지를 반영하고 그 산에서의 느낌을 가감 없이 옮겨놓은 글과 그림들의 묶음입니다.

3

일부 필자의 사견은 독자 제현의 견해와 다를 수도 있다는 걸 알면서도 굳이 에둘러 표현하지 않았습니다. 다르다는 게 옳고 그름의 가름이 아니기에.

강원도, 경기도, 경상도, 전라도, 충청도의 5도에 소재한 산들을 도 단위로 묶어 감히 다섯 권의 책으로 꾸며 세상에 내어놓는 무지한 용기를 발휘한 것은 우리나라의 수많은 명산을 속속 들여다보고 동시에 이 산들이 주는 행복을 세세하게 묘사해보고 싶었기 때문입니다. 산이 삶의 긍정으로 이어지고 사람과의 인연을 귀하게 해준다는 걸 표현해내고 싶었습니다.

김병소, 김동택, 박노천, 박순희, 유연준, 유호근, 윤선일, 윤창훈, 이남영, 임영빈, 장동수, 최동익, 최인섭, 황성수, 홍태영, 강계원 님 등 함께 산행해주신 횃불산악회 및 메아리산방 산우들께 진정으로 감사드립니다.

이 미진한 기록이 돌다리처럼 단단한 믿음으로,
햇살처럼 따뜻함으로,
순풍처럼 잔잔함으로,
들꽃처럼 강인함으로,
별빛처럼 반짝이는 찬란한 빛으로……
그런 계기가 된다면 얼마나 기쁜지 모르겠습니다.

장 순 영

산과 삶과 사람과 4
전라도의 산

<차 례>

지리산 화대 종주, 염원을 넘어 직접 품다

오고 나면 진작 왔어야 할 곳,
힘들고 지루해 다신 오지 않으리라 맘먹고 떠나 미안해지는 곳,
예정하고도 여기저기 들르느라 늦어
멀리 돌아온 듯싶어 고개 숙이게 되는 곳

8월 중순 오후 5시, 서울에서 출발하여 전남 구례 화엄사 입구에 도착했을 때는 밤 9시가 넘었다. 함께 산행하며 우정과 의를 다져온 네 사람, 친구 병소와 계원, 은수 두 명의 후배가 동행했다.

깜깜한 어둠, 화엄사 인근에 터를 잡아 준비해온 먹거리를 풀어놓고 저녁 식사를 한다. 정각 자정에 출발하기로 했으니 두 시간여 시간이 남아있다.

"여기 화엄사에 우리나라에서 가장 큰 목조건물이 있다고 들었는데."
"맞아. 각황전이지."

조선 숙종 때인 1699년 공사를 시작하여 4년 만에 완공되었는데 숙종은 각황전이라는 이름을 내려주었다.

본래 이름은 장육전丈六殿이었다. 계파 스님은 스승인 벽

암 스님의 위임을 받아 장육전 중창 불사를 하고자 했는데 건축비 걱정에 밤새 대웅전에서 기도하였다.

"그대는 걱정하지 말고 내일 아침 길을 떠나라. 그리고 제일 먼저 만나는 사람에게 시주를 부탁하라."

비몽사몽간에 한 노인이 나타나 그렇게 말하고는 사라졌다. 다음 날 아침 일찍 절을 나서 길을 걷는데 간혹 절에 와서 일을 도와주고 밥을 얻어먹곤 하던 노파가 걸어오고 있었다. 스님은 난감하였지만, 간밤에 계시받은 대로 그 노파에게 장육전 건립을 위한 시주를 청했다.

"잘 아시다시피 밥도 구걸해 먹는 제가 어떻게……"

노파는 어이없었지만, 스님이 워낙 간곡하게 부탁하는지라 눈물을 흘리며 간절히 기원했다.

"이 몸이 죽으면 다시 왕궁에서 태어나 큰 불사를 할 수 있기를 원하나이다."

그리고는 길옆 늪에 몸을 던졌다. 너무도 갑작스러운 일에 스님은 놀라 도망쳤다. 몇 년간 걸식하며 돌아다니다 한양에 나타난 계파 스님은 궁궐 밖에서 유모와 함께 나들이하던 어린 공주를 보게 되었는데 공주는 스님에게 다가와 반갑게 매달리는 것이었다.

태어날 때부터 꼭 쥐어진 한쪽 손이 펴지지 않은 공주였는데 계파 스님이 쥔 손을 만지니 신기하게 손바닥이 펴졌다. 그런데 그 손바닥에는 '장육전'이라는 세 글자가 씌어 있었다. 이 소식을 들은 숙종은 계파 스님을 불러 자초지종을 듣고 감격하여 장육전을 지을 수 있도록 시주하였다고 한다.

"최대 목조건물이 어떻게 지어졌는지 알았으니 출발하자."

랜턴 불빛을 밝혀 이틀간의 여정을 최종적으로 점검한다. 도상거리 40km가 넘는다. 어느 정도의 긴장감은 보약이 될 수 있다고 여겼는데 이들은 이미 보약 한 첩씩을 먹은 표정이다. 정각 자정, 장도의 첫걸음을 내디딘다.

칠흑 어둠 걷어가며 하늘길 노고단을 오르다

지리산 화대 종주의 들머리 화엄사 탐방안내소에서 노고단

고개까지 7km, 성삼재에서의 비교적 편한 출발점을 시작으로 천왕봉을 찍고 중산리로 하산하는 일명 성중 종주는 일행 모두 경험이 있다. 이번에는 단일산 종주 코스로는 국내 산을 통틀어 최장인 전남 구례의 화엄사에서 경남 산청 대원사까지의 이른바 화대 종주이다. 어디선가 읽은 글귀다.

'화대를 염원하는 산객은 많지만, 화대를 품에 안은 산객은 그리 많지 않다.'

그만큼 고행길이라는 의미를 함축한 말일 것이다. 과연 그걸 품을지는 지리산을 안아보고 지리산에 안겨본 다음의 일이다.

예로부터 구례는 세 가지가 크고 세 가지가 아름다운 곳이라 하였다. 지리산, 섬진강, 구례 들판이 삼대三大에 속하고 수려한 경관, 넘치는 소출, 넉넉한 인심을 삼미三美로 들었다. 이중환의 택리지에도 '봄에 볍씨 한 말을 논에 뿌리면 가을에 예순 말을 수확할 수 있다'고 구례를 언급하고 있다.

구례의 가파른 밤길 걸으며 올려다본 하늘은 온통 성전星田이다. 칠흑 어둠 뚫고 화사하게 부서지는 별빛 받아 오르며 우리 네 사람 모두에게 의미 충만한 도전이며 행복한 결실로 마무리되기를 소망한다.

"이 근방 어디에 매천사가 있을 거야."

조선 후기의 우국지사 매천 황현을 기리기 위한 사당인 매천사梅泉祠(전남 문화재자료 제37호)를 말하는 것이다. 매천은 28세 때 과거시험에 장원급제하였으나 시골 출신이라는 이유로 차석으로 떠밀리자 벼슬길을 마다했다.

5년 후 아버지의 권유로 생원시에 응시해 역시 장원으로 합격했지만 썩은 관리들의 행태에 질려 관직을 버리고 구례로 내려와 후학 양성에 온 정성을 쏟았다.

백발이 성한 나이에 난리 속을 만나니
이 목숨 끊을까 하였지만 그리하지 못하였네
오늘에는 더 이상을 어찌할 수 없게 되었으니
바람에 날리는 촛불만이 푸른 하늘에 비치도다

매천은 조선이 일본에 합방되자 절명시絶命詩를 남기고 목숨을 끊었다.

"생가가 있는 광양에 매천 역사공원이 조성되었고, 이곳 구례에는 매천도서관이 있다더군."
"애국심으로 똘똘 뭉친 충직하고 올곧은 선비라고 들은 바 있어요."

바람도 잠이 들어 고요하여 별빛 부서지는 소리라도 들릴 것만 같은 어둠을 뚫고 코재라고도 불리는 무넹기고개에 이르렀다. 출발지부터 5.9km의 가파름을 오르자 숨이 가쁘다. 노고단 대피소에서 배낭을 내려놓으니 역시 산은 인생과 크게 다르지 않다는 걸 거듭 느낀다. 힘들었다가 풀리고 풀린 듯싶으면 다시 버거운.

산에서 먹는 식사는 때와 장소와 관계없이 꿀맛이다. 이른 새벽 식사를 마치고 노고단 고개에서 대장정의 각오를 새롭게 다져본다. 오늘과 내일, 자신과 험한 투쟁이 되겠지만 이들 두 후배와 친구에게 평생 간직할만한 추억의 장이 되었으면 좋겠다.

지리산 산신이자 한민족의 어머니라고 전해 내려온 노고 할미의 유래가 있는 곳, 막 올라온 화엄사계곡과 심원계곡이 발원되는 길상봉이 표고 1440m의 노고단이다. 700m 거리의 노고단까지 다녀오고 싶었지만, 오전 10시에나 출입할 수 있단다.

여기서부터 길고 지루한 능선이 시작된다. 많은 재와 령을 넘고 그만큼의 봉을 거슬러 올라야 천왕봉까지 닿게 된다.

"우리 모두에게 육신의 힘과 강한 정신력을 주시어서 우리가 목적하고 고대한 종주 산행을 안전하게 마무리하도록 해주소서."

헤드랜턴을 접어도 될 만큼 여명이 밝아오자 끝도 없는 바다에 파도가 출렁인다. 구름이 해일처럼 높아지는 곳에 잠기지 않으려는 봉우리는 작은 섬처럼 삐죽하게 꼭지만 보일 뿐이다. 지리산 10경 중 하나인 노고 운해다. 좁은 능선에서 눈 돌리는 곳마다 큼지막한 신작로가 하얗게 펼쳐져 있다. 마루금마저 가려져 아무것 없이 구름안개만 널브러졌다.

그러나 가려졌어도 모든 걸 뚜렷하게 보여주고 있다. 가려짐 속에서 저처럼 확연히 드러나는 면모가 세상 어디엔들 있을까 싶다. 무언가를 보여주려 애쓸수록 하염없이 가려지기만 할 뿐인 인간사 허다한 행태와 너무나 다른 모습을 지금 두 눈으로 확인하고 있다.

이원규 시인은 '행여 지리산에 오시려거든'에서 노고단 구름바다에 빠지려면 원추리꽃 무리에 흑심을 품지 않는 이슬의 눈으로 오라고 했다. 이슬의 눈을 되뇌다가 고개가 숙어지며 가늘게 눈을 접고 만다.

"아직도 나한테 미련처럼 남아있지는 않을까."

무언가에 대한 집착이 아직 남았다면, 누군가에 대한 원망이 아직도 다 스러진 게 아니라면 저 속에 모두 던져버리고 싶다. 여기서 그런 생각이 드는 게 우스웠고 그런 것들을 저 속에 버리는 건 자연훼손일 게 틀림없다고 생각하며 피식 웃는다.

멧돼지가 많이 출몰해서 이름 붙여진 돼지령, 돼지 평전에서 겹겹 산산, 첩첩 골골 그득 담긴 운해를 바라보는 일행들의 모습이 아직 싱싱하다. 멧돼지라도 잡으면 안주 삼아 술잔을 기울일 수 있는 표정들이다.

운해와 이들을 번갈아 보노라니 속세에서의 근심과 갈등은 먼지처럼 사라지고 비단결 같은 포용과 살가운 배려, 자애로운 풍요가 내면에 자리 잡는다.

역시 산은 자아를 돌아보게 한다. 특히 광활한 지리산 사방으로 뚫린 공백에서는 더욱 그렇다. 결국에는 집착이나 원망 따위의 하찮은 사고를 평화로 대체시켜주지 않는가 말이다.

이들이 산에서처럼 영원히 선후배 이상의 우정을 새길 수 있기를, 우리가 시간이 지날수록 건강하게 더 많은 추억을 만들 수 있기를. 산에 존재하므로 현재의 순간들이 중하고, 머문 공간마다 귀함을 깨닫게 된다.

사람 변하고 세상 바뀌어도 저 깊은 골 푹신한 운해는 늘 거기 그대로 있을 것이다. 사람이 변해 속상하거든, 세상 바뀌어 어지럽거든 우리 오늘 속에 꾹꾹 눌러 담은 지리 운해 떠올리며 지혜로이 풀어 가세나.

유순한 동물의 등짝만큼이나 아늑한 능선에서 진정 바라는 걸 염원하고 소망하며 걷다 보니 임걸령이다. 표고 1320m 의 임걸령은 주변에 큰 나무들이 많이 늘어서서 녹림호걸 들의 은거지로 삼았다 하여 붙여진 이름이라고도 하고, 의 적 두목 임걸林傑의 본거지라 불린 명칭이라고도 한다. 10m쯤 아래의 임걸령 샘은 한겨울 눈이 펑펑 내리고 얼음 이 꽁꽁 얼어도 물이 콸콸 나온단다.

다시 고개 돌리면 저 아래로 피아골이다. 인위적으로는 도 저히 빚어낼 수 없는 현란한 색상의 단풍, 양력 시월이면 산이 붉게 타고, 물도 붉게 물들고, 그 가운데 선 사람까지 붉게 물든다는 삼홍三紅의 명소이자 지리산 10경에 속하는 피아골이다. 설악산 천불동이나 흘림골의 단풍과 비교하라 면 쉽사리 답을 낼 수 없을 만큼 극도의 아름다움을 지닌 곳이다.

"6.25로 인해 피아골이라고 불린 거죠?"

6.25 한국전쟁 때 피를 많이 흘려 '피의 골짜기'라는 의미 의 명칭은 와전이다. 피아골은 전쟁이 발발하기 전에도 그 렇게 불렸었다.

피아골의 '피稷'는 논밭에서 자라는 1년생 볏과잡초로 어 원상 피밭골이 변해 칭하게 된 지역명이라는 게 정확할 것 이다.

시련을 흔쾌히, 마고할미 만나러 반야봉으로

아침 햇볕이 따가워지면서 머리와 이마에서 땀방울이 솟기 시작한다. 지리산 주 능선의 구간들을 하나씩 둘씩 거쳐 가는 게 흥미로움보다 지루함이 먼저 앞서면 힘에 부치고 있음이다. 아직은 다들 그 정도는 아닌가 보다. 걸음걸이가 가벼워 보인다.

노루가 지나는 길목이라는 설도 있지만, 반야봉의 지세가 피아골 쪽으로 가파르게 흐르다가 잠시 멈춰 노루가 머리를 치켜든 형상과 흡사하여 명명된 노루목. 삼거리에서 가던 방향인 삼도봉 쪽으로 직진해서 체력을 아낄 수도 있겠지만 굳이 오르막 좌회전 신호를 받고 만다.

노루목에서 1km의 거리지만 천왕봉에 이어 지리산 제2봉인 반야봉(해발 1732m)인지라 녹록지 않을 것이다. 해발 1875m로 지리산에서 두 번째로 높은 중봉보다 낮지만, 반야봉은 높이에 구애받지 않고 지리산 이인자로 자리 잡았다. 반야봉 오르는 것이 시련이라면 그걸 사서라도 우린 해내련다. 다들 그런 마음이다. 일부러 찾지 않는다면 쉽사리 오기 힘든 곳이다.

본래 천신天神의 딸이었다가 지리산에 머물게 된 마고할미와 혼인한 도사 반야가 불도를 닦던 봉우리라 하여 명명

16

된 곳이다. 또 우리나라 제일의 반야 도량이라고도 하는데 여길 100번 오르면 득도의 경지에 오른다고 한다.

"우리가 득도할 일 있겠나."

한 번 오르고 무겁게 지닌 허황한 보따리 있거들랑 내려 놓으면 그만 아니겠나. 단지 더 지혜로울 수 있다면 만족하는 거지. 반야般若란 불교의 반야심경에서 지혜 또는 밝음을 뜻한다.

"이 봉우리 아래로는 환란幻蘭이라고도 부르는 풍란이 꽤 많이 자생한다더군."

마고할미는 천상에서 지리산에 왔다가 한눈에 반한 반야와 결혼하여 천왕봉에서 행복한 나날을 보내며 딸만 여덟 명을 두었다. 그러던 어느 날 반야는 자신의 도가 부족함을 느끼고 반야봉으로 떠난다.

"도를 깨치면 바로 돌아오겠소."

그러나 반야는 수많은 세월이 흘러도 감감무소식이었고 마고할미는 그리움을 견디며 나무껍질을 벗겨 남편이 돌아오면 입힐 옷을 만들었다.

그러는 사이 마고할미가 늙어 딸들을 부양할 수 없게 되자 전국 8도에 한 명씩 내려보내 무당이 되게 하였고 기다림에 지친 마고할미는 끝내 돌아오지 않는 반야를 원망하며 정성껏 만든 옷을 갈기갈기 찢어버린 뒤 숨을 거둔다.

천왕봉에서 찢겨 날린 옷 조각들은 반야봉으로 날아와 소나무 가지에 흰 실오라기처럼 걸려 기생하는 풍란風蘭으로 되살아났다.

이후 후세 사람들은 반야가 불도를 닦던 이 봉우리를 반야봉으로 지칭했고, 8도로 내려간 마고할미의 딸들은 무당의 시조가 되었다고 한다. 그 후 수많은 무속인이 마고할미(천왕 할머니)의 제를 지내기 위하여 몰려들고 있다.

"우리가 엄청난 곳에 올라와 있는 거로군."
"엄청난 곳이지. 여인네의 엉덩이 위에 올라와 있으니."

반야봉은 지리산의 어느 방향에서 보아도 여인네의 엉덩이와 비슷한 모양을 하고 있다.

"갑자기 조심스러워지는데요."
"하하하!"

지리산 제3경인 반야 낙조는 시간대가 맞지 않아 접할 수 없지만, 저 아래 만복대와 정령치 쪽을 내려다보노라면 해 넘이의 장관이 얼마나 멋질지 상상이 되고도 남음이 있다. 내려가며 둘러보면 한쪽은 운무가 피어오르고 다른 쪽은 마루금이 선명하다. 지리산은 한순간에도 온갖 다양한 모습을 창출한다.

임걸령 지나 노루목에서 방향 틀어
반야봉 오르는 가파른 고갯길
만복대에서 정령치로 운무 가득 고여
산자락 바다 되어 포말처럼 물결 일고
진초록 녹음은 가을 향할 기약 없이
폭염 막아주는데
그려, 계절이 무슨 상관이랴
지리산 길고 지루하나 우리 네 사람
한데 어우러져
마냥 호기롭고
무르팍 아직 성성하기만 한데

오고 나면 진작 왔어야 할 곳, 힘들고 지루해 다신 오지 않으리라 마음먹고 떠나 미안해지는 곳, 예정하고도 여기저기 들르느라 늦어 멀리 돌아온 듯싶어 고개 숙이게 되는 곳. 둘러보면 그간의 삶 부끄럽게 다그치는 곳이다.

내려가서 세상 찌든 삶에 허접스럽게 섞이노라면 다시금

마음 추스르게 하는 곳이다.

지리산은 그래서 어머니의 품이고 내 친구의 우정이며 내
내일의 멘토이다. 십 수 번을 왔지만 올 때마다 그런 생각
들게 하는 곳이 지리산이다. 그런 지리산을 그저 걸어 종주
하는 장소로만 여긴다면, 그건 어리석다.

또 가자. 칠선봉 넘고 영신봉 넘어 세석으로

전라남북도와 경상남도의 접경인 삼도봉을 지나고 꽃이 활
짝 핀다는 고갯마루, 화개재에 이르렀다. 지날 때마다 느끼
지만 여기서 물물교환의 장터가 열렸다는 게 좀처럼 실감
나지 않는다. 뱀사골 입구의 반선 마을과 목통 마을에서 올
라온 짐들을 여기 풀어놓고 서로 흥정하며 거래가 이루어
졌다고 한다.

"참으로 가공할 생활력이군."
"도대체 얼마만큼의 짐을 이고 왔을까요?"
"적어도 우리 배낭보다는 무겁지 않았을까?"
"어휴, 내려갈 때도 그만큼의 짐을 지고 내려갔을 텐데."

큰 산 너머 이질적인 지역에 사는 사람들이 서로의 삶과

애환을 풀어갔던 시절을 떠올리다가 문득 조선 건국에 대한 설화가 떠오르는 것이었다.

"태조 이성계는 지리산을 불복산이라고 불렀다더군."

고려 말 이성계가 뜻을 펼치고자 전국 명산을 찾아 기도 드렸는데 지리산에서만은 태우려는 종이에 불이 붙지 않았다고 한다. 그래서 반역을 의미하는 불복산不服山으로 불렀으며 조선 건국 후에는 지리산 자락에서 태어나고 자란 사람한테 국사를 맡기지 않았다고 한다. 자신에게 불복하고 반역을 꾀할 수 있을 거라고 판단했기 때문이었다.

"지역감정을 조장하는 계기가 되었군."
"역성혁명을 반대한 호남지역의 정서를 반영한 설화이기도 하겠지."

그 옛날 장날의 화개재를 상상하며 다시 걸음을 옮기는데 느닷없이 지리산 반쪽이 운무로 덮인다. 왔던 길이 흔적 없이 가려졌다. 연평균 강우량이 1200mm가 넘고 연중 맑은 날이 100일도 되지 않는다는 지리산답다.

아마 지리산 일대 주민들이 불교보다 하늘을 믿고 하늘에 운명을 맡기는 민간신앙에 치중했던 건 지역에 따라 심한 기온 차와 강우 등 급변하는 기후조건 때문이 아닌가 싶다. 지나와 바라보는 봉우리들은 자취를 감추었고 다가갈 봉우리들은 멀고도 높다. 체력소모를 체감할 만큼 걸었다.

"여기서 쉬었다 가자."

숲속 개울물 줄기가 구름 속에서 흐른다고 하여 명명된 연하천烟霞泉은 그 명칭만큼이나 아름답고 물이 넘쳐흐르는 곳이다. 연하천 대피소에서 식수를 보충하고 허기진 배를 채운다. 역경을 이겨낸 사람만이 거기서 얻어낸 극복의 진가를 맛보는 것. 평생 행복하기만 한 사람이 행복의 개념을 잘 모르듯 달콤한 초콜릿처럼 고행 후의 휴식 중에 그늘과 양지가 반복되는 장점을 사고해본다.

형제봉 지나 벽소령에 이를 즈음 언제 그랬냐 싶게 꾸물거리던 운무가 말끔하게 걷혔다. 시오리 지나 급살 맞은 봉우리 또 올라서면 발목 시큰해도 보이는 것마다 황홀경이다. 굽이돌고 또 굽이돌아 허리 뻐근해도 내려다보아 눈에 박히는 곳마다 무아지경이다. 안개가 걷혀 산그리메 수려하거늘 한여름 더위는 더욱 뜨겁게 내리쬔다.

창백한 달빛에 드리운 그림자
새벽 햇살이 걷어내니
벽소령 고목은 속살까지 투명하다.

햇살 피해 숨어있던 작은 실바람이
부러지고 찢긴 나뭇가지에 붙었더니
검붉게 멍든 생채기도 참하게 아물었다.
그래도 아직 먼 여름
폭우에 젖었다가 폭염에 버티려면
지리산 능선만큼 요원하기만 하다.

태고의 정적 속에서 고사목을 비추는 벽소령의 밝은 달빛은 천추의 한을 머금은 양 시리도록 차갑고 푸르다고 하는데 지리산 10경 벽소 명월을 표현한 말이다. 하늘을 흐르는 은하수와 함께 창백하게 뜬 보름달을 바라보노라면 얼마나 신비스러울지 그림이 그려진다. 벽소령대피소를 떠나 선비샘에 이르러 목을 축인다.

"지금은 서서 물을 받을 수 있지만, 예전에는 고개를 숙여야 물을 받을 수 있었다더라."

산 아래 상덕평 마을에 평생 가난하여 사람들한테 천대만 받으며 살아온 노인이 있었다. 이 노인의 유언은 죽어서라도 사람들한테 인사를 받아봤으면 하는 것이었다.

후에 노인이 죽자 아들들은 이곳 선비샘 위에 아버지를 묻어 많은 사람이 샘에서 물을 뜨려면 반드시 무릎을 꿇고 고개를 숙이도록 함으로써 아버지의 무덤에 절하는 격이 되게끔 하였다고 한다.

"똑똑하고 효자인 아들들을 둔 노인이었네."

덕평봉에 이르렀을 때는 수분이 모두 빠진 것처럼 땀으로 축축하다. 칠선봉과 영신봉을 지나 세석에 이르는 약 4km 길만 견디면 오늘 행군을 마치게 된다.

덕평봉에서 둘러보는 첩첩 산마루도 편안하고 아늑하다. 지리산이 종종 설악산과 비교되는 건 화려하진 않지만, 도저히 자기주장이라곤 없을 듯한 광활한 품새 때문일 것이다. 아무리 잘못을 저지른 자식에게도 회초리를 들 것 같지 않은.

세석평전이다. 철쭉 대신 희열이 만발한 고원이 너른 품을 벌린다. 5~6월 저기 안갯속에 결코 호사스럽지 않게 피는 연분홍 철쭉의 목가적 풍치 또한 지리산 10경이다. 실제 도보거리 30km가 넘는 오늘 하루의 강행군을 세석대피소에서 마감한다.

천왕봉, 해 뜨는 지리 제1봉으로 다시 어둠을 뚫고

대피소에서 이번처럼 편안하게 잠든 적이 없었다. 새벽 두

시에 기상하여 수프로 간단히 요기하고 화대 이튿날의 긴 거리를 잇는다. 어둠 속 촛대봉을 지나 장터목까지 새벽바람 가르는 걸음걸이가 경쾌하다.

봉우리 하나 넘어서면 또 하나의 봉우리가 다가선다. 여기 지나서도 곧 다른 봉우리 있으리니 서둘지 마라. 붙들어 세운다.

온통 까만 세상이지만 연하 선경의 중심 연하봉을 모른 채 지나칠 순 없다. 여기도 지리 10경에 드는 곳으로 신선의 세계를 눈에 담을 수는 없지만 늘어선 고사목의 향이 그윽하고 바람결에 무언의 소리를 듣게 된다.

"바위에 이슬 고이면 길 더 미끄러워 조심스러우니 마음 앞서지 말고 지친 다리 주무르고 거친 숨결 고르시게."

장터목대피소에 머무는 것도 잠깐, 또 다른 봉우리 제석봉에서는 늙은 고목이 쓸어주는 비탈길 살그머니 밟고 바삐 지나간다. 혹여 천왕봉 일출에 늦을까 봐 속도를 붙였으나 해는 구름 속에서 뒤척거리며 게으름을 피우는 중이다.

통천문을 지나면서 동이 트기 시작한다. 새벽 땀방울에 젖은 산사나이들의 모습이 이슬보다 청초하다는 생각이 든다. 일행의 땀방울을 말려주는 여명이 명품 코디의 화장술처럼 느껴진다.

"제발 오늘도 어제만큼 날씨가 좋았으면."

지리산은 국지성 호우가 자주 발생하는 산악지형이라 언제 날이 급변할지 모른다. 1년 강수량이 1300mm가 넘는다. 금요일이었던 1998년 7월 31일 밤 10시경부터 8월 1일 오전까지 영호남 지역에 퍼부은 폭우로 지리산 일대, 특히 피아골, 뱀사골, 대원사 계곡 등지에서 산악지역 재해 사상 최대의 수해가 발생하였다.

영호남에 최고 226mm의 폭우가 쏟아져 8월 2일 오후 9시까지 105명의 사상자 중 지리산에서만 27명의 사망자와 60여 명의 실종자가 발생하였다.

여름 최성수기 휴가철이자 주말을 끼고 있어서 가족 단위의 수많은 피서객이 지리산 계곡에 몰려 야영하다 참변을 당한 것이다.

그보다 한참 전 학생 시절, 2박 3일의 지리산 종주 내내 빗속을 행군하고 비에 젖은 텐트에서 축축하게 밤을 보냈던 기억이 생생하게 떠오른다. 그런 지리산인지라 비에 젖을세라 떠오르던 태양이 숨어 버릴까 봐 조바심이 생긴다.

'한국인의 기상 여기서 발원되다.'

천왕봉, 해발 1925m. 남한 내륙에서 가장 높은 봉우리다.

정상은 일출을 맞이하려는 산객들로 붐볐다. 3대가 덕을 쌓아야 볼 수 있다는 천왕 일출, 지리산 제1경이다. 두 해 전 계원이와 둘이 왔을 때의 새벽엔 추적추적 비가 내렸었다. 작년에도 해 뜨는 걸 못 보고 등을 돌렸다. 천왕봉에서 해 뜨길 기다리는 게 이번이 다섯 번째다.

"오늘은 우리 할아버지, 아버지와 저 자신을 다시는 원망하지 않게 하소서."

작년에 처음 와서 일출을 본 친구 병소의 충만한 덕으로 인해 무임 승차할 수 있으려나 모르겠다. 30분을 기다렸으나 동편 하늘은 잿빛 구름 그대로다.

"줄듯 말 듯 애태우는 그대는 붉은 서기 내뿜으며 정녕 뒤태만 보여줄 것인가."

시간을 아껴 중봉으로 향해야 할지 갈등이 생긴다. 여명을 가린 구름은 더 위로 치솟으며 불안감만 증폭시킨다.

"에이, 오늘도 틀렸어."
"잠깐만."

그런데, 등을 돌려 다음 행선지로 방향을 틀었는데 회색 구름밭을 뚫고 붉은 광채가 홀연히 솟아오르기 시작하는 게 아닌가.

"우와! 대박!"

날마다 뜨는 해가 이처럼 반가울 줄이야. 지리산에서의 일출이기에, 올라온 이만 볼 수 있는 천왕에서의 해돋이이므로. 그래서 천왕봉 일출은 지리산 비경 중 으뜸이라는 비주얼적인 아름다움보다 또 다른 의미가 내재해 있는 것 같다. 삶에서의 여러 긍정적 측면을 상징하는 의미, 진인사대천명의 숙어처럼 성실한 노력을 다한 자의 숙연한 기다림 같은, 의지와 창의로 소망하는 걸 이루고야 마는 인내의 표상 같은……

어쨌거나 오늘 보는 일출은 마치 천지개벽의 순간을 연상하게 한다. 천왕봉에서 새벽 추위에 떨며 기다린 지 다섯 번째 만에 그예 보게 된다.

너무나 찬란하여 황홀하기까지 한 장관을 보고 있으려니 어제부터의 피로가 일순간에 가신다. 조상의 덕으로 보게 되는 일출이 아니라 오늘 우리가 천왕 일출을 봄으로써 우리 자손들이 충만한 덕을 쌓아 많은 이들에게 선을 행할 수 있기를 기도한다.

오늘 우리가 무사히 하산하고 또 삶이 다할 때까지 우정 이어가며 오래도록 함께 산행할 수 있기를 소망하며 다음 여정 중봉으로 향한다.

"또 오게 될 때까지 편안히 계십시오. 오늘 해 뜨는 모습 보여주어 감사합니다."
"잘들 가게나. 난 항상 여기 있으니 그대들이 오랫동안 발길 끊으면 세상 떠난 거로 알겠네."

내려서면서 뒤돌아본 천왕봉의 산객들은 아직도 환희에 휩싸여 있다.

바위 녹아내릴 듯 뜨거운 여름 천왕봉
치렁치렁 매달리고 목말 탄 식구들
모두 떠나도
헐거워진 고목들 늘어세워
다시 올 새날 위해
기도 올린다.
계절 지나 갈색 낙엽 뒤엉키고 부스러져도
엷은 햇살 뿌려가며 또 오는 이 마중하고
떠나는 이 배웅한다.
다 주어도 모자라
안타까움 금치 못하는 그대는

맛난 반찬 고른 젓가락 자식 입에 넣어주는
자상하기 그지없는 어머니이다.

속세로 내려서는 긴 유람을 안전하게

산행의 최종 목적은 안전한 하산이다. 그러려면 끝까지 적
당한 긴장감을 유지하는 것이 관건이다. 좁은 산길, 이슬
젖은 산죽이 바지와 신발을 젖게 하지만 싱그럽다. 끈 풀린
등산화 조여 매고 몇 바퀴 굽이돌자 중봉이다.

걸어온 길, 까마득히 보이는 노고단과 여인네의 풍성한 엉
덩이 같은 반야봉을 바라보며 어제부터의 여정을 되짚어본
다. 짚이는 곳마다 숨이 가쁘지만 현란한 여정이다.

산에 오르면 헤아리고 가다듬어 차곡차곡 쌓아두게 된다.
산에 오면 아쉬워 남겨두었던 것들 쓸어 모아 툭툭 던져버
리게 된다. 눈에 가득 아름다웠던 날들, 감사했던 이들 여
미어 담아두게 되고, 없어져도 그만일 욕구 부스러기들 훌
훌 털어버리게 된다. 겹쳐 포개진 산그리메를 바라보며 버
려야 할 것들, 간직해야 할 것들 새기고 되새기며 잇고 끊
음의 진리를 깨닫게 한다.

그늘 길이지만 건조한 무더위가 따갑다. 그래도 막바지 하
산하는 걸음은 가볍고 경쾌하기만 하다. 써리봉을 내려와
시야에서 곧 사라질 지리 제1봉을 아쉬워한다.

30

몇 번의 나무계단 오르고 내려서길 반복해서 하산 길 유일한 대피소, 치밭목 산장에 도착한다. 식수를 보충하고 다시 하산할 즈음 화대 종주 산악마라톤 참가자들이 눈에 띄기 시작한다.

치밭목부터 보폭을 늘려 속도를 냈다. 막바지에 흘린 땀이 아마도 어제와 오늘을 더 진한 추억으로 각인시켜줄 것 같았다. 안전이 최우선이지만 일행들의 걸음걸이는 붙은 가속을 소화해내기에 충분해 보인다.

마라토너들이 줄줄 꼬리를 물자 이들에게 식수 대주는 보조 임무까지 맡게 된듯하다.

개인적인 견해지만 산에서, 특히 우리나라 최고의 명산에서 산악마라톤을 개최하여 나무와 새들을 놀라게 하면서 뛰게 한다는 발상이 너무나 독선적이고 이기적이란 생각이 든다.

"반달곰이 다른 산으로 피신하는 이유가 있었군."
"지리산에 반달곰을 방사한 건 곰과 사람이 자연과 함께 공존하자는 거였는데 말이야."

단순한 멸종위기 동물의 복원에 그칠 것이 아니라 상생의 효과가 얼마나 지대한지를 깨우쳐 반달곰과 함께 살아가기 위해 사소한 부주의라도 놓쳐서는 안 될 것이다.

"원래 지리산의 주인은 곰이었고 호랑이였었거든."

마라토너들에게 길 비켜주며 보폭의 리듬을 깨뜨리긴 했지
만 무제치기 다리를 지나 냅다 유평 날머리까지 이르렀다.
결과가 좋을 때 고행을 함께 겪은 이들은 공통된 행복감을
느낀다.

함께이기에 그 포만감은 큼직하다. 감사하다. 고맙다. 그
어떤 인사말로도 속에서 부풀어 오르는 감사의 마음을 전
달하기엔 부족하다.

전우로서 함께 전투를 치르며 삶과 죽음의 경계를 넘어선
상황과 비교하는 건 무리가 있지만, 산에서 함께 땀을 흘리
고 고초를 극복해내며 목표 지점까지 완주한다는 건 동반
의 가치, 서로라는 의미를 가슴 뜨겁도록 각인시킨다.

"화대를 같이 했다는 건 삶의 한 구간을 같이 했음이다."

병소, 계원, 은수. 함께한 이틀 밤낮의 여정은 두고두고
가슴 뭉클한 감사의 심정으로 남게 될 것이다. 단 한 번도
산행에 개인 의사를 표하거나 힘든 내색을 하지 않은 이들
이 대견스럽고 역시 고맙기 한량없다.

대원사 계곡 맑고 풍부한 계류에 풍덩 뛰어들어 몸을 푹
담그고 지난 이틀의 땀을 씻어내는데 이 이상 행복할 수는

32

없다는 표정들이다.

때 / 여름
곳 / 1일 차 : 화엄사 - 화엄사 매표소 - 화엄사계곡 - 무넹기고개 -
돼지령 - 임걸령 - 노루목 - 반야봉 - 삼도봉 - 화개재 - 토끼봉 -
명선봉 - 연하천 대피소 - 형제봉 - 벽소령대피소 - 덕평봉 - 칠선봉
- 영신봉 - 세석대피소 (도상거리 30km)
      2일 차 : 세석대피소 - 촛대봉 - 삼신봉 - 연하봉 - 장터목대피
소 - 제석봉 - 통천문 - 천왕봉 - 중봉 - 써리봉 - 치밭목 대피소 -
유평 계곡 - 유평리 - 대원사 탐방안내소 (도상거리 18km)

세월과 추억의 가파른 흐름, 만추 내장산과 백암산

오를수록 내장산은 산으로서 갖춰야 할 조건이란 게 있다면
그러한 걸 대다수 갖추었단 생각이 들게 한다.
오르며 두루 살필수록 강인한 생명력, 찬란하고 카리스마 넘치는
아름다움에 고개를 끄덕이게 된다.

춘 백양春 白羊 추 내장秋 內藏,

백암산 백양사 일대는 봄이 일품이고 내장산은 가을이 아름답다고 해서 이런 말이 나왔으리라. 하나의 국립공원 내에 있으면서도 계절에 따라 확연히 도드라지는 풍광을 추켜세운 표현이다.

또 백암산은 겨울 설경도 뛰어나 내장산 가을 단풍, 금산사 봄 벚꽃, 여름 변산반도의 녹음과 함께 호남 4경에 속하니 일일이 계절에 맞추지는 못하더라도 이곳을 찾는 건 많은 산행 계획표 중에도 앞줄에 놓여있다.

내장산은 주봉인 신선봉을 중심으로 연지봉, 까치봉, 장군봉, 연자봉, 망해봉, 불출봉, 서래봉, 월령봉의 아홉 봉우리가 말발굽형으로 둘러서 있으며 봉우리들 사이로 골이 깊고, 곳곳 기암절벽들이 저마다 개성 강한 위용을 드러내고 있다. 동국여지승람에서는 지리산, 월출산, 천관산, 능가산

(내변산)과 함께 내장산을 호남 5산으로 추렸다.

무공해 단풍 열차에 몸을 실어

가을은 잎이 꽃이 되는 시절이다. 붉게 물든 가을 산하에서 뜨겁게 데었던 화상을 치료하고 마음의 위안도 받게 되는데 내장산에서 특히 그렇게 할 수 있다.

중추 절정의 내장산은 입구부터 붉은 단풍과 탐스러운 감나무가 호남의 대표적 가을 산이자 명실상부한 단풍 명소임을 드러낸다.

불 지펴 활활 타오르는 선홍빛 단풍은 오는 손님들을 입구부터 맞이하고 바위 봉우리들은 저만치 물러서서 다감하게 미소 짓는다. 단풍 숲으로 들어서면 잠시 새색시에게 다가서는 새신랑 같은 착각에 빠지기도 한다.

내장산에는 내장단풍, 아기단풍, 털참단풍 등 다양한 단풍나무가 있는데 일조시간이 길어 특히 그 빛깔이 아름답다. 그 아름다움을 도드라지게 하는 건 역시 초록이다. 활활 타오르는 단풍과 늘 차디차고 푸른 비자나무는 환상적인 조화로움을 자아내 내장산의 가을을 돋보이게 한다.

사랑채 지나 육간 대청에 올라 대가大家의 넉넉한 풍모를 느끼고 안채에 이르러 그 집안의 지적 내력에 감탄하며 비로소 겸허히 고개 숙인다고 했던가.

안으로 또 안으로 스며들수록 이 산은 깊이 감춰두었던 감동들, 고이 간직했던 탄성의 순간들을 하나씩 둘씩 꺼내놓는다. 그 안에 숨겨졌던 비경, 감춰두었던 보물들이 무궁무진하다. 그래서 내장산內藏山이라 부르는 것이다.

역시 숲길과 계곡, 깎아 빚은 절벽에서 눈길 돌리면 바람, 물 그리고 공기의 흐름에서도 낭랑한 새 울음을 듣게 된다. 내장산의 참모습을 감상할 수 있다.

내장산 무공해 단풍 열차에 몸을 실어 찬찬히 그 안으로 들어가면 계절마다 색다른 모습으로 명산에 걸맞은 풍광을 아낌없이 보여준다.

해금을 연상케 하는 독특한 형상의 봉우리와 계곡에는 야생화와 무성한 나무들이 산을 찾는 이들의 발길을 붙잡고 쉬이 놓아주지 않는다. 보통 내장산은 찬연히 물든 가을 만산홍엽의 장관을 으뜸으로 내세우지만 앞서 표현한 것처럼 안으로 들어가 속속 들여다보는 내면의 모습도 감칠맛 나는 볼거리이다.

백제가요 정읍사井邑詞의 고장이면서 동학농민혁명의 발상지인 전라북도 정읍시에 소재하여 순창군과 전라남도 장성군에 걸쳐 있는 내장산은 인근 백양사 지구와 함께 1971년에 국립공원으로 지정되었다.

달아 높이 높이 돋으시어
어기야차 멀리멀리 비치게 하시라

어기야차 어강됴리 아으 다롱디리
시장에 가계신가요
어기야차 진 곳을 디딜세라
어기야차 어강됴리
어느 것에다 놓고 계시는가
어기야차 나의 가는 곳에 저물세라
어기야차 어강됴리 아으 다롱디리

문학박사 박병채 교수가 현대어로 풀이한 정읍사의 구절이다. 내장사 진입로 자연보호 헌장 비가 세워진 자리에 망부석이 세워져 있었다. 행상을 떠난 남편이 돌아오지 않자 산에 올라가 두 손을 마주 잡고 백제가요 정읍사를 부르는 부인의 모습을 조각상으로 만든 것이다.

1980년대 중반까지 이 망부석이 세워진 내장산 잔디밭에서 결혼하면 백년해로한다는 이야기가 전해져 이곳에는 하얀 웨딩드레스를 입은 신부들이 많았다. 1986년 말 정읍사 공원으로 망부석이 옮겨지면서 백년해로의 장소인 야외 예식장은 수목들을 심어 재정비하였다.

그리고 내장사 일주문 우측으로 접어들어 백련암을 거쳐 비자나무 집단 자생지를 지나고 원적암, 단풍터널에서 일주문으로 돌아오는 약 3.6㎞의 등산로에 자연학습 탐방로가 개설됨으로써 자연보호는 물론 수목에 대한 지식을 높이는 데 일조하였다.

불자는 아니지만, 내장사를 슬그머니 지나칠 수는 없다. 백팔번뇌라는 숫자의 의미 때문이겠지. 일주문에서 내장사까지 붉게 물든 108그루의 단풍나무가 터널을 이루며 어우러졌다. 이 터널에 들어서는 순간 속세에서 아등바등 비틀린 삶에 찌들던 이들도 그 영혼을 위로받을 것만 같다.

내장사 경내에 발을 들여놓자 병풍처럼 혹은 말발굽처럼 이어진 봉우리들이 캔버스 펼쳐 원근감 살린 붓질을 하고프게 만든다.

논밭 고르는 농기구 써레발의 모양이라 그렇게 부른다는 서래봉을 중심으로 내장산 연봉들의 기운을 듬뿍 받은 내장사도 속세에서 상처받은 신도들의 심신을 다독이기에 충분히 아늑하고 그윽하다.

내장사는 백제 무왕 37년에 창건된 사찰로 임진왜란 당시 조선왕조실록을 보관하여 조선 역사를 지켜낸 유서 깊은 용굴과 벽련암, 약사암, 운문암 등 역사의 흔적들을 간직하고 있다. 조선왕조실록은 전국 4대 사고史庫에 보관해오다가 임진왜란 때 전주 사고본을 제외하고 모두 멸실되었다.

유일본인 전주사고 실록을 내장산으로 이안하여 보존하였는데 그 실록 보존 장소인 용굴암, 은적암, 비래암에 이르는 길을 조성하여 조선왕조실록길이라 명명했다. 쭉 둘러보고 싶었지만, 역사 기행은 다음에 기회를 잡기로 하고 연자봉에 눈높이를 맞춘다.

오를수록 내장산은 산으로서 갖춰야 할 조건이란 게 있다면 그러한 걸 대다수 갖추었단 생각이 들게 한다. 오르며 두루 살필수록 강인한 생명력, 찬란하고 카리스마 넘치는 아름다움에 고개를 끄덕이게 된다.

지난밤 비는 멎고 궁문처럼 열린 하늘
내장산 단풍들은 불이라도 난 같은데
갈바람 퍼득이니 주홍 물이 떨어진다

사계절 내장산을 찾는 수많은 이들에게 풍요한 안식을 주고 너끈한 배려를 지니게끔 이 모습 그대로 멈춰있기를 바라게 된다.

얄팍한 상혼, 숫자놀음의 장삿속이 대자연의 신비에 상처 입히지 않았으면 하는 마음이 생긴다. 그런데 힘겹다. 치고 오르는 고도가 제법 까칠하다. 산바람 스미는데도 깔딱 오르막에 땀방울이 솟는다.

전망대에 올라 장군봉, 월영봉, 서래봉 등 내장산 환 종주 코스를 시선에 담는다. 서래봉 아래 백련암의 위치가 명당이다.

보는 이로 하여금 멋진 풍광이란 생각이 들게 하니 말이다. 갈색 굴참나무, 붉은 단풍나무와 노란 느티나무들이 뒤섞여 울긋불긋 완벽하게 계절을 채색하였다. 케이블카 상단을 지나 연자봉까지도 야무진 행로가 이어진다.

"후우~ 어젯밤 내가 뭐했더라."

해발 675m 연자봉에 올랐을 땐 호흡까지 거칠어진다. 가파르기가 북한산 백운동암문 오름길 못지않다. 내장사 작은 기와지붕을 내려다보니 그 가파름이 힘들 수밖에 없게끔 느껴진다.

풍수지리상 연자봉을 중심으로 장군봉과 신선봉이 마치 날개 펼친 제비의 모습과 흡사하여 그렇게 이름 지어졌다고 표지판에 적혀있다. 제비의 한쪽 날개 신선봉을 곧게 바라보고는 그리로 길을 간다. 편편한 능선이 이어지다가 신선봉 갈림길에서 한차례 고도를 높인다.

주봉인 신선봉神仙峰(해발 763m)의 정상석 고인돌 앞에서 인증 사진을 박는 이들과 눈인사를 나누고 숨을 고른다. 불출봉과 서래봉의 결 미끈한 능선에 눈길 머무르며 폐부 깊숙이 들이마시는 공기가 신선하다. 북설악 신선봉과 계룡산 신선봉 등 우리나라 산에는 같은 이름의 봉우리들이 숱하게 많다. 신선이 머물고 싶을 만큼 경관이 수려한 산에 이 이름을 붙였을 터. 내장산 또한 구름을 타고 가던 신선이 그냥 지나치지 못하고 내려서서 둘러보고 싶어 안달이 날 것이다.

백암산 아래 투명 연못에는 가을 정취가 철철

다음 봉우리 까치봉까지 1.5km. 지체하지 않고 그리 진행한다. 바위 지대와 헬기장을 지나 백암산으로 가는 삼거리에 이른다.

300m 거리의 까치봉을 외면하고 백암산으로 빠지는 건 왠지 새치기하는 기분이 든다. 암릉을 지나 까치 날개 모습의 두 개 바위에 다다르니 여기가 까치봉이다. 많은 이들이 맘껏 전망을 즐기고 있다.

곧 이어지게 될 소둥근재와 순창 새재의 갈색 능선을 눈에 담고는 다시 삼거리로 되돌아온다. 여기부터는 인적 없는 홀로 산행이다. 오색 낙엽 무성한 융단 길 소둥근재에서 오르막을 치고 올라 닿은 순창 새재도 가을이 낮게 바닥을 포착한 모습이다.

백암산白巖山 정상 상왕봉(해발 741m)에서 다시 땀을 닦아낸다. 전북 순창군과 전남 장성군의 경계에 있는 백암산은 전통사찰 백양사와 다양한 불교 문화재가 분포되어 있는 백양사 지구와 입암산성을 중심으로 문화재가 분포된 남창지구로 구분하는데 입암산笠巖山(해발 626m)과 함께 내장산 국립공원에 속한다.

정상에서 아늑하고 완만하게 펼쳐지며 고인 골에 시선을 담았다가 아래 전망 바위에서 사자봉과 백학봉을 바라본다. 학이 고고하게 날개 펼친 모습으로 뛰어난 암봉미를 보이며 준수하게 솟은 백학봉 쪽으로 진행한다.

암릉 지대를 우회하고 더 걸으면 앉은뱅이 명품 소나무를 감상하게 된다. 파라솔처럼 혹은 천막처럼 한껏 제 몸을 기울여 가지 밑에 그늘을 만들어주고 있다. 잘 익은 벼를 연상하게 한다.

익을수록, 명예를 지닐수록 겸허해지는, 좀처럼 지켜내기 어려운 교훈을 떠올리게 된다. 명성에 급급한 이가 명예까지 얻는다면 그게 과연 가당한 일일까.

"한 수 훌륭한 가르침을 받고 갑니다."

낮게 허리 굽힌 소나무에 눈인사하고 다시 걸음을 옮겨 해발 651m의 백학봉에 도착한다. 이름에 걸맞은 면모를 갖추었다. 학바위에서 하산 지점 백양사를 내려다본다. 가을 풍광에 물씬 젖어 영천 굴, 약사암을 지나다가 올려다본 학바위는 그 위에 서 있을 때와 달리 깎아지른 절벽이다.

백양사 도착, 경내를 둘러보고 사진으로만 접했던 가을 쌍계루를 직접 보자 감회가 새롭다. 학바위를 등에이고 색동 치마를 펼친 것처럼 보이는 투명 연못에는 가을 정취가 철철 넘치는 중이다.

"저는 지은 죗값으로 천상에서 축생의 벌을 받았는데 스님의 설법을 듣고 극락 환생하게 되었습니다."

조선 선조 때 환양선사가 제자들에게 설법할 때 백학봉에서 내려온 한 마리 흰 양이 같이 설법을 듣고 스님의 꿈에 나타나 이렇게 말하면서 절을 올리더란다. 다음 날 마당에 흰 양이 죽어있었다는 설화에서 백양사의 절 이름이 유래되었다.

백양사에서 다시 올려다본 백암산은 역시 의연하고도 멋진 자태를 보여준다. 어느 겨울, 시간을 내어 다시 올 땐 백양사를 기점으로 해서 백암산을 오르겠다는 생각을 다진다.

때 / 가을
곳 / 내장산 매표소 – 내장사 – 전망대 – 연자봉 – 신선 삼거리 – 신선봉 – 금선폭포 – 까치봉 삼거리 – 까치봉 – 까치봉 삼거리 – 소동근재 – 순창 새재 – 상왕봉 – 백학봉 – 약사암 – 백양사

어짊과 지혜로움의 동시 공존, 서해 변산반도와 내변산

표고 402m 세봉의 너럭바위에서 내려다보면
바닷가로 이어지는 자락 어귀의
소담한 마을들이 시골 외가처럼 정답다.
순간적으로 과거로 회귀한 느낌이다.

산에 가려고 길을 나섰는데 눈앞에 바다가 아른거린다. 지금 세상에 두 마리 토끼를 잡는다는 건 욕심을 표현하는 속담에 머물지 않는다.

조금만 더 부지런해지기로 한다. 그러면 어진 이仁者, 슬기로운 이智者가 동시에 될 수 있다.

서해의 파라다이스

누군가 아름다움에 취하여 해도 달도 머무는 산해 절승山海絶勝이라고 변산을 표현했다. 변산 8경을 간결하게 묘사한 시구를 되새기며 변산반도에 들어선다.

월명암 돋는 달은 볼수록 아름답고
낙조대 지는 해는 못 보면 한이 된다

청산의 직소폭포 떨어지는 은하수요
우금암 높고 높아 속세를 떠났구나
방포의 해수욕장 여름의 낙원이요
격포의 채석강은 서해의 금강이다
서해의 어업밭은 용궁의 꽃밭이요
내소사 은경소리 선인들의 운율이네

- 변산팔경 / 소송 김길중 -

 변산반도국립공원은 우리나라 총 스물두 곳의 국립공원 중
유일하게 해상과 산악을 겸하는 최초의 반도 국립공원이다.
 바다를 접하는 외변산은 채석강, 적벽강, 격포항 등이 있
고 내륙 쪽으로 관음봉, 신선봉, 쌍선봉 등 봉우리들이 내
변산을 형성하고 있다.
 변산반도의 절경, 변산 8경 중 하나이자 천연기념물 28호
인 채석강採石江. 물이 빠진 썰물 때라야 제 모습을 드러내
는 채석강은 약 1.5km 길이에 수만 권의 책을 빼곡하게
쌓아놓은 모습의 층암절벽이다.
 강한 파랑의 영향으로 자연 형성되었는데 당나라의 이태백
이 배를 타고 술을 마시다가 강물에 뜬 달을 잡으려다 빠
졌다는 채석강과 그 자연미가 흡사하여 지어진 이름이라고
한다. 술 좋아하는 사람들을 주태백이라 빗대 부른다더니
당대의 시성詩聖 이태백도 술에 취하니 하늘과 강을 분간

못 했나 보다.

서해안 반도의 가장 모서리에 있어서일까. 채석강은 우리나라에서 가장 늦게 해가 지는 곳이라고 한다. 1999년 12월 31일, 마지막 햇빛이 채석강에서 채화되어 경북 구룡포 해맞이공원에 영구 보관 중이란다.

서해의 20세기 마지막 일몰을 일출의 고장 동해에서 감상한다. 이 얼마나 동화처럼 아름답고 환상적인가. 세상사 모든 일의 기승전결이 이처럼 연하게 풀어지고 맺어진다면…. 천국이 이보다 더 멋진 곳일 수 있을까. 채석강은 그래서 두고두고 파라다이스로 각인되는 장소가 된다.

채석강에 장서는 읽지 않아도 되겠다.
긴 해안을 이룬 바위 벼랑에
격랑과 고요의 자국이 차곡차곡 쌓였는데
종의 기원에서 소멸까지
하늘과 바다가 전폭 몸 섞는 일
그 기쁨에 대해
지금도 계속 저술되고 있는 것인지
또 한 페이지 철썩, 거대한 수평선 넘어오는
책 찍어내는 소리가 여전히 광활하다.
공부를 하지 않아도 되는 이 작은 각다귀들
각다귀들의 분분한 홀레질에도
저 일망무제의 필치가 번듯한 배경으로 있다.

이 바닥 모를 깊이를 잴 수 있겠느냐
미친 듯 몸부림치며 헐뜯으며 울부짖는
사랑아, 옆으로 널어 오래 말리는
채석강엔 강이 없어서 이별 또한 없다.

- 바다책, 채석강 / 문인수 -

채석강에서 약 1.8km의 변산 마실길 구간을 걸어가면 적
벽강赤壁江이 있다. 물이 빠진 썰물 때라야 걸을 수 있다.

호랑이를 좌지우지한 적벽강의 개양할미

후박나무 군락지가 있는 격포리부터 용두산을 감싸는 약
2km의 해안선을 일컫는 적벽강은 국가지정문화재 명승 제
13호로 지정된 만큼 붉은색의 기묘한 바위에 높은 절벽과
동굴이 만물의 형상과 비교되는 변산반도 관광명소 중 한
곳이다.
파도가 깎아낸 붉은 해안 단층의 절벽은 채석강보다 훨씬
장대하고 분위기 또한 특출하다. 억겁의 공력을 들여 바닷
물로 깎고 다듬어 갯가에 곧추세운 기암절벽이다.
중국 송나라의 대문호 소동파는 적벽부赤壁賦라는 불후의
명작에서 대자연의 유장함에 비하여 인생의 덧없음을 한탄

하였다. 유배당해 양자강揚子江을 유람한 적이 있었는데 조조와 손권, 유비 연합군이 싸웠던 적벽대전을 상상하며 적벽부를 지었다고 한다.

천하절경이라는 양자강의 적벽강과 흡사해서 귀한 이름을 얻게 된 죽막동竹幕洞 적벽강은 병풍처럼 펼쳐진 붉은 바위가 오릿길이나 이어진 기암절벽이다.

죽막이란 대나무나 죽세품을 관리·제조·보관하는 막幕으로 죽막동 죽막은 나라의 전투용 화살을 만들 시누대 대밭을 관리하고, 시누대를 베어서 보관하는 일종의 병참기지다.

죽막동엔 울창한 시누대 대나무 숲이 여러 곳에 있는데 주로 갯가에 뿌리를 깊이 박은 시누대는 키가 스무 척이 넘도록 자라기도 한다. 우리 민족은 일찍부터 시누대로 화살과 낚싯대도 만들고 붓대도 만들었으며 담배가 들어온 뒤로는 곰방대도 만들었다.

적벽강 언덕 위의 당집인 수성당은 바로 앞 칠산바다의 여신인 개양開洋할미를 모시는 곳으로 사적 제541호이다.

서양의 바다 신이 포세이돈이라면 부안 바다의 신은 개양할미다. 나막신을 신은 개양할미는 여덟 딸을 낳아 칠산바다를 다스리는 데 어부의 안전과 풍어를 도와준다.

적벽강 옆 여우골에 사는 개양할미는 하늘에 닿을 듯 큰 키에 굽 나막신을 신고 서해를 걸어 다니면서 깊은 곳은 흙과 돌로 메우고 위험한 곳을 표시해두었다. 어부들은 개양할미가 위험하다고 표시해둔 곳을 피해 먼바다로 배를 몰고 나가서 고기를 가득 잡아 돌아오곤 했다.

부안 사람들은 변산의 기운이 한 곳에 응집돼 그 기를 느낄 수 있는 곳이라고 하는데 매년 정월 보름이면 전국의 내로라하는 무당 300여 명이 모여 큰 굿을 펼친다.

1992년 이곳 수성당 아래에서 삼국시대부터 조선시대까지의 항아리와 잔, 병과 토기류, 청동과 철제유물, 석제 모조품 등이 출토되었다. 만선과 무사 귀환을 염원하는 어부들의 제물로 추정된다.

예로부터 변산은 깊은 골짜기가 많고 나무가 울창하여 많은 산짐승이 살고 있었는데 그중에서도 호랑이가 많았다. 호랑이로 인한 인명피해를 막으려 서해의 여신인 개양할미는 변산의 끝인 격포 바닷가에 청동으로 만든 큰 사자 한 마리를 갖다 놓고 호랑이의 극성을 다스렸다.

청동 사자의 머리를 고창 선운산 쪽으로 돌려놓으면 하룻밤 사이에 변산의 호랑이들이 떼지어 선운산으로 갔다. 고창에서 호랑이 때문에 못 살겠다고 아우성을 치면 개양할미는 청동 사자의 머리를 다시 부안의 변산 쪽으로 돌려놓아 변산과 고창의 호랑이를 조정하여 주었다는 것이다.

이 청동 사자상이 언제 없어졌는지는 아무도 모른다는데 대신 적벽강에 사자 형상을 한 사자바위가 있고, 호랑이들도 언제부턴가 변산에서든 고창에서든 보이지 않는다.

바닷가 변산반도에서 내륙의 내변산으로

슬기로움은 그 맛만 보는 정도로 바다 구경을 마치고 변산반도의 내륙으로 향한다. 남서부 산악지의 내변산은 능가산이라고 불렸다. 최고봉인 의상봉 주변으로 쌍선봉, 옥녀봉, 관음봉, 선인봉 등이 제각각 특색 있게 솟아있다.

내변사 초입에 들어서면 울창한 전나무 터널이 먼 곳 찾아온 수고로움을 제일 먼저 덜어준다. 한국의 아름다운 숲길 100선에 속하는 명함이 무색하지 않다.

그리고 내변산의 명찰 내소사 대웅보전 앞에서 속되고 고되어 금방이라도 무너져 내릴 것만 같은 중생의 소생을 기원해본다. 예술성이 높이 평가된다는 대웅보전의 꽃살문 역시 그 정교함이 보는 이의 발길을 잡아 세운다.

선운사의 말사 내소사의 원래 이름은 소래사蘇來寺였는데 당나라 장수 소정방이 찾아와 군중재軍中財에 시주한 일을 기념하기 위해 내소사來蘇寺로 바꿨다는 설이 있으나 사료적인 근거는 없다.

전나무숲길에 적힌 '이곳에 오면 모든 것이 소생한다.'는 의미의 명칭 유래가 훨씬 듣기 좋거니와 내소사 어깨너머로 병풍처럼 펼쳐진 관음봉과 세봉은 허약한 병자라도 허리 펴서 시선 박을 만큼 그 풍광이 맛깔스럽기에 공감이 더한다.

전나무숲길 중간쯤에서 오른편 길로 접어들면 자그마한 암자인 지장암이 있다. 해마다 사월 초파일에 많은 사람이 이 암자를 찾아와서 촛불을 켜고 초가 타는 모양으로 그 사람의 한해 신수를 점친다고 한다. 촛불의 흔들림만큼이나 나약한 존재가 사람일 수도 있겠다는 생각이 드는 대목이다.

내소사 경내에서 청련암까지 가면 거기서 비탐방 사면 등산로를 통해 세봉까지 갈 수 있겠지만 조금 더디더라도 착한 길을 택해 힐링에 치중하기로 하고 다시 일주문을 나가 세봉 삼거리로 가는 입암마을로 들어선다.

다소 경사진 등산로를 따라 가을 물씬한 숲길 걷다 보면 얼마 지나지 않아 암반 지대가 나타나면서 내변산이 육중한 바위산임을 각인시킨다.

날카로운 편마암의 바위 능선을 조심스레 딛고 오르며 변산의 풍광에 젖고 이마에 땀이 맺힐 즈음 닿은 세봉 삼거리는 내소사 일주문에서 2km의 거리이다.

조금 더 가 세봉에서 숨을 고르면서 내소사를 품은 내변산을 두루 조망한다.

세월 흘러 나이깨나 먹었다는 말 들을 정도가 되었어도 만추 내변산은 사내에게 가을을 타게 한다. 그리 높지 않은 내변산의 산세 때문에 더 그럴까, 가라앉은 듯 낮고 좁아진 주변이 답답하지 않으면서 오랜 세월을 소급해 되돌아가 아련한 추억들을 끄집어 올린다. 그 추억의 장마다 살갑게 웃음 짓는 정겹고 푸근한 이들이 떠오른다.

표고 402m 세봉의 너럭바위에서 내려다보면 바닷가로 이어지는 자락 어귀의 소담한 마을들이 시골 외가처럼 정답다. 순간적으로 과거로 회귀한 느낌이다. 타임머신을 타고 순간 이동한 것처럼 아주 잠깐 데자뷔 Deja-vu의 신비로움에 젖어 들고 만다.

불그레한 만추 석양 녘에 하늬바람 가늘게 불어오고 초가 굴뚝에 군불 연기 피어오르는데 갈색과 진홍으로 채색된 시골 외가, 허리 굽은 외할머니와 늙으신 친정엄마 손 꼭 잡은 어머니가 나란히 서서 저무는 노을을 바라본다.

그렇지 않은데도 꼭 접했던 느낌을 강력하게 받으면서 관음봉으로 향하는데도 그 여운이 짙게 따라붙는다. 주름 깊이 팬 바위 언저리의 울타리 바깥은 깎아지른 절벽이다.

햇볕 찬연히 내리쬐는 우측 숲과 발아래 칼바위를 조심조심 눈 여김 하며 부는 바람을 한껏 들이마신다.

관음봉(해발 424m)에 도착해서야 산객들이 북적인다. 봉래구곡을 내려다보고 고요한 서해로 시선을 옮겨 아기자기한 원암마을 뒤로 줄포에서 곰소를 지나는 곰소만의 평평한 바다를 넋 놓고 바라보다가 직소폭포로 향한다.

천천히 걷다 보니 가을빛을 담은 산중의 호수, 중계 계곡의 직소보가 눈길을 잡아끈다.

두 개의 봉우리로 우뚝 솟은 청년 이성계의 두 스승

많은 사람이 쉬며 담소하고 간식을 먹는 마당바위를 지나 재백이고개(해발 160m)에서 시원하게 펼쳐진 곰소만 바다에 눈길을 주었다가 손 내밀면 닿을 것 같은 가까운 쌍선봉을 바라보며 걸음을 멈춰 선다.

이곳 인근 보안면 우신 마을에 선계골이 있다. 청년 이성계가 부안 선계골에 이르러 암자를 짓고 수련에 열중하던 중 옷차림은 남루하나 높은 기상이 엿보이는 두 노인에게 극진한 대접을 하였다.

"우리는 그저 이산 저산 떠도는 늙은이들인데 과한 대접을 받아 고맙구려."

이성계는 노인들에게 글과 무예에 대하여 이것저것 물어보았더니 아무 막힘이 없이 척척 대답하는 것이었다.

"두 분 어르신께 청이 있사온데 허락하여 주십시오."
"신세도 졌는데 우리가 할 수 있는 일이면 들어주지요."
"오늘부터 두 분을 스승으로 모시고 열심히 공부하여 큰 뜻을 펴보고자 하오니 물리치지 마시고 시생의 앞날을 지도하여주시면 그 은혜 잊지 않겠습니다."

이성계가 엎드려 청하자 두 노인은 한사코 사양하다가 끈질긴 간청과 정성에 감복하여 쾌히 승낙하고 사제의 의를 맺게 되었다.

두 노인은 선계골에 묵으면서 한 사람은 학문을, 또 다른 한 노인은 무예를 지도하였는데 총명한 이성계는 날로달로 발전하여 문무를 겸비한 훌륭한 청년이 되었다.

"이제 우리의 힘으로 더 가르칠 것이 없으니 세상에 나가 큰 뜻을 펼치도록 하여라."

이성계는 그동안의 가르침에 대해 마음 깊이 사례하고 작별을 하려는데 사제의 정이 어찌나 깊었던지 서로 헤어지기 안타까워 이야기 나누며 걷다가 선계골 암자에서 북쪽으로 삼천 걸음이나 떨어진 어느 봉우리까지 오게 되었다.

"이젠 그만 헤어지자꾸나."

어쩔 수 없이 두 스승에게 하직의 절을 올리고 일어서자 두 스승은 온데간데없고 그 앞에 높은 봉우리 두 개가 우뚝 솟아있는 것이었다.

이 봉우리가 쌍선봉이라 하니 두 선인의 실루엣이나마 찾으려 유심히 올려다본다. 지금도 선계골에는 이성계가 공부했다는 암자의 주춧돌과 그가 심었다는 대나무밭이 남아있으며, 활을 쏘고 말 달린 자리라고 전하는 반석 위에 말발굽 흔적이 어지럽게 흩어져있다고 한다.

부안 3절, 직소폭포와 지는 가을과 작별하고

쌍선봉에서 시선을 거두고 우측으로 틀어 직소폭포에 닿는다. 변산 8경 중에서도 손꼽는 직소폭포는 조선의 여류시인 매창 이계생, 유희경과 함께 부안 3절로 꼽는다.

부안 출신의 신석정 시인은 시와 거문고에 능한 기생 매창과 대쪽 선비 유희경이 변산에서 나눈 사랑을 황진이와 서경덕에 비유하고, 박연폭포와 직소폭포를 견주어 송도 3절을 패러디하였다.

직소폭포와 중계계곡을 보지 않고는 변산을 논하지 말라고도 하는데 2단 전망대의 상단에서 시선을 머물면 그런 말들에 공감이 간다.

폭포 밑의 용소는 그 깊이를 가늠할 수 없을 정도로 검푸르다. 물줄기는 제2, 제3폭포로 이어지고 분옥담과 선녀탕에 고였다가 아래로 흘려낸다.

다시 직소보를 가까이 접하게 되는데 위에서 본 것과 달리 꽤 큰 인공저수지이다. 부안댐이 생겨 지금 상수원의 기능은 없어졌지만, 물이 귀했던 변산의 식수로 사용했던 이력을 지니고 있다.

직소보로 인해 더욱 넓어진 산상 호수에 묵연히 시선을 담그고 생각마저 끊어내자 속은 수면처럼 잔잔하고 아늑해진다. 하트 모양의 직소보 전망대에서 보를 앞에 두고 관음봉까지 이어지는 전경이 그림처럼 멋지다.

폭포의 물줄기도 폭포답지만, 폭포수를 담았다가 흘러내리는 물길들이 더욱 직소폭포의 이름값을 높여주는 듯 깊고 맑고 짙푸르다.

월명암으로 갈라지는 자연보호 헌장 탑 삼거리에서 시계를 보고 잠시 망설이다가 남여치 방향으로 향하면서 보폭을 넓힌다.

여유롭지는 않지만 조금 서두르면 쌍선봉을 넘는 데 무리가 없을 듯하다. 마음을 정하고 월명암 쪽으로의 조망을 만끽하며 풍부한 피톤치드와 맑은 공기를 한껏 흡입하니 속속들이 개운하다.

"이젠 훌훌 떠나가도 붙들지 않으마. 가을아, 비록 짧은 시간이었지만 붉고 노란 공간에서 무척 행복했었구나."

고요한 월명암을 지나 오솔 숲길 사색에 젖어 걷다가 쌍선봉에서 호흡을 가다듬고 남여치, 최종 날머리에서 뿌듯한 포만감에 젖으며 내변산과 그리고 지는 가을과 작별한다.

때 / 늦가을
곳 / 내소사 매표소 – 내소사 – 세봉 삼거리 – 세봉 – 관음봉 삼거리 – 관음봉 – 관음봉 삼거리 – 재백이고개 – 직소폭포 – 직소보 – 자연보호 헌장 탑 – 월명암 – 쌍선봉 – 남녀치

붉은 치마 벗고 흰 저고리 곱게 갈아입은 적상산

적상산 향로봉을 사모하며 덕유산에서 피워대는 향내가
예까지 날아와 코로 스미는듯하다.
다시 가을 돌아와 붉은 치마 갈아입으면 고혹적인 매력,
곧은 정열에 향적봉은 어찌 맘 추스를거나.

적상산赤裳山은 전북 무주군의 명산인 덕유산의 정상 향
적봉에서 북서쪽으로 약 10㎞ 지점에 있으며 병풍을 두른
듯 사방이 깎아지른 암벽으로 이루어져 있다.

가을이면 온산이 빨간 치마를 입은 것처럼 단풍이 붉게
물든다 해서 지은 이름이다. 오늘 적상산은 붉은 치마도 벗
고 화장마저 지운 채 기운 치마 바느질하는 산처녀의 수수
한 모습이다.

무주구천동으로 널리 알려진 전북 무주군은 충청남북도,
경상남북도, 전라북도 등 5개 도가 서로 접경을 이루고 있
어 접한 위치에 따라 같은 군이면서도 생활권이 달라 호남
권, 영남권. 충청권으로 나누어져 있다.

올라서니 덕유산이 바라보고 있다

양수 댐이 들어선 이후 주 등산로가 된 적상면 서창마을

을 들머리로 잡는다. 마을 뒷산에 산신당이 있고 중앙에 당산수가 있는데 마을 앞쪽으로는 고속할미라는 입석이 있어서 마을 수호신을 암석 신앙으로 하는 제축이 행해진다.

바로 어제, 충북 영동의 천태산을 홀로 산행하고 거기서 멀지 않은 적상산으로 왔다. 이번에도 혼자다.

"혼자라서 쓸쓸하긴 하지만……."

누군들 사랑하는 이와의 만남을 다른 사람과 함께 하던가. 그리워 찾아가는 곳은 혼자 출발하여 결국 둘이 되지 않던가. 그렇게 적적함을 부인하며 산에 안긴다.

휘이잉, 위잉 엄동 모진 삭풍
회오리처럼 휘감아 돌다 귓전에 얼어
이명처럼 울리거든
그때도 난,
발자국 눈에 묻힌 산마루 지날 테요.
가파른 바윗길 무심히 오를 테요.
귀먹어
아무 소리 듣지 못할지라도 이 산
흔적마다 주워 담아
책갈피 펼쳐가며
고이 꽂아놓을 테요.

"길을 비키지 못하겠느냐."

고려 말 최영 장군이 민란을 평정하고 개선하던 중이었다. 단풍 붉게 물든 적상산의 풍경에 이끌려 이곳을 오르는데 절벽 같은 바위가 길을 막아 더 오를 수 없게 되자 정상까지 가고자 했던 최영은 허리에 차고 있던 장도를 뽑아 바위를 힘껏 내리친다.

순간 바위가 양쪽으로 쪼개지면서 길이 열렸다니 대단한 무예가 아닐 수 없다. 하긴 황금 보기를 돌같이 하라던 최영이었으니 황금인들 두 동강이 나지 않았을까.

어쨌거나 그렇게 두 동강이 남으로써 장도바위라고 불렸단다. 이성계에 맞서 조선 개국을 저지했던 고려 충신 최영의 다혈질적 기질을 엿보게 된다.

용담문龍潭門이라고도 불렸던 서문은 기록에 의하면 2문 3간의 문루가 있었다고 전해진다.

성문 밖 서창에는 쌀 창고와 군기 창고가 있었는데 지형이 험해 성내까지의 운반이 어려워 사고지史庫址 옆으로 옮겼다고 한다. 그 유래로 지금까지도 마을 이름이 서창西倉이다.

유난히 당단풍나무가 많아 가을이면 적상산이 그 이름값을 얼마나 톡톡히 할 것인지 짐작하게 한다. 오랜 옛날부터 군사요충지로 주목받을 만큼 사면이 깎아지른 절벽으로 둘러싸여 있음에도 서창마을에서 향로봉까지 오르는 길은 그다지 어렵지 않은 편이다.

차곡차곡 넓적한 바윗돌을 쌓아 축성한 적산산성 터를 지나 하얀 눈길을 걷는다. 지그재그식으로 길을 내 가파르고 험한 산을 오르내리기 쉽도록 다듬었다. 고속도로나 터널과 달리 등산로를 수월하게 꾸몄다는 건 산길을 길고 멀게 늘려놓았다는 말과 다르지 않다.

꾸불꾸불 긴 길을 돌고 돌아 올라서서 산정 능선 향로봉 삼거리에 이른다. 삼거리에서 700m 거리에 있는 향로봉까지 갔다가 다시 돌아와야 한다. 능선의 바람이 시리다 싶었는데 향로봉(해발 1024m)에 이르자 드세게 몰아치는 산바람이 몸속을 파고든다.

누군가를 곁눈질하는데 이미 그 사람이 나를 빤히 보고 있다. 그 사람 눈에 보인 내 모습을 의식하게 된다. 부는 바람에 흩날리는 눈가루를 맞으며 건너편 덕유산을 바라보는데 덕유산에서 이곳 적상산을 바라보는 느낌이다.

가칠봉과 칠봉의 호위를 받는 주봉 향적봉이 우뚝 솟아 이쪽을 마주하고 있는데 그 시선은 전혀 권위적이지 않고 보호 본능 가득한 눈빛처럼 보인다.

붉은 치마 벗고 흰 저고리 갈아입어 더 그럴까, 어쩜 그리 정숙하고 조신한가. 올곧은 소신, 꽉 들어찬 지성 가벼이

61

대할 수가 없구나. 와보니 알겠더라. 덕유산 향적봉이 이 산 향로봉 마주 보며 왜 진한 향 피워대는지.

그랬다. 숱하게 가본 덕유산에 비해 적상산의 이미지는 무척 소박하고 가냘팠지만, 막상 올라와 보니 그런 적상산의 이미지가 장점으로 두드러지는 것이다.

존재감이 약하거나 크게 관심 끌지 못했던 어떤 이가 어느 날 갑자기 강하게 부각되며 머리에, 가슴에 들어찬다. 상대가 이성일 때면 흔히 말하는 상사병으로 발전할 수도 있다. 화중지병이로다. 너무 멀어 만지지도 못하고 입이 열리지 않아 말 걸지도 못하니 아린 상사병에 바람조차 얼어붙네.

적상산 향로봉을 사모하며 덕유산에서 피워대는 향내가 예까지 날아와 코로 스미는듯하다. 다시 가을 돌아와 붉은 치마 갈아입으면 고혹적인 매력, 곧은 정열에 향적봉은 어찌 맘 추스를거나.

향로봉에서 다시 삼거리를 지나 안국사 쪽으로 평평한 능선을 걷다 보면 안렴대를 300m 남겨둔 지점에 적상산이라 적힌 이정목이 세워져 있는데 여기가 정상(해발 1034m)이라 할 수 있다. 적상산의 주봉은 해발 1024m의 향로봉이나 최고봉은 이곳 기봉이다.

역사와 문화, 과학이 두루 어우러진 산

그리고 송신탑을 지나 안렴대, 적상산 남쪽 층암절벽 위에 있는 안렴대는 사방이 낭떠러지이다. 꼭대기 바위 끄트머리로 철제 난간을 둘러 세웠어도 아찔하다. 저 아래로 가늘게 뻗친 대전, 통영을 잇는 고속도로가 아득하다. 남덕유산에서 향적봉까지 길게 이어지는 육구 종주의 능선 마루금을 한참 눈에 담으며 곧 만날 것을 약속한다.

고려 시대 거란이 침입했을 때 3도道 안렴사가 군사들을 이끌고 이곳으로 들어와 진을 쳐 난을 피한 곳이라 하여 안렴대로 불린다.

병자호란 때는 적상산 사고에 보관 중이던 조선왕조실록을 안렴대 바위 밑의 석실로 옮겨 난을 피했다고 하니 적상산이 호국護國의 기운을 지닌 산임엔 틀림없는 것 같다.

안렴대에서 150m 거리의 송신탑에서 안국사 방향으로 내려선다. 산성 터 아래의 안국사는 꽤 크면서도 깔끔한 사찰이다. 고려 충렬왕 때 월인 화상이 창건했고 조선 광해군 때 조선왕조실록 봉안을 위한 사고를 설치하여 이를 지키는 수직 승의 기도처로 삼았다.

그 뒤 영조 때 법당을 다시 짓고 나라를 평안하게 해주는 사찰이라 하여 이름을 안국사安國寺라 부르기 시작했다. 1910년에 적상산 사고가 폐지될 때까지 호국의 도량 역할을 하였다고 한다. 1989년에 적상산 양수발전소 댐 건설로 절이 수몰 지역에 포함되자 호국 사지護國寺址였던 현재의 자리로 옮겨 세웠다.

또한, 적상산성은 총길이 8143m의 성으로 산의 지형을 최대한 이용하여 쌓았다. 본래 동서남북으로 네 개의 문이 있었으나 지금은 그 터만 남아있다. 고려 때 거란군이 침입하였을 때는 마을 사람들이 이곳으로 피난했다고 한다.

축성의 형식으로 보아 삼국시대로 추측할 뿐 정확한 축성 시기는 확인되지 않고 있다. 안국사 일주문을 나와 적상호를 들러본다. 해발 800m 지대에 인공 조성하여 양수발전에 활용하고 있다.

이젠 본격 하산로인 좁은 숲길로 들어서서 다소 지루한 눈밭을 걷다가 눈가루 흩뿌리는 편백나무 숲을 지나고 이어서 층층 몸집 큰 바위에 얼어붙은 암반수 앞에서 시선 멈추게 되는데 여기가 송대폭포다.

역사와 문화, 과학이 두루 어우러진 적상산 산행 마무리 즈음에 만나게 되는 자연 그대로의 장소이다. 객지에 나왔다가 집이 그리워지면 일시에 피로가 몰려오나 보다. 아담한 치목마을로 들어서며 어제 천태산부터의 산행을 마무리 할 즈음 눅진한 피로감을 느낀다.

때 / 겨울
곳 / 서창마을 – 서창 매표소 – 장도바위 – 서창고개 – 향로봉 – 서창 고개 – 적상산 – 안렴대 – 안국사 – 적상호 – 송대폭포 – 치목마을

남도 들판 바위섬, 아침 불꽃 되어 월출산을 오르다

난을 평정한 백전노장은 승리의 노획물로
봄을 쟁취했고 긴 싸움으로 허기진 백성들에게
그 보상으로 봄기운이 전해지는 것을 보며
굵은 주름을 편다.

간밤에도 여긴 휘영청 달이 밝았나 보다.
긴 겨울과 함께 뿌연 연무까지 밀어냈다.
부챗살처럼 은빛 햇살 뿜어내리니
나뭇가지마다 길게 뻗어 기지개 켠다.
봄 시샘 떨쳐내지 못한 작은 바람이
이따금 옷깃 파고들며 투정 부리긴 하지만
푸른 하늘빛 목화 구름 타고 늦었다 싶어
내쳐 달려 봄이 온다.
늘 있던 이, 저만치 두고 맞이하므로
시린 기운 짙게 남은 내 가슴에도

서울에서 다섯 시간을 달려 승용차 두 대가 엇비슷하게
전남 영암에 닿는다. 횃불회 산악회장인 태영이가 적극적으
로 월악산행을 주선하여 노천, 호근, 남영, 영빈, 재성, 계
원이까지 여덟 명이 차량 두 대를 나눠 타고 온 것이다.

"영암은 영암아리랑이랑 월출산이 있다는 정도 외엔 아는

게 없어."

"이제부터 많이 알게 될 거야."

아침 식사를 위해 들어선 식당에서 식당 주인이 대뜸 꺼
낸 첫마디가 월출산이다.

"월출산 오신 거지요?"

이어서 계속되는 화두 역시 월출산이다.

"월출산 기를 받고 가면 한동안 좋은 일들이 생길 겁니다.
하하!"

식당 주인이 직접 상차림을 하며 사람 좋은 웃음 지으면
서 호방하게 말을 잇는다.

"화강암에서 뿜어내는 원적외선 때문이지요."

그랬다. 호남정맥의 거대한 암류가 남해와 부딪치면서 솟
아오른 화강암, 뒤에 알게 되었지만 이렇게 형성된 화강암
복합체 월출산은 바위의 8할이 사람에게 이로운 원적외선

을 내뿜는 맥반석이라 한다.

"영암과 월출산은 일체나 다름없지요."

월출산 자락에서 태어난 가야금산조의 창시자 김창조 명인
이 월출산 풍광을 열두 줄 선율에 담은 것을 비롯해 많은
예인이 월출산의 무쌍한 기백과 아름다움을 펜과 붓에 담
았고, 노래로 표현했음을 사례까지 들어 설명해준다.

"월출산을 빼놓고 영암문화를 이야기할 수 없겠군요."
"아침 먹으면서 영암을 다 익힌 듯합니다. 하하하!"

구름다리의 축조로 편안하고 단축된 산행에 천황사의 내력
까지 듣노라니 식당을 나오면서 산행을 마친 기분이 드는
거였다. 화승조천火昇朝天, 아침에 하늘로 타오르는 불꽃같
은 산세라 하여 조선 후기의 실학자 이중환이 그렇게 표현
했다. 식당을 나와 시계를 본다. 아직 만물이 생동하는 아
침 시간이다. 화르르 타오르는 강한 불꽃의 원적외선 에너
지를 충전하러 친구들과 함께 걸음을 서두른다.

달뜨는 수석 전시장

"경포대가 언제 이리 이사 왔지?"

월출산 국립공원은 우리나라 국립공원 중 면적이 가장 작은 곳이다. 산행 들머리로 잡은 금릉 경포대는 호수의 물이 거울처럼 맑아서 그 이름이 유래된 강릉의 경포대鏡浦臺와 달리 천을 넓게 펼친다는 의미의 포布 자를 쓴다.

월출산에서 흐르는 물줄기가 무명베를 길게 늘어뜨린 것처럼 보여 불리게 된 이름으로 비가 자주 와서 풍년 들기를 소망하는 의미가 곁들여 있다. 그렇지 않아도 살짝 고도를 올려 너르고 반듯한 들판을 내려다보면 이곳은 풍요가 자리 잡은 땅이라는 걸 공감할 수 있다.

금릉 경포대 계곡은 월출산 최고봉인 천황봉과 구정봉에서 발원하여 남쪽으로 흘러내리는 약 2km의 골짜기로 크고 작은 바위들 사이를 맑은 물이 굽이치며 곡류와 폭포수를 빚어내고 계곡 주변엔 동백꽃 군락지가 있어 곧 다시 와야만 할 곳처럼 느끼게 한다.

급한 절벽을 이루는 기반 암석이 물리적 풍화작용으로 붕괴하여 경사면 아래쪽으로 흘러 쌓인 돌들을 애추崖錐라 하는데 군데군데 그런 곳을 보며 지나게 된다.

도갑사 가는 장군봉 능선과 천황봉으로 가는 사자봉 능선의 갈림길인 바람재 삼거리에 오르자 아직 겨울의 끄트머리가 잔해처럼 남아있다.

'달이 뜬다. 달이 뜬다. 영암 고을에 둥근달이 뜬다. 달이 뜬다. 달이 뜬다. 둥근 둥근달이 뜬다. 월출산 천왕봉에 보름달이 뜬다.'

영암아리랑의 노랫말처럼 월출산은 달을 가장 먼저 맞이한 대서 그 이름이 지어졌다. 바람재에서 수석 전시장을 방불케 하는 월출산의 기암 봉우리들을 둘러보니 그 위로 뜨는 보름달의 모습과 달빛으로 치장한 바위 도포의 모습들이 눈앞에 그려진다. 호남의 소금강, 최남단의 산악 국립공원, 전라남도 기념물 3호라는 계급장이 조금도 무색하지 않다.

월출산 구정봉이 창검을 들고
허공을 찌를 듯이 늘어섰는데
천탑도 움직인다 어인 일인고
아니나 다를세라 달이 오르네

노산 이은상 선생은 구정봉의 수많은 기암괴석을 창검과 천탑에 비유하여 바위 박물관이라 일컬으며 달과 불가분 관계를 맺고 있는 월출산을 4행시로 생생하게 표현한 바 있다. 무수한 격전을 치른 노련한 장군의 형상, 구정봉을 머리에 얹은 장군바위가 많은 기암 중에서도 유독 튀는 모습이다.

마주한 곳을 묵묵하게 혹은 감회에 젖은 모습으로 주시하는 장군의 얼굴에 주름이 짙고 턱밑 수염은 더부룩하다. 아직 찬바람이 채 물러나지 않은 능선, 입김 서려 눈꽃 밭이 된 바람재는 봄에 땅문서를 내주고 잠시 더부살이하는 막바지 겨울의 모습이다.

"전쟁을 치르면서 얻어낼 게 있다면 오직 평화뿐이다."

난을 평정한 백전노장은 승리의 노획물로 봄을 쟁취했고 긴 싸움으로 허기진 백성들에게 그 보상으로 봄기운이 전해지는 것을 보며 굵은 주름을 편다. 맑은 하늘과 생동하는 대지의 기운이 금방이라도 동백나무 꽃잎을 붉게 물들여 승리를 자축할 기세다.

너무 들떠서였나 보다. 승리의 기운 듬뿍 내뿜는 바윗길을 오르니 걸음걸음 영전榮轉의 칙령을 받으러 가는 것만 같다. 희끗희끗한 눈꽃과 황토색 풀밭으로 확연히 구분되는 겨울과 봄이 마치 이념 극명한 두 집단으로 맞대치하니 금세라도 진격 나팔이 들릴 것만 같다.

그러나 일촉즉발의 긴장감도 잠시, 어디선가 자지러지듯 새 울음 들리고 간간이 푸릇한 떡잎이 양기 받으며 세상 밖으로 모습 드러내는 걸 보면 겨울은 패배를 시인하고 봄으로 흡수되고 있음이 틀림없었다.

바로 이어 구정봉 바로 아래로 베틀굴이 나타난다. 임진왜란 당시 마을 여인들이 난을 피해 이 굴에 숨어 베를 짰다

는 이야기가 전해진다. 10여 m 깊이의 굴속에는 항상 음수
陰水가 고여 있어 음굴 또는 음혈이라고도 부른다.
　굴 안의 모습이 여성의 국부와 흡사한 형상이라 그렇게
빗댄 것인데 농익은 사족이라고나 할까. 팻말에 적힌 베틀
굴에 대한 보완설명이 재미있다.

　'이 굴은 천왕봉 쪽에 있는 남근석을 향하고 있는데, 이
기묘한 자연의 조화가 월출산의 신비를 더해주고 있다.'

　영암과 월출산은 하나

　구정봉九井峰 정상(해발 711m)에는 명칭 그대로 아홉 개
의 물웅덩이가 파여 있다.
　구정봉에서 이 산의 최고봉 천황봉을 바라보노라면 수많은
고깔이 줄지어 섰는데 어찌나 옹골차고 역동적인지 고깔
하나가 쓰러지면 도미노 현상으로 줄줄 넘어져 최고봉까지
기울게 할 듯하다. 이렇게 능선에 늘어선 봉우리들이 광활
한 들판과 아랫마을 영암을 끌어안고 있다.

　"정말 멋지군."
　"도봉산 못지않아."

월출산을 처음 접하는 친구들의 탄성이 이어진다. 처음 오거나 두 번, 세 번 왔었거나 어느 계절이든 대할 때마다 찬사를 보낼 수밖에 없는 곳이다.

 여기 구정봉에 세 개의 흔들바위가 있었는데, 바위들이 산 밑으로 굴러떨어지고 그중 하나가 스스로 올라왔다니 신령하지 않을 수 없다.

 그래서 신령한靈 바위巖가 그대로 지명이 되었단다. 더더욱 영암 어디에서나 월출산이 보인다고 하니 영암과 월출산은 하나라고 하는 말이 실감 난다.

 봄볕 보드라운 바위섬 산정에 올라 저 논밭 물결에 넋 놓고 눈길 담그는데 바람 한 점 요염한 미소 머금고 다가와 나른한 몸을 다감하게 끌어안는다. 피부를 스치는 것마다 아찔한 스킨십이다.

"이 산에 남생이도 산다지?"
"남생이라면 토종 거북이?"

 청정한 산간 계곡 상류의 물과 육지를 두루 생활 터전으로 하는 토종 민물 거북이인 남생이는 보신을 위한 포획과 서식지 파괴로 그 개체 수가 급격히 줄어들었다. 멸종위기 야생생물로 천연기념물 제453호로 지정되었는데 월출산에 서식하는 것이 확인되었다고 한다.

"발견해도 잡지 마라."

다시 바람재 삼거리를 지나 천황봉을 향해 줄지어 늘어선 고깔들 무리에 섞인다. 이런 곳에 어찌 이런 산이 있을 수 있는가. 논밭 위로 우뚝 솟았다는 것만도 기특한데 어쩜 이처럼 수두룩 기암 묘석만으로 꾸며질 수 있단 말인가.

탁 트인 능선, 두루두루 눈길 바쁘게 하는 조망. 달이 뜨는 남도의 명산이란 칭송만으로는 그 표현이 턱없이 모자라다.

멀리 외따로 있어 자주 찾지 못해 안타까우면 닮은꼴 도봉산에 올라 그 안타까움 달래야 할까 보다. 다산 정약용이 강진으로 유배 가던 중 월출산을 보더니 즉시 시 한 수를 읊는다.

누리령 산봉우리 바위가 우뚝우뚝 樓犁嶺上石漸漸
나그네 뿌린 눈물로 언제나 젖어있다 長得行人淚灑沾
월남으로 고개 돌려 월출산을 보지 마소 莫向月南瞻月出
봉우리들이 어찌 저리 한양 도봉 같은고 峰峰都似道峯尖

능선 멀리서나 가까이에서나 볼 때마다 천황봉에는 사람들이 빼곡하게 모여 있다. 역시 화창한 주말의 도봉산 신선대를 연상시킨다.

반대편에서 오는 산객들로 서로 교차하는 구간에 이를 즈음 베틀굴이 향하고 있다는 남근석이 보인다. 우람하고 꼿꼿하다. 이 바위를 올려다보노라니 묘한 기분이 든다. 시선을 멈추는 다른 남성들의 기분은 우쭐할지 어떨지 머리를 긁적이는데 여성 등산객들이 그 설명 팻말을 본다.

"우리나라 산엔 남근바위가 너무 많아."

팽팽하게 솟은 남근바위와 팻말을 번갈아 살피던 여성 등산객이 툭 내뱉자 그 일행이 묻는다.

"왜 싫어?"
"싫진 않지만, 너무 왜곡되고 과장됐단 거지, 내 말은."

대한민국 아줌마들의 솔직 담백한 대화를 우연히 엿듣다가 친구들이 서로를 쳐다보며 미소를 흘린다.

"헐~"

저만치 가다가 힐끔 뒤돌아보고는 노천이가 수긍한다.

"맞아. 좀 왜곡되긴 했어."

안개가 깔리지 않아 무척 다행이다. 준엄한 서릿발처럼 느껴졌을지도 모를 칼바위들의 윤곽이 햇빛을 받아 다감한 느낌을 주었기에 더 그렇다.

해발 809m. 천황봉은 그 실제 높이보다 훨씬 높다. 바닷가에 위치해서 들머리부터 고도를 형성하지 않는 탓이다. 설악산 오색 들머리가 해발 500m이고, 정상 높이 1577m의 계방산은 그 들머리인 운두령이 해발 1089m에 있었으니 산을 높이만으로 가늠하는 건 사람 세상에서 금수저와 동수저를 평생의 우열로 결론짓는 것과 크게 다를 바 없을 것이다. 식당도 아닌 절정을 조망하게 해주는 산정에서 수저를 꺼내 드는 건 상식을 벗어난 행위이다.

여기는 입보다 눈이 움직여야 하는 곳. 봄볕 보드라운 바위섬 산정에서 아래로 넓게 펼쳐진 논밭 물결에 눈길만 주어도 포만감이 느껴진다.

잘 정돈된 전답이 마을 전경과 함께 평화로운 모습으로 비치는 것도 안개가 걷힌 덕분이다. 산정에서 숨 고르고 온 사방을 둘러보노라니 불현듯 극복한 후엔 환난도 절망도 오로지 지난 일에 불과하단 생각이 든다.

고산 윤선도 역시 안개에 가린 천황봉을 극복한 삶의 가치를 높이 사서 그렇게 노래한 건 아니었을까.

　월출산 높더니만 미운 것이 안개로다
　천황제일봉을 일시에 가려도

햇빛이 나면 안개가 아니 걷히랴

구정봉에서와 달리 이곳에서 보면 저들은 고깔이 아니라 저마다 나름의 영웅담 하나씩은 지녔음 직한 기암 묘봉들이다. 휘영청 밝은 보름달이 월출산 꼭대기에서 빛을 내뿜자 도열한 바위 봉우리들이 일제히 기립한다.

뾰족한 투구마다 섬광이 인다. 봉우리들 뒤로 저만치서 향로봉과 구정봉이 의젓하게 뒷짐 지고 있다.

어둠이 내려앉아 이곳 찾은 이들 모두 내려가도 월출산엔 정적 대신 장엄한 점호가 이뤄질 것 같은 상상을 하게 된다. 아마도 저들끼리의 정립된 시스템이 있으므로 해서 수많은 화강암 봉우리 간에 정연한 질서가 생성되었을 것만 같다. 그처럼 월출산은 많은 걸 보여주고 많은 상상을 하게 한다.

월출산은 하나 남김없이 속속 다 보여준다

"다시 오지 않을 수가 없는 곳이야."
"좋아하는 사람과 꼭 오고 싶은 곳이지."

구름다리로 하산하는 길에서 올려다본 천황봉은 여전히 또 다른 산객들로 붐빈다. 그들의 탄성이 메아리치는 듯하다.

76

산에서 온 길을 뒤 돌아보면 불교의 법화경에서 말하는 '회자정리 거자필반會者定離 去者必返'이라는 말을 떠올리게 한다. 만남은 헤어짐으로 이어지고 그 헤어짐은 다시 만남으로 회귀한다고 하던가.

'님의 침묵'에서 만해 한용운은 만날 때 떠날 것을 염려하듯 떠날 때 다시 만날 것을 믿는다고 거자필반이란 표현을 썼다고 한다.

내 주변 사람이 소중하면 변함없이 오래 머물기를 소망하며 멀어지더라도 재회를 바라는 것처럼 산도 정겹고 아름다우면 반드시 다시 찾아지기에 그런 생각이 드는가 보다. 언제든 기회 닿는 대로 자주 찾고 싶은 월출산이다.

"이쪽 내리막은 완연한 봄일세."

양지바른 하산 길은 눈꽃이 희끗희끗 남아있던 바람재와는 분위기가 사뭇 다르다. 운무에 젖고 눈서리 시리던 비탈에 봄볕이 드는 중이다. 참 고운 봄빛이다. 아침부터 축축하다 때맞춰 걷어진 구름, 동시에 드러난 햇살. 춘삼월 바위 골짝 해빙 중에 피어나는 봄이라 더 곱고 더 아련하다.

머잖아 고사할 것처럼 보이는 갈참나무, 그대로 바위 될 것처럼 들러붙은 고드름들이 지난 만추에 떨어져 이리저리 뒹굴던 수북한 낙엽을 적시며 겨울 녹아내리니 남도 월출산에서 시작되는 봄은 질척한 얼굴 내밀면서도 상큼하게 미소 짓고 있다.

바위 사이 봄 오는 길과 함께 회백색 봉우리들 사이로 빨간 구름다리가 보인다. 서너 시간 걸리던 매봉과 사자봉을 5분 거리도 채 안 되게 단축한 이 다리는 해발 510m, 지상 높이 120m에 길이 54m로 200명이 동시에 이용할 수 있다.

월출산은 하나도 남기지 않고 보여줄 걸 다 보여준다. 구름다리에서 보는 6형제봉 등 난공불락의 천연 요새처럼 견고 부동한 주변 경관도 감탄을 자아내게 한다. 많은 사람이 여길 포토존으로 활용하여 기념 촬영하는 걸 보니 길이 막히는 경우가 허다할 것이다.

"쉽게 걸음을 뗄 수가 없구나."

만만치 않은 산행의 막바지이거늘 태영이 말처럼 쉬이 걸음이 떼어지지 않는다. 역시 멋진 모습은 산이건 사람이건 자꾸 훔쳐보게 되고 떨어지기 싫은 건가 보다. 건너기 전에도 그랬듯 건너서도 구름다리를 등지고 싶지 않은 건 죄다 뚜렷한 아름다움을 지녔기 때문이다. 신라 진평왕 때 원효대사가 건립했다는 천황 사지를 지나고 대나무 숲길을 빠져나오면 월출산은 다시 저만치 별천지에 우뚝 솟아있다.

"다시 올 때는 꼭 가장 가까운 사람과 함께 와야지."

"집사람 무릎이 좋지 않다면서?"

"내가 집사람이라고 했나?"

노천이 말에 호근이가 되묻고 다시 우문현답처럼 이어지는 대화에 웃음 지으며 대나무 숲에 이른다.

저 아래 국토 남단이지만 거기에 가면 월출산을 볼 수 있다는 사실이 행복하다. 내려와 푸름을 느끼게 하는 대나무 숲이 있다는 것도 덤이 아니라 커다란 베풂이다. 월출산은 그 아래로도 자연 속에서 역사와 예술을 이어간다.

남도 땅에서 달이 가장 예쁘게 뜬다는 구림마을, 삼한시대부터 무려 2200년 동안 사람이 살았던 곳이기에 통일신라 때 생긴 영암이라는 지명보다 오래된 영암 구림마을이다.

최씨 성을 가진 처녀가 빨래하다 물길에 떠내려온 오이를 먹고 아이를 가졌다. 이를 부끄럽게 여겨 아이가 태어나자 숲 속 바위에 버렸는데, 사흘 후 찾아가 보니 비둘기들이 보호하고 있었다. 그 아이가 바로 도선국사다. 그래서 비둘기를 뜻하는 구鳩와 수풀 림林을 써서 구림마을이 되었다.

고려 태조의 탄생을 예언한 풍수지리의 대가 도선국사뿐 아니라 삼국시대 일본에 학문을 전파하고 일본 왕의 스승이 된 왕인박사도 구림마을에서 태어났다. 오늘날 영암 도기 문화의 근간인 구림리와 인근 상월리, 월하리의 도자기 문화도 월출산의 흙과 나무가 있었기에 지금까지 전승시켜 올 수 있었을 것이다.

영암과 월출산에서 한나절을 보내며 대자연의 조화로움에서 웅장한 오케스트라를 감상한 느낌이다. 베토벤의 운명과 쇼팽의 이별곡을 번갈아 들으며 위대한 두 음악에서 추상적이지만 대단히 조화로운 공감을 얻은 것처럼. 자연이 얼마나 세상을 위대하고 장엄하게 꾸며놓았는지를 구정봉에서 보았고, 천황봉에서 확인하였으며 사자봉에서 또한 느꼈으니 말이다.

"아침까지만 해도 영암 깜깜이가 지금은 영암 박사가 된 기분일세."
"산행에 역사, 지리, 자연까지 두루 익혔으니 값진 기행을 한 셈이지."

아직 일렁이는 여운을 담고 우리나라 도자 역사에 있어 특별한 유적지인 마을 내 영암 도기박물관에서 다양한 도예작품을 관람하며 영암 기행을 쉬이 마치지 못한다.

때 / 초봄
곳 / 금릉 경포대 – 바람재 삼거리 – 베틀굴 – 구정봉 – 바람재 – 천왕봉 – 사자봉 – 구름다리 – 천황사 야영장 – 영암 구림마을

내 자식으로 품에 안은 어머니, 천년의 사랑 모악산

김일성의 32대 조상인 김태서 묏자리
땅기운이 발복 하여 49년간
그의 32대손이 집권하고 그 후로도
내리 세습할 수 있었다는 설이 나돈다.

　모악산 관광단지에 들어서서 올려다본 모악산 정상부는 마치 관악산을 보는 듯하다. 세워진 송신탑의 모양새도 그렇거니와 그 주체도 방송 송출을 위한 한국방송공사 KBS라는 게 같다. 일설에는 꼭대기에 아기를 안고 있는 어머니 형상의 큰 바위가 있어 모악산이라고 불린다는데 그건 올라가서 확인해볼 일이다.

　완주, 전주, 김제에 걸친 모악산은 빼어난 경관과 국보급 문화재가 많아 호남 4경에 속하며 1971년 도립공원으로 지정되었다.

　어머니의 산이라는 엄뫼로 칭하다가 한자 의역하여 모악산으로 부르게 되었다는데 고은 시인의 큼지막한 모악산 시석에서 모악산이 어머니임을 확인한다.

　내 고장 모악산은 산이 아니외다 어머니 외다
　저 혼자 떨쳐 높지 않고
　험하지 않고

먼데 사람들마저
어서 오라 어서 오라
내 자식으로 품에 안은 어머니 외다
여기 고스락 정상에 올라
거룩한 숨 내쉬며
저 아래 바람진 골마다
온갖 풀과 나무 어진 진승들 한 핏줄 이외다
이다지도 이다지도
내 고장 모악산은 천년의 사랑이외다.
오 내 마음 여기 두어

민중 신앙의 성지, 모악산

모악산 표지석을 거쳐 짧은 나무 현수교를 건너 대원사 방향으로 길을 잡는다. 며칠 전에 큰비가 내려서인지 다리 아래 계곡의 수량이 제법 불었다. 나뭇잎들도 건강하고 싱그럽다.

얼마 지나지 않아 작은 폭포와 윗부분이 들러붙은 듯한 바위를 보게 된다. 보름달이 뜨면 백자골 숲으로 내려오는 선녀 중 하나와 눈이 맞은 나무꾼이 사랑을 속삭이며 입을 맞추는 순간 날벼락을 맞고 말았다. 뇌성벽력이 울리면서 그 둘은 돌로 굳어졌다는데 팻말에 적힌 선녀폭포와 사랑 바위의 유래를 해피엔딩으로 각색하고 싶은 생각이 든다.

"입 좀 맞추었기로서니 사람을 돌로 만들어버리다니. 그것
도 어여쁜 선녀까지."

둘이 마을 아래 아담한 초가를 짓고 아들딸 열 명쯤 낳아
살았다면 얼마나 좋을까 하는 생각이 드는 것이다.

"질투심 많은 산신령 같으니."

다시 여러 개의 목교를 지나면 전주 김씨 시조 묘 갈림길
이 나온다. 김일성의 32대 조상인 김태서 묏자리 땅기운이
발복 하여 49년간 그의 32대손이 집권하고 그 후로도 내리
세습할 수 있었다는 설이 나돈다.

또 재미있는 설은 이 근처에서 북한 간첩들이 가장 많이
잡힌다는 것이다. 간첩이 김태서의 묘에 잠입하여 새벽에
벌초하는데 그때 국정원 요원들이 잡아들인다는 것이다.

한국전쟁 당시 월남한 이북 주민 중 전주 김 씨들은 한동
안 그들의 본관을 숨기고 살았다고 한다. 김일성과 같은 본
관이라 빨갱이로 몰릴 것을 두려워해서다.

서글픈 역사의 굴레를 곱씹으며 걷다 보니 대원사 갈림길
이 나온다. 계속 대원사 방향이다. 어머니 품 같은 최상의
길지에 자리 잡았다는 대원사는 효孝의 발원을 이루는 사
찰이라 하여 해마다 전국 각지에서 예를 갖춰 기도하는 이

가 끊이지 않는다고 한다.

대원사에서 나와 조금 더 오르면 수왕사가 나오는데 이 절도 아래 대원사와 마찬가지로 한국전쟁 때 빨치산 토벌 작전 때문에 소실된 걸 복원했다니 이 또한 김태서의 묏자리 기운이 너무 드세 종교까지 눌렀던 건 아닐까 싶어 진다. 수왕사 약수를 물통에 채우고 중인리 갈림길 그리고 헬기장을 거쳐 무제봉까지 간다.

무제봉과 장군봉에 대해 전해 내려오는 이야기도 웃음을 자아낸다. 가뭄이 들면 전라감사와 지역주민들이 돼지를 잡아 무제봉에서 기우제를 지냈고 그 남쪽의 장군봉 인근에 묘를 쓰면 천하명당의 기운을 상실하여 가뭄이 들기 때문에 그곳에 암매장하는 걸 감시했다고 한다. 신흥종교를 배출한 민중 신앙의 성지라는 모악산의 설화답다.

전망대에서 구이저수지와 그 뒤로 경각산을 내려다본다. 김제평야와 만경평야 등 연녹색 드넓은 호남평야의 농지를 빼고는 온통 진초록 바탕이다. 한여름 오후는 피부를 따갑게 하는 강렬한 햇살뿐 아니라 눈에 차는 것만으로도 그 접촉이 강하고 진하다.

전주 시내의 아파트 단지들도 나른하게 보인다. 강원도나 경상도 산에서의 조망처럼 산들이 높거나 깊거나 혹은 너르지 않아 고도를 높일수록 신분이나 계급이 스스로 높아지는 착각이 들곤 한다. 눈에 보이는 1차원적인 형상에서 상대를 평가하려는 원초의 본능 때문일 것이다.

콘크리트 벽에 철조망까지 둘러친 구축물을 돌아 계단에 올라서자 모악산 정상(해발 793.5m)이라는 나무 팻말이 낮게 박혀있다. 정상석도 없이 정상을 차지한 송신소 내부에 자그마한 나무표지판을 박아놓았으니 결국 모악산 정상은 송신소 옥상이라 할 수 있겠다.

1995년 시행된 전국 행정구역 개편으로 농촌 지역이던 김제군과 도시기능을 담당했던 김제시가 통합되어 도농 통합 형태의 김제시를 이루었는데 북봉 쪽으로 광활하게 펼쳐진 김제평야가 보는 것만으로도 풍요롭다,

무성한 수림 사이로 내려다보이는 금평저수지의 물도 곧 고갈될 듯하다. 화사한 봄꽃은 피었다 싶으면 지고 오색단풍은 물들다 바로 떨어지고 말아 점점 봄이나 가을의 틈바구니는 좁아지기만 한다. 올여름도 장기 집권할 것처럼 느껴진다.

"폭염이 기승을 부려도 미세먼지랑 황사만큼은 줄었으면 좋으련만."

저 밑에서 이 산의 정상을 올려보거나 여기서 전망을 즐기려면 미세먼지뿐 아니라 뾰족하게 높이 솟은 송신탑들을 시야에서 배제해야 가능할 거란 생각이 든다.

일제에 의해 한반도 여러 곳에 박혔던 철주 제거작업이 1980년대 말 KBS에 의해 벌어졌다고 들은 바 있다. 그런데 호남의 영산이라는 이곳에 전주 KBS에서 자연생태계를 파괴하면서까지 송신탑과 각종 시설물을 세움으로써 찾는 이들의 상을 찌푸리게 한다.

"김제 시민들은 산에 가는 것보다 TV 드라마 보는 걸 훨씬 좋아하는 걸까."

사견에 불과하겠지만 어떤 이유로 합리화시키더라도 긍정하기 쉽지 않은 대목이다.

"낡은 케이블카로 물품을 실어 나르는 것도 보기 좋은 장면은 아니야."

내 고장 모악산은 어머니외다. 옥상을 내려와 장근재 쪽으로 향하며 고은 시인의 시구를 다시 떠올리는 건 어머니 머리에 비녀 대신 꽃힌 송신탑이 자꾸 거슬려서일 게다.

헬기장을 지나 쉰길바위에 이른다. 아기 안은 어머니의 모습이라는 쉰길바위를 이리저리 살펴봐도 그 형상을 뽑아내기가 쉽지 않다. 쉰길바위에서 되돌아본 정상의 송신탑들이 무더위에 금세라도 휘어질 것처럼 보이는데 역시 서울의 관악산과 닮은 모습이다.

"기상대만 하나 더 세웠다면 여기가 거긴데."

 그러나 우거진 그늘 숲길을 걸으며 철제 시설물에 대한 고정관념은 잊어버리고 만다. 산죽 오솔길에서 모악산의 좋은 인상만 뇌리에 담기로 한다. 장근재에서 계곡물소리 들으며 걷노라니 호남의 풍성한 모습들이 마음을 넉넉하게 채워준다.
 여기 모악산에서 흘러내린 물줄기는 만경강과 동진강으로 흘러들면서 호남평야의 풍요한 농작물 생산에 이바지한다고 한다.
 내리막길을 걸어 케이블카 탑승 건물을 지나고 다시 모악정을 지나 금산사에 이른다. 대한불교 조계종 제17교구의 본사인 금산사에는 신라 때부터 미륵 본존을 봉안했다는 국보 제62호인 3층 규모의 미륵전을 비롯하여 보물 제25호인 5층 석탑, 보물 제26호 석종 외에도 보물로 지정된 문화재를 부지기수 보유하고 있다.
 넓은 경내에는 이러한 문화재뿐 아니라 보리수, 벽오동, 배롱나무 등 귀한 나무들이 보기 좋게 심겨 있다.

"어서 오라 내 자식으로 품에 안은 어머니외다."

금산사에서 나와 금평저수지를 들러 깊고 푸른 물길 위 데크를 걸으면서도 모악산을 읊조리게 된다.

"내 고장 모악산은 천년의 사랑이외다."

내 마음 여기 두고 김제에서의 여행, 뜨거운 여름날의 모악산을 등 뒤로 한다.

때 / 여름
곳 / 모악산 관광단지 - 선녀폭포 - 대원사 - 무제봉 - 전망대 - 송신소 - 남봉 - 쉰길바위 전망대 - 장근재 - 모악정 - 금산사 - 금평저수지

천자의 면류관 같은 불꽃 바위들의 전시장, 천관산

천관산의 슬픈 억새 울음을 들으며
글공부했던 소설가 한승원은
억새 울음에서 영감을 받아
'아제아제 바라아제'를 탈고한다.

천관사지 너른 공터에 하늬바람과 함께 가을이 머물고 있다. 절터의 흔적이라고는 찾아보기 힘든 이곳에 드문드문 남은 석재가 기단이거나 석등 받침대였거나 추측만 하게 할 뿐이다.

사랑하는 이에게 버림받은 여인이 스스로 머리를 깎고 비구니가 되었고, 그녀가 죽은 후에 그녀가 사랑했던 사내는 천관사라는 절을 건립해 그녀의 영혼을 위로한다. 신라통일 대업을 이룬 김유신 장군이 사랑했던 여인 천관녀. 하지만 나라를 위해 큰 뜻을 품은 젊은 김유신에게 그녀는 잊을 수밖에 없는 여인이었다.

"이놈아, 누가 네 멋대로 이리 오라고 했더냐."

잠든 자신을 태우고 천관녀에게 달려간 애마의 목을 베면서까지 냉엄한 결단력을 보인 장군을 보며 사랑하는 이한

테 철저히 버림받았다고 생각한 천관녀의 속은 얼마나 아리고 찢어졌을까.

매년 음력 7월 7일, 1년에 한 번 오작교에서 견우직녀가 만나는 칠석날 밤에 천관제가 열리는데 천관녀의 애달픈 사랑을 위로하고 김유신 장군과 이루지 못한 사랑을 하루만이라도 풀어주고자 하는 행사이다.

천관사지를 품고 있는 천관산天冠山은 지리산, 월출산, 내장산, 내변산과 함께 호남의 5대 명산에 속하고 두륜산, 조계산과 더불어 전라남도 도립공원으로 지정되어 있다.

순창의 여암 신경준, 고창의 이재 황윤석과 함께 호남의 3대 천재로 일컬어진 존재存齋 위백규 선생은 조선 후기 호남 실학의 대표 학자로서 천관산의 구석구석을 답사한 후 이 산에 관한 역사, 문화, 지리 능을 기술한 산서 '지제지'를 저술하였다.

천관산은 지제지에 다섯 개의 이름으로 전해지고 있는데, 천관산 외에도 천풍산天風山, 지제산支提山, 불두산佛頭山, 우두산牛頭山이 바로 그 명칭들이다.

그 후 아기바위, 사자바위, 중봉, 천주봉, 관음봉, 선재봉, 독성암 등 하늘을 찌르는 수십의 기암괴석과 기봉들이 주옥으로 장식된 천자의 면류관처럼 보여서 천관산으로 굳어졌다. 또 이 산 각 봉우리 명칭도 이 지제지의 기록을 토대로 하고 있다. 여하튼 고려 때까지만 해도 89암자가 있었

다고 하니 얼마나 울창하고 깊은 산이었는지를 짐작하게
한다.

호남의 대표적인 억새 명산인지라 억새 철에 맞춰 장흥에
왔다. 서울 광화문을 기점으로 가장 남쪽에 있는 정남진 장
흥은 맑은 바람과 속속들이 투명한 물, 초록의 명산이 둘러
싸고 있는 문화와 예술의 고장이자 산酸을 전혀 사용하지
않고 만든 친환경 참살이 먹거리인 무산 김과 청정해수에
서 생산되는 매생이, 고품질의 정남진 장흥 한우가 군침을
돌게 하는 곳이다.

억새의 춤사위와 기암 묘봉의 화음

관산 읍내에서 장흥의 특산물을 고루 곁들여 아침을 먹고
천관산 입구로 향한다. 하늘은 드높고 청명하여 억새 축제
에 더없이 좋은 날이다.

주차장에서 천자의 면류관을 높이 올려다보고 산으로 들어
서서 도화교라는 작은 석교를 건너면 장천재를 먼저 접하
게 된다. 위백규 선생이 학문을 가르쳤다는 장천재에는
600년은 족히 넘었을 노송이 범상치 않은 모습으로 가지를
뻗고 있는데 마을 주민들은 이 소나무가 바람에 이는 소리
를 듣고 날씨를 예측했다고 한다.

장천재를 거쳐 조망이 가려진 숲길을 가파르게 오르다가

시야가 트이면서 정남진 해양낚시공원이 있는 장흥 앞바다를 보게 되고 진행 방향의 봉우리에서 멋진 바위가 반겨준다. 첫 번째로 접하는 봉우리 선인봉이다.

왔던 길 돌아보면 들판 너머로 부용산이 우뚝하고 그 우측으로 운봉산과 승주봉이 야트막하다. 들머리 탑동 주차장에 관광버스들이 줄지어 세워진 걸 보니 많은 등산객을 내려주었다는 걸 알 수 있다.

"남도의 바다는 항상 옳다."

누군가 그렇게 표현했다. 장흥 앞바다를 내려다보면 그 말의 느낌이 와닿는다. 아름다운 자연을 어디서든 접할 수 있는 우리나라에서도 한 지역에서 바다와 강과 호수를 모두 만날 수 있는 곳은 별로 없다.

전라남도 장흥은 여름 바다의 깊은 낭만이 배인 득량만과 탐진강, 장흥댐 호수까지 물과 관련된 제반 자연환경을 갖추고 있는 곳이다.

장흥이 매년 여름이면 물을 찾아 떠나온 순례객들의 새로운 성지가 된 것은 당연한 일이다. 축제 기간 내내 거대한 테마파크이자 물의 도시로 변하는 장흥 물 축제는 우리나라 물 축제의 효시이자 가장 성공적인 축제로 자리매김하면서 대표적인 여름 축제로 성장했다.

아직 축제의 여운이 남아있는 장흥의 곳곳을 눈에 담다가 오르는 등산로에는 조경 수석처럼 잘 다듬어졌거나 있는 그대로의 거친 바위들이 곳곳마다 즐비하다.

앞으로 가면서 뒤통수가 근질근질하여 돌아보았는데 지나온 바위 능선 뒤로 멀리 제암산과 사자산이 눈에 들어온다. 지난봄 서로 대면했던 그들이 인사하려 잡아끈 것이다.

"붉게 핀 산철쭉이 아른거리는군요."
"지금 단풍도 썩 괜찮은 편이라네."

환희대로 오르면서 물드는 가을 산자락 위로 파란 하늘을 떠받치고 있는 수많은 바위 군락의 풍광이 환한 미소를 짓게 한다. 떠나기 전 검색했던 그대로의 멋진 모습이 보였기 때문이다.

고려 때는 등산로가 제대로 정비되지 않아 천관산에 오르는 게 위험하였다. 그 당시의 기록 '천관산기'에 의하면 '산에 오르며 위험한 길 때문에 곤란을 겪다가 여기에서 기쁘게 쉰다.'라는 뜻의 환희대라고 한다. 만권의 책을 쌓아놓은 모양이라는 대장봉 정상의 석대이다.

'이 산에 오르는 자는 누구나 이곳에서 성취감과 큰 기쁨을 맛보게 되리라'

천관산기에서처럼, 지금의 안내판에 적힌 글처럼 기쁘고 절정의 카타르시스까지 느낀다. 빛을 따라 순광으로 바라보는 억새 무리가 가을빛 그대로 연한 갈색 물결을 이룬다.

한때 황금빛 약수에 효험까지 뛰어났다는 금강굴을 배꼼이 들여다보고 좁은 바위 통로를 빠져나간다. 금강굴을 지나 올려다보면 대세봉과 기암들이 늘어서 있다.

아무렇게나 솟아있는 것처럼도 보이고 나름대로 질서를 유지하며 대열을 갖춘 것처럼도 보이는데 신라 때의 금관을 연상케 한다. 화엄경에 여기 천관산을 두고 다음과 같이 기록되어 있다.

'동남방에 지제산이라 부르는 산이 있다. 옛적부터 여러 보살의 무리가 그 속에 머물고 있었으며, 지금도 보살이 머물고 있는데 이름하여 천관 보살이라 한다. 그의 권속인 1천 보살의 무리와 함께 늘 그 가운데 있으면서 法法을 연설하고 있다.'

김유신에게 버림받은 천관녀는 경북 월성군 내남면 일남리 뒷산에 암자를 짓고 독수공방하면서 김유신의 성공을 위해 성심을 다해 기도했다.

"천관 보살? 그녀가?"

삼국을 통일하고 경주로 돌아가던 김유신이 이 소문을 듣고 천관 보살이 있는 곳으로 찾아간다.

"나와 함께 경주로 갑시다. 백제의 계백을 처리하고 오느라 좀 늦었습니다."

"그렇게 할 수 없습니다."

"아직 화가 풀리지 않았군요. 내가 당신 마음을 너무 아프게 했나 보오. 사과드리지요."

"저는 천관 보살의 화신이며 당신이 큰일을 할 사람임을 알고 기생이 되어 그 마음을 시험했던 것입니다."

"당신이 천관 보살이든 기생이든 그런 건 상관없소, 그냥 나랑 경주로 가서 같이 삽시다."

"큰일을 이루신 분입니다. 이제부터 하실 일이 더 많아질 겁니다."

"내 곁에서 내조를 해주시오. 잘 먹고 잘살게 해주리다."

 이제는 자기 일도 끝나고 두 사람의 인연도 끝났다면서 이번엔 천관녀가 거절하고 등을 돌리는 것이었다.

"그녀의 아픈 상처를 저대로 곪게 놔두면 내 비록 삼국을 통일했어도 대장부라 할 수 없어."

김유신은 말을 몰아 그녀의 뒤를 쫓았는데 장흥 천관산에 와서 천관녀를 놓치고 말았다.

천관산에 천관 보살이 산다는 전설은 김유신과 천관녀의 멜로 후속편과 그 맥락을 같이하는 것 같다. 김여중의 '유천관산기遊天冠山記'는 보다 실감 난 찬사로 천관산을 표현하고 있다.

'한 산이 남방을 진호鎭護하며, 하늘에 닿을 듯 높이 솟아 있다. 세인의 전설에, 통령 화상이 가지산에서 오며 멀리서 이 산을 바라보니, 마치 기둥이 버티고 서있는 듯하여 지제산이라 불렀고, 가까이 다가갔더니 산정에 천자의 면류관을 드리운 것 같아 천관산이라 불렀다고 한다. 이 산은 참으로 영선靈仙이 살고 있는 곳이다.'

천관 보살도 살고 영험한 신선까지 사는 천관산에 왔다고 의식하면서 갑자기 멀미를 느껴 중봉에서 배낭을 내려놓고 편안한 자세로 쉰다.

어지럼증을 가라앉히고 왔던 길을 내려다보니 채색되는 계절에 맞춰 각양각색의 옷차림이 줄을 잇고 있다. 누렇게 익은 평야와 마을에서 바다로 흐르는 실개천이 마냥 평화롭기만 하다.

길을 재촉하려 일어서자 구정봉이 보이고 조금 후 환희대가 나타난다. 흰 구름이 푸근히 감싸고 있는 기암 지대이다. 봉우리에 구덩이처럼 아홉 개의 패인 홈이 있어 명명된 월출산 구정봉九井峰과 달리 이곳 천관산의 구정봉九頂峰 (해발 685m)은 능선에 늘어선 아홉 개 바위를 총칭해서 명명했다.

아래부터 삼신봉, 홀봉, 신상봉, 관음봉, 선재봉, 대세봉, 문수 보현봉, 천주봉이며 그 끝으로 대장봉이라고도 하는 환희대까지를 일컫는다. 그러나 상세한 학습이 되지 않으면 그 구분이 쉽지 않다. 천관산의 지도를 충분히 익히고 왔음에도 각 봉우리는 지도상의 위치에서 더러 벗어난 것 같아 조금은 혼란스러운 게 사실이다.

고개를 절레절레 흔들고 억새의 향연에 흡수된다. 환희대에서 가늘고 여린 허리를 흔드는 억새들의 춤사위, 바람이 불면 부는 대로 몸을 맡긴 유연한 몸놀림은 마치 무엇에도 휘둘리지 않는 참한 처세술을 보는 것 같다.

약 1km 거리의 억새 능선을 걸으며 거기서 다양한 무리의 정연한 어우러짐과 그들만의 돈독한 결속을 보게 된다.

가을 천관산은 바위와 억새, 어떤 게 갑이고 을인지 알쏭달쏭하다. 억새로 이름난 산에 멋진 바위들까지 수두룩하여 많은 산객을 끌어모으니 그 둘은 멋진 하모니에 듣기 좋은 화음을 생성하고 있음이 틀림없다.

성성한 수염 흩날리는 백발노인들 같은 억새군락 틈새로

수직으로 뻗어 하늘을 찌르는 바위들도 그렇거니와 두툼한 뭉게구름을 퍼뜨린 파란 하늘을 유영하며 아래로 걷는 이들에게 손을 흔드는 패러글라이더들까지 거리낌 없이 잘 어울리는 풍광이다.

올곧은 천관산, 처음으로 귀양을 가는 산이 되다

정상인 연대봉(해발 723.1m)에는 억새만큼이나 많은 사람이 모였다. 연대봉烟臺峰이라는 이름에서 풍기듯 연기를 피워 왜구의 침략을 알리는 봉화대가 있던 곳이다.

면류관처럼 보였던 정상 일대의 바위 군락은 올라와 다가서서 보면 천자를 지키는 호위대처럼도 느껴지게 한다. 말을 붙여도 완고하게 부동자세를 유지하며 흐트러짐이라곤 전혀 없을 듯하다. 천관산의 올곧음은 전설과 기록에도 언급된다.

"당신들의 지지와 성원이 절대적으로 필요하오."

위화도에서 회군하여 사실상 역성혁명을 일으킨 이성계는 전국 명산의 산신들에게 자신의 혁명을 지지해달라고 부탁하였다.

"나는 지지할 수 없다."

다른 산의 신들은 이성계의 혁명을 전폭적으로 지지했으나 천관산의 산신은 거부하였다.

"이유가 무엇이오."
"당신이 말하는 건국 명분은 자신의 영달을 위한 것이지 결코 백성을 먼저 염두에 둔 게 아니기 때문이오."
"함께 할 수 없다면 아예 멀어지는 수밖에 없겠소이다."

조선을 건국한 이성계는 천관산을 흥양(현재의 고흥)으로 귀양 보냈다. 산으로서 흔치 않게 귀양살이를 하게 된 것이다. 지금도 간간이 천관산을 흥양의 천관산으로 적은 기록들이 나온다고 한다.

"이성계가 승자로서의 아량은 지니지 못한 인물이었군."

천관산이 귀양을 간 고흥과 완도 일대의 다도해 섬들과 영암 월출산이 눈에 잡힌다. 맑은 날엔 남서쪽 중천으로 한라산이 보인다는데 오늘은 그만큼 맑은 날은 아니다. 대신 담양 추월산과 인사를 나눌 수 있어 좋다.

먼 산들에서 시선을 당겨 천관산 사면을 타고 정상 쪽으로 고개 숙인 억새 물결에 눈길 멈추자 계절마저 심하게 일렁이는 것만 같아 현기증이 인다.

연대봉 바로 아래에는 '벼락이 머물다간 자리'라는 제목으로 비석이 세워져 있다. 이 자리는 전투경찰 115부대가 세워져 본부와 해안초소 간 통신을 중계하던 곳이었는데 1976년 5월 7일 새벽녘 경계근무 중 벼락을 맞고도 기적적으로 살아남은 대원을 기린 돌비석이다. 그 기적의 사나이들인 세 명의 전투경찰대원 이름이 비석 하단에 적혀있다.

'천둥 벼락에도 꿋꿋이 살아남은 이들처럼 사나운 비바람에도 꺾이지 않는 억새처럼 험난한 세파에 좌절하지 않고 오늘도 힘차게 전진하면 어떠리.'

이렇게 마무리한 비석의 글을 읽으면서 역시 올곧고 강인한 천관산을 거듭 되새기게 된다.

천관산의 슬픈 억새 울음을 들으며 글공부했던 소설가 한승원은 억새 울음에서 영감을 받아 '아제아제 바라아제'를 탈고한다.

또 이청준의 '이어도', '당신들의 천국'은 장흥을 문향의 고장으로 새겨지게 하였다. 저 아래 해안마을이 이들 두 소설가가 태어난 곳이다. 그들은 장흥 포구에서, 천관산에서 많은 문맥을 창조해냈으리라.

하산은 황금색 평야와 바다를 앞에 두고 걷게 된다. 바위 부스러기부터 갖가지 모양의 바위들이 능선 주변에 늘어서서 오가는 이들을 심심치 않게 한다.

넓적한 돌을 차곡차곡 쌓아 올린 듯한 정원암을 지나자 높이 15척에 이르는 양근암이 나타난다. 거대한 남근 형태의 양근암이 음근암이라 할 수 있는 건너편 금강굴과 마주 보고 서 있으며 이런 자연의 조화에 놀라지 않을 수 없다고 쓰인 팻말이 웃음을 자아내게 한다.

마치 월출산 남근석과 베틀굴을 묘사한 내용인데 어디가 창작이고 어디가 패러디한 것인지 궁금해진다. 아무튼, 이 바위를 지나면서 경사가 급하게 꺾인다. 야트막한 산을 담벼락처럼 끼고 황금 들녘을 앞마당 삼은 장흥 읍내가 다소곳이 평화롭다.

산에서 내려서면 우람한 효자송의 자태가 걸음을 멈춰 서게 한다. 곰솔 혹은 해송이라고도 부르는 효자송은 커다란 파라솔을 펼쳐놓은 것처럼 보이기도 하는데 높이가 9m이고 줄기 밑동의 둘레가 3.8m, 윗부분 너비는 동서 20m, 남북 26m에 이른다.

높이에 비해 수평으로 넓어 반송盤松 같은 느낌을 준다. 이 마을에 살았던 위윤조(1836년생)라는 사람이 밭농사를 많이 짓는 부모님의 휴식처로 삼기 위해 심었다니 수령

150여 년은 족히 되었을 거로 추정하게 된다.

많은 것들을 보여준 천관산이다. 정겨운 고장, 여름 물 축제를 할 즈음 가족들과 다시 와보고 싶은 장흥이다.

때 / 가을
곳 / 탑동 주차장 – 장천재 – 선인봉 – 금강굴 – 환희대 – 천관산 연대봉 – 정원암 – 양근암 – 원점회귀

붉은 커튼 엷게 드리운 가을 강천산

무얼 내던져도 찰나에 사라질 듯한 고개 위에서
살아 꿈틀거리던 욕구와 남아있는 집착 한 덩어리를
힘껏 패대기치고 그것들이 추락하는 걸
묵연히 바라본다.

며칠 동안 무언가에 콱 막힌 느낌, 사방이 환하게 트였는데도 방향을 찾지 못해 헤매는 기분. 그럴 때면 가끔 자신을 제어하지 못하고 무모해진다. 그래서 홀로 찾아가게 된다. 이번엔 호남 세 군데의 산을 정했다.

그 산들이 거기 있으므로 날씨나 거리는 중요하지 않다. 그곳에 가서 막힌 가슴을 뚫고 또다시 엮인 속세와의 고리를 잠시나마 단절하고 싶다는 생각이 머리를 지배한다.

"산 하나를 오르면 금맥 하나를 발견하는 거와 같아."

함께 산행하는 친구가 그렇게 말했었다. 전적으로 공감하며 금맥 셋을 발견하러 남도로 향한다. 호남의 소금강이라고 불릴 정도로 속속 기봉이 솟아있고 자연 그대로의 아름다움을 고이 지닌 깊은 계곡과 계곡을 뒤덮은 울창한 수림을 이루는 강천산剛泉山은 1981년 전국에서 최초로 군립공원으로 지정되었다. 강천산을 첫 번째 금맥으로 정했다.

단풍 빛깔과 햇빛, 물빛까지 모두 고운 날이다

담양에서 순창으로 가는 길에 전국적 명소가 된 메타세쿼이아 가로수 길을 지나 제1 강천호수를 끼고 순창 옥거리로 들어서면 강천산 매표소가 나온다. 서울에서 비교적 일찍 출발했는데도 정오가 훨씬 지났다.

좁은 진입로엔 토속 특산물 행상인과 행락객들이 빼곡하게 길을 막고 있다. 살짝 거부감이 이는 행락객으로 치부되기 싫어 걸음을 빨리하여 번잡한 공간을 빠져나간다.

더는 붉어질 수 없을 정도로 빨간 단풍과 엷게 홍조 머금은 주황 단풍들이 맑은 개울물에 숱 많은 머리카락을 늘어뜨려 머리를 감으려는 것처럼 보인다.

매표소를 통과하면 바로 도선교와 병풍바위가 나타난다. 병풍바위에 얇은 망사 같은 물 자락이 흘러내리는데 눈을 떼지 않으면 위로 타고 오르는 것처럼도 보인다.

병풍바위의 큰 폭포는 높이 40m, 그 오른편의 작은 폭포는 30m의 높이로 인공 조성되었지만, 전혀 인위적인 느낌이 들지 않는다.

병풍바위 밑으로 지나가면 그동안 지은 죄도 깨끗이 씻어진다는 설이 있어 몇 번을 오가며 사진을 찍었지만 지은 죄가 커서일까. 지나면서도 거듭 죄를 짓는 느낌이다. 초입에 길게 늘어선 단풍나무 아래로 지은 죄를 씻어내고픈 맑은 계류가 흐른다.

"물에 씻길 거라면 죄라고 할 수 있겠는가."

죄라는 건 그 값을 치러서도 제대로 씻기는 게 아닐 것인즉 그저 속죄양처럼 지낼밖에. 금맥 대신 낙엽이 반기는 산길이지만 역시 산은 자유의 터전이다. 가도 가도 길이 있어 아무 데건 발 내디디라 하니 풍요한 행복이다. 아무도 없어 한산한 길이나 살갑고 그리운 이 누구라도 거기 있으니 엄청난 축복이다.

늘어선 풀잎마다 맺힌 이슬 햇빛에 녹거나 붉다만 잎사귀 서둘러 떨어뜨려도 갈바람 땀 식혀주니 감미로운 희열이다. 그런 행복, 그런 희열을 마냥 느낄 수 있어 이산 곳곳마다 신선의 텃밭이다. 단풍 빛깔과 햇빛, 물빛까지도 모두 고운 화창한 계절, 수북하게 쌓인 낙엽들을 밟노라면 가을은 이제 위에서 아래로 흐르고 또 낮게 숙여가고 있다.

강천산은 단풍 고운 지금뿐 아니라 봄이면 진달래, 개나리와 벚꽃이 만발하고, 여름에는 이 산 계곡의 맑은 물을 찾아 인파가 몰려든다고 하니 소금강의 호칭을 듣기에 모자람이 없는 담양의 명소이다.

강천문을 지나 강천사 경내에 들어선다. 삼각 꼭짓점 선명한 신선봉이 우뚝하고 그 오른쪽으로 전망대가 보인다. 천연기념물로 보호 중인 느티나무는 굵은 가지들을 이리저리 휘감아 뻗어 머리카락처럼 잔가지들을 늘어뜨리고 있다.

"살고자 하면 옳지 않음을 따지지 말고, 거듭나고자 하면 그르다고 판단되는 것에 맞서라."

강천사 맞은편에는 전라북도 유형문화재 제27호의 삼인대 三印臺가 있다. 조선조 폭정을 거듭하던 연산군을 폐위시키고 진성대군을 왕으로 추대하는 중종반정이 일어난다. 반정에 성공하자 공신들은 왕비인 단경왕후 신 씨를 역적 신수근의 딸이라 하여 폐출하고 장경왕후 윤 씨를 왕비로 맞이하였다.

10년이 지나 장경왕후가 죽자 당시 순창군수 김정, 담양부사인 박상과 무안 현감 유옥은 관직으로부터의 추방과 죽음을 각오하고 폐출되었던 단경왕후의 복위 상소를 올리면서 소나무 가지에 직인職印을 걸었다. 그 뒤 이곳에 비각을 건립하고 삼인대라 하게 된 것이다.

수줍음 띤 조선 여인의 자태를 뒤로하고

울긋불긋 낙엽에 휘덮인 통나무 계단을 올라 물씬한 가을 정취에 젖어 걷다 보면 구름다리가 나온다. 50m 높이에 길이 75m의 산악 현수교에 많은 이들이 건너간다.

대다수 단풍 행락객이 다리를 건너 전망대로 향하는데 구름다리는 눈에만 담고 왕자봉으로 가기 위해 오른쪽으로 방향을 잡는다.

본격 등산로에 접어들자 그 많던 사람들이 보이지 않는다. 꽤 가파른 돌계단을 오르자 구름다리가 다시 시야에 들어온다. 그리고 정상인 왕자봉(해발 583.7m)에 도착하게 된다. 역시 자연은 위대하다. 홀로 산행, 먼 길이지만 한결 맘이 가벼워진다. 왕자봉에서 단전 깊숙하게 맑은 숨을 들이마시자 강천산 조망권역이 모두 내집 마당처럼 느껴진다.

전북 순창과 도계를 이루는 전남 담양은 대나무의 고장으로 잘 알려져 있다. 이 지역에서 생산되는 죽세공품은 국내뿐만 아니라 세계적으로도 유명하다.

특히 울창한 대나무 숲인 죽녹원에 가면 대나무 사이로 불어오는 죽풍이 청량감을 불어넣어 주는데 운수대통길, 죽마고우길 등 죽림욕을 즐길 수 있도록 조성된 총 2.2km의 산책로에서 대나무의 의미를 새롭게 인식하게 된다.

강천산 내공을 담고 깃대봉으로 향하며 왜 가슴이 탁했던가를 어렴풋이 깨닫게 된다. 바라는 마음이 깊이 고이면 서운해지는 법이라 하지 않던가. 다 내려놓았다 싶었던 욕구의 꼬랑지가 손 닿지 않아 더 가려운 등허리처럼 여간 신경 쓰이는 게 아니었잖은가. 모서리 진 저 바윗길 모퉁이에 속으로 비집고 들어온 집착 덩어리를 훌훌 떨쳐버리자.

여름에 비해 스산한 산죽나무 오솔길을 벗어나자 바로 깃대봉이다. 왕자봉에 왕자가 없듯 깃대봉에도 깃대가 없다. 깃대봉 삼거리 부근에서 허기진 배를 채우고 가지 못한 봉우리들에 눈길만 던진다. 뉘엿뉘엿 해가 기울기 시작하는 깃대봉에서 필요와 욕심의 경계를 철저히 구분 짓기로 맘 다져보지만 글쎄, 얼마나 버틸는지.

무얼 내던져도 찰나에 사라질 듯한 고개 위에서 살아 꿈틀거리던 욕구와 남아있는 집착 한 덩어리를 힘껏 패대기치고 그것들이 추락하는 걸 묵연히 바라본다.

담양으로 가는 버스에서 뒤돌아보니 고운 한복으로 단장한 여인이 노을 속에서 배웅한다. 강천산의 마지막 모습은 수줍음 띤 조선 여인의 아리따운 자태였다.

때 / 가을
곳 / 강천산 매표소 – 금강문 – 병풍바위 – 강천사 – 현수교 – 왕자봉 – 깃대봉 – 병풍바위 – 원점회귀

만추 추월산에 올라 보름달을 보듬다

추월산 단풍이 곱고도 아련하다. 이 가을의 마지막 붉음이겠지.
너무나 짧은 가을이라 붙들려는 마음도 생기지 않는다.
세월이란 게 얼마나 짧은 건가. 내년에 다시 물들 때까지도
겨우 찰나의 짧음이겠지.

강천산에서 하산하여 월계리 추월산 입구까지 두 번 버스
를 갈아타고 와서 민박집을 잡았다. 있을 데가 아닌 곳에
있다는 건 얼마나 불편한 것인가.

초록빛 커다란 섬광, 강한 원심력으로 내 육신 잡아끌기에
순순히 몸 실어 무작정 이끌려 내려진 곳, 기암절벽 사이사
이 수림 우거지고 때론 연무로 보여야 할 모든 게 가려진
곳. 낯선 객지에 와있지만, 전혀 있을 데가 아니란 생각이
들지 않는다.

원해서 찾아온 자연의 언저리, 능동적으로 자리 잡은 산모
퉁이 낯선 장소가 아늑하기만 하다. 보이는 것이나 보이지
않는 것이나 산은 그 상태 그대로 거역할 수 없는 카리스
마를 품고 있으므로 난 이미 그 산 깊은 품에 안겨있다.

왜병들의 수탈이 특히 심했던 산

전남 담양과 전북 순창의 경계이자 호남정맥의 한 구간인 추월산은 전라남도 기념물 제4호이자 전남 5대 명산의 한 곳이다. 가을이면 산봉우리가 보름달에 맞닿을 것처럼 높다고 하여 추월산秋月山이라 명명했다.

대나무 고장답게 들머리부터 대나무 숲길로 시작한다. 오르막 도중에 늦은 일출을 보게 된다. 시나브로 남도 산자락에서 빛을 발하며 솟아오르는 일출이 낭만 가득하다. 가슴을 크게 벌려 해를 품는다. 내부 깊이 산바람을 들이마신다. 신선하다.

산세가 거칠기도 하지만 오늘따라 유난히 땀이 많이 난다. 밧줄이 나무 둥지를 감아 길게 이어진다. 가파른 너덜 길의 연속이다. 어느새 머리 위까지 치솟은 태양이 인적 없이 쓸쓸한 산길을 호젓하게 비춰준다.

등이 축축하게 젖을 즈음 닿은 능선도 그 길은 간밤에 내린 이슬로 축축하다. 나무 팻말 이정표에 몇 갈래 길이 표시되어 있지만, 눈에 들어오지 않는다. 오직 위로만 향할 뿐이다.

허다한 갈림길
헤매고 헤매는 게 삶
바위길, 샛길
이끄는 대로 가는 게 산
찾아 멈춘 곳이 정착할 곳 아니거늘

한 자락 햇빛 손바닥에 움켜쥐고
한 줌 달빛 가슴에 스며들므로
어디로 향하든
어디에 머물든
전혀 낯설지 않네.

담양읍에서 보면 스님이 누워 있는 형상의 추월산 정상에
는 수많은 이들이 리본을 달아 다녀간 자취를 남겨놓았다.
월계리 들머리에서 1.4km, 정상 표고가 731m이니 오름 기
울기가 꽤 급한 편이라 하겠다.

태양보다 더 빠르게 올라왔나 보다. 해는 아래 등성이를
넘으며 찬란한 금빛을 뿜어낸다. 산정은 비록 혼자일지라도
누군가와 함께 희열을 느끼는 것만 같은 장소이다.

추월산은 인근 금성산성과 더불어 임진왜란 때 치열한 격
전지였으며, 동학 농민항쟁 때도 동학군이 마지막으로 항거
했던 곳이다. 의로운 혁명이 실패로 끝나는 그 자리에 서니
그의 의로운 외침이 들리는 것만 같다.

"내 뜻은 나라와 인민을 위하여 죽고자 함입니다."

한양으로 올라가 대원군을 만난 녹두장군 전봉준은 그렇게
자신의 소신을 밝혔다. 끝내 알려지지 않았지만, 전봉준과
대원군은 모종의 밀약을 협의했을 것으로 추정된다.

하층 농민 대중으로부터 힘을 결집하여 봉건주의를 타파하고 국가의 근대화를 이룩하려 했으나 일본 군사력에 의해 좌절당하고 만다. 전봉준이 영도한 갑오 농민전쟁은 이후의 사회변혁 운동과 민족해방운동의 진전에 원동력이 되었다.

1895년 12월 2일, 이곳 추월산 인근의 순창군 피노리에서 체포되어 일본군에게 넘겨져 한양으로 압송되어 다섯 차례에 걸쳐 재판을 받은 후 사형을 선고받았고, 3월 30일 그의 동지들과 함께 처형당했다. 그의 1, 2차에 걸친 농민항쟁을 더듬으며 서서히 안개가 사그라지는 담양호를 내려다본다.

하산할 즈음엔 쾌청해지길 바라게 된다. 무등산에서는 멀리까지 선명하게 조망할 수 있으면 좋겠다. 커피 한 잔을 마시고 곧바로 보리암으로 향한다. 보리암으로 가는 길도 등산화를 적실 정도로 이슬이 축축하다. 이곳은 각종 약초가 많이 자생하고 진귀한 추월산 난이 자생하는 곳으로도 유명하다.

보리암 상봉은 뒤로 깎아지른 절벽이지만 등산로에서 보면 산정이라는 게 무색할 정도로 밋밋하다. 추월산은 그 정상보다 보리암 정상이 더 알려져 있다. 기암절벽에 자리 잡아 산 아래로 혹은 사방 곳곳 탁월한 전망을 접할 수 있는 곳이다. 경사 급하게 만든 나무계단을 내려서서 보리암을 둘러본다.

보조국사가 지리산 천왕봉에 올라 나무 솔개 세 마리를 날렸더니 한 마리는 조계산 송광사에, 또 한 마리는 이곳 보리암에 내려앉았고 마지막 한 마리는 백암산 아래 백양사 자리에 내려앉아 각각 그곳에 명찰이 자리 잡게 되었다는 전설이 있다.

구전으로 전해지는 전설인지라 부분적으로 달라졌겠지만, 송광사에 전해지는 내용은 나무 솔개를 날렸다는 장소가 천왕봉이 아닌 모후산이고, 마지막 솔개가 앉은 절터는 백양사가 아닌 흥국사라고도 전해진다.

어쨌든 보조국사가 창건했다는 보리암은 전라남도 문화재 제19호로 지정되어 있고 백양사에 딸린 작은 암자이다. 경내엔 향내 그득 풍기는데 스님이든 보살이든 아무도 보이지 않는다. 보리암을 거쳐 내리막길에 접어들자 담양호 물살이 선명하다.

일천 계단은 족히 넘을 나무계단을 내려오면 다시 너덜길이다. 보리암 중창 공덕비라고 적힌 비석 바로 옆에 임진왜란 때 마을 주민들이 피신했다는 굴이 있는데 훗날 매립이 되었는지 들여다보니 텐트 정도의 면적에 불과하다. 어쨌거나 곳곳에 왜병들한테 수난을 당한 흔적이 많은 산이다.

등산로 분기점까지 내려오자 돌탑이 즐비하게 늘어서 있다. 하나씩 둘씩 저마다의 소망을 기원하며 돌탑을 쌓았으리라. 작은 돌 하나를 얹어놓으며 그들의 소망이 이뤄지길,

또 내게도 줄기차게 남아있는 작은 소망 하나가 이루어지길 빌어본다.

 다 내려올 때쯤 되어서야 등산객들이 보이기 시작한다. 아침에 못 본 추월산 단풍이 곱고도 아련하다. 이 가을의 마지막 붉음이겠지. 너무나 짧은 가을이라 붙들려는 마음도 생기지 않는다. 세월이란 게 얼마나 짧은 건가. 내년에 다시 물들 때까지도 겨우 찰나의 짧음이겠지.

 내려와 올려다본 보리암 정상은 위에 섰을 때와 달리 근육질로 단련되어 있다. 잘 정비된 담양호 산책로를 걷는 것도 운치 있을 것 같았지만 바라보는 것으로 만족한다.

때 / 가을
곳 / 월계리 - 펜션 촌 - 월계 삼거리 - 추월산 - 깃대봉 - 상봉 - 신선대 - 보리암 - 공덕비 - 돌탑 - 추월산 주차장

정상 개방에 맞춰 뒤늦게 만난 주상절리의 무등산

> 억수장마처럼 쏟아낸 오열로 가슴 깨끗하게 비워내고
> 밤하늘 우러른 적 어찌 없었던가.
> 발버둥 치며 애태워야 할 것이
> 사사로운 욕구일 수는 없는 것이지 않은가.

'무등산 사랑 가을 범시민축제 및 무등산 정상(군부대) 개방'

무등산 증심사 입구 버스 종점에 내리자 긴 문구의 현수막이 걸려있다. 연간 한두 번의 정상 개방 시점에 맞춰 부리나케 무등산을 찾게 된 것이다.

광주는 먼저 5·18 민주화운동을 떠올리게 하고, 무등산無等山은 민주주의 수호신이라는 이미지가 강하다. 그래서 광주시민들에게는 더더욱 눈길만 스쳐도 가슴 저린 실체일 것이다. 무등산 또한 현대사의 질곡을 직접 지켜보며 천추의 한을 곱씹는 중일지도 모를 일이다.

호남정맥의 중심 산줄기인 무등산은 광주광역시와 전라남도 화순군, 담양군으로 이어져 있다. 북쪽의 나주평야와 남쪽 남령 산지의 경계에 있는 웅장한 산으로, 1972년 도립공원으로 지정된 이후 25년 만인 2013년에 스물한 번째 국

115

립공원으로 지정되었다. 지질 생태학적으로, 또 관광 측면에서 경탄할만한 풍경과 신비로움이 깃든 천혜의 절경지인지라 등급을 매길 수 없을 정도로 높고 크고 고귀한 산이라는 의미에도 딱 부합하는 무등산이다.

두 번째 방문하면서 가슴이 울렁이는 건 지금이 가을이기 때문이다. 작년 가을, 규봉에서 보았던 가을 풍광은 한동안 뇌리를 떠나지 않았었다. 오늘은 코스가 틀리지만, 여기가 무등산이기에 바쁘게 서둘러 움직여도 보여줄 걸 다 보여줄 것으로 확신한다.

비할 데 없이 높은 산이요, 등급을 매길 수 없는 산일세

아웃도어 상설매장이 즐비하게 늘어선 등산진입로 분위기가 북한산 산성 입구를 떠올리게 한다. 무등산도 한껏 물들어 있다. 무등산 서쪽 기슭에 자리 잡은 증심사는 광주지역의 대표적인 불교 도량으로 삼층석탑, 범종각, 오백전 등 많은 문화재가 있어 1986년 광주광역시 문화재자료 제1호로 지정된 사찰이다.

증심사와 증심교를 지나 중머리재 쪽으로 방향을 잡는다. 다시 광주광역시 문화재자료 제2호인 약사암을 지나면서 본격 등산로가 시작된다.

약사암 위로 수직 절벽인 새인봉 마루가 보인다. 바윗덩어

리 정상부가 임금의 옥새와 흡사하다 하여 이름 지어진 봉우리이다.

새인봉 삼거리에서 잠시 망설인다. 거쳐야 할 곳이 너무 많아 새인봉은 400m 지점에서 한 번 더 쳐다보는 것에 만족하고 중머리재로 좌회전을 튼다. 낙엽 수북하게 덮인 돌길과 잡목 숲길을 길게 올라 능선에 이르자 조금은 철 지난 억새가 그래도 힘차게 나부끼고 있다.

아래로 마당 널찍한 중머리재가 보이고 그 위로 통신소에 통신 철탑들이 늘어서 있다. 양지바른 드넓은 평야에 사방이 탁 트인 중머리재 공터에서 많은 등산객이 식사도 하고 휴식도 취하는 중이다.

중머리재 약수터에서 물만 보충하고 내처 용추 삼거리를 거쳐 장불재(해발 990m)에 다다른다. 광주광역시와 화순군 경계 선상의 넓고 평평한 고원지대인 장불재에 이르자 과연 상대 비교를 하고자 등급을 매길 수 없다는 의미에 고개를 끄덕이게 된다.

웅대한 산세이긴 하지만 대체로 경사가 완만하고 안정감 있는 흙산이라 마냥 푸근하다. 장불재에서 제일 먼저 눈에 들어오는 것이 입석대(해발 1017m)이다. 석축으로 된 단을 오르면 5각에서 6각 혹은 7각, 8각형으로 된 돌기둥이 둘러서 있다.

꼿꼿하게 몸 일으켜 세운 바위들은 마치 한 곳을 응시하며 사열 받는 군인들의 모습과 흡사하다. 약 7000만 년 전 안산암에 형성된 주상절리로서 기둥 하나의 둘레가 보통 6~7m, 10m 내외의 높이로서 남한에서는 최대 규모의 주상절리이다.

주상절리柱狀節理의 사전적 의미를 보면 단면의 형태가 육각형 또는 다각형인 기둥 모양으로 화산암 지역에서 많이 볼 수 있으며, 뜨거운 용암이 냉각되어 부피가 감소하면서 그 수축 작용으로 형성된 지형으로 온도가 높고 유동성이 큰 현무암질 용암이 빠르게 냉각될 때 잘 발달한다고 한다.

유네스코에서는 지질학적·생태적·역사적·고고학적 가치를 지니고 있어 세계적으로 보호·관리하는 공원을 세계 지질공원으로 인증하여 등재하고 있다.

2018년에는 제주도와 청송에 이어 국내에서 세 번째로 유네스코 세계 지질공원으로 인증받음으로써 광주시민의 어머니 품으로 존재하던 무등산은 일약 국민의 산으로 거듭났고, 나아가 세계적 보존 가치를 지닌 인류의 산으로 우뚝 섰다.

오랜 세월 풍상을 겪은 입석대의 우람하고도 불가사의한 신비로움에 한참이나 눈을 떼지 못하다가 승천암이라 적힌 바위를 지나 서석대(해발 1100m)에 이른다.

저녁노을 물들 때면 햇빛에 반사되어 수정처럼 빛나기 때문에 수정 병풍이라 부르기도 했었다. 무등산을 서석산이라 칭했던 것은 이 서석대의 돌 경치에서 연유한 것으로 서석대의 병풍바위는 맑은 날 광주 시내에서도 바라볼 수 있다. 무등산 3대 석경인 서석대, 입석대와 광석대의 무등산 주상절리대 10만 7800㎡는 천연기념물 제465호로 지정되었다.

이상한 모양이라 이름을 붙이기 어렵더니,
올라와 보니 만상萬像이 공평하구나.
돌 모양은 비단으로 감은 듯하고
봉우리 형세는 옥을 다듬어 이룬 듯하다.
명승을 밟으니 속세의 자취가 막히고,
그윽한 곳에 사니 진리에 대한 정서가 더해지누나.

조선 초 학자이자 문신인 지월당 김극기는 고려가 망한 뒤에 세상일을 잊고자 이름난 산수를 찾아 시를 지으며 소일했다. 그는 자신의 시 '규봉암'을 통해 무등산 규봉의 경이로움을 저처럼 표했다.

규봉을 가보지 않고는 무등산을 논하지 말라고도 한다. 장불재에서 서면 쪽으로 능선을 따라 약 1km를 돌아가면 지공 너덜과 규봉 주상절리(해발 950m)에 이른다.

지공 너덜은 수많은 돌이 흩어져있는 비탈로 주상절리가 오랜 세월의 풍화작용 때문에 깨어져 능선을 타고 모여진 산물이며, 인도 승려인 지공 대사가 석실을 만들고 좌선 수도라면서 그 법력으로 억 만개의 돌을 깔았다고 말한 것에서 유래되었다.

규봉은 광석대, 송하대, 풍혈대, 장추대, 청학대, 송광대, 능엄대, 법화대, 설법대, 은신대 등 열 개의 대에 이름을 붙였는데 무등산 주상절리 중 그 규모가 가장 크며, 하늘과 맞닿을 듯 깎아지른 100여 개 돌기둥 사이의 울창한 수림과 규봉암 사찰이 조화를 이루며 잘 어울린다. 특히 울긋불긋한 단풍이 수려함의 극치를 이루는 가을이면 그 풍광에 눈을 떼지 못한다.

오늘은 개방한 군부대를 시찰하러 왔으니 규봉으로 가고픈 마음을 접는다. 지척의 군부대 앞에는 적지 않은 사람들이 줄지어 부대 안으로 들어서는 중이다.

미사일 기지와 막사 등 군사 시설물들 위로 솟은 봉우리 셋이 천왕봉, 지왕봉, 인왕봉이라고 지칭되는 무등산 정상이다. 군이 장악하고 있는 셈이다. 선심 쓰듯 정상 개방을 하고 군부대를 잠깐 구경시켜주기는 했는데 개방의 의미를 그다지 느끼지 못했다.

부대 울타리를 나와 다시 정상부에서 쭉 둘러보노라니 바위에 새긴 글처럼 광주의 기상이 무등산에서 발원된 건 공감할만하다. 임진왜란 때 김덕령 장군을 비롯한 많은 의병장이 배출되었고 대한제국 때에도 의병활동의 거점이 되었었다. 무등산이 광주와 전남도민의 정신적 지주 역할을 해오고 있음을 의식하게 된다.

"나는 받아들일 수 없네."

고려 말, 무등 산신은 찾아온 이성계와 무학대사를 차갑게 외면한다. 지리 산신, 천관 산신과 마찬가지로 이성계의 역성혁명을 반대한 것이다. 조선을 건국한 이성계는 장흥의 천관산을 귀양살이시켰던 것처럼 경상도에 있던 지리산을 전라도로 귀양 보냈다는 설화가 전해진다.

결국, 역성혁명을 불의로 간주한 호남지역의 역사의식으로 말미암아 조선 시대 중앙정부로부터 외면당하고 상대적으로 피해를 본 지역 정서가 반영된 설화라 하겠다.

이러한 정서는 근현대에 이르러서도 정치적으로 핍박을 당하거나 지역감정의 폐해로 이어져 무등산은 더더욱 불의에 대항하는 호남의 상징으로 존재하게 된다.

"그러나 무등산은 우리나라, 우리 국민의 산이야. 호남의 산이기 전에."

상대적 폐해를 입은 무등산에 마음 한구석 동정심이 일다가도 둘러보면 카리스마 넘치는 광활한 풍광에 여지없이 압도되고 만다. 그러면서도 하늘과 접한 공원처럼 시원하면서도 푸근하다. 서석대 전망대에서 본 서석대 역시 강인한 위용을 뽐낸다.

잘 다듬어진 오솔길을 따라 편안한 걸음걸이로 중봉에 닿았다. 그리고 다시 용추봉에 이르렀다.

돌아보면 선객들이 다녀간 거기엔 덩그러니 길만 남는다. 아직 내리막길에 본격적으로 접어들지도 않았는데 노을이 물들기 시작한다. 하지만 서두르고 싶지 않다. 올라올 때와 달리 사람들이 없는 석양 녘 장불재가 고즈넉하다.

노을 지는 가을 무등산에서 다시 시작하다

노을빛에 젖어 더욱 붉어진 가을 모습을 보여주는 백운암 터를 지나고 토끼등을 지난다. 날머리 원효사까지 3.2km, 길은 평탄한 데다 노랑, 주홍 낙엽 밟으며 느긋하게 걷노라니 어두워지는 중이지만 막바지 가을을 타기에 부족하지 않다.

창창하던 한낮 태양에 등 돌린 채 항명하듯 황혼은 속도 높여 새빨갛게 물들고 있다. 산악과 뜨락 전부가 붉게 지배당했고 땅 위엔 숱한 갈색 사연들이 화석의 제단을 마련한다. 흙빛 참상, 팽창된 외로움의 이유로 속으로 전해오는 쓰라림은 마침내 저리도 붉다 검은 피를 토하며 내일을 잃고 스러진다.

울긋불긋 찬란하게 시선 끌던 단풍들은 고엽 되어 이리저리 밟히며 계절을 인계하는 중이다. 곧 다가올 한파, 허하고 차디찬 공간, 드센 바람 몰아치는 백색 왕국의 휑한 터전에서 세월의 파편들은 체념한 채 체온 잃은 흙을 끌어안게 되겠지.

계절 변화에 수동적으로 따라붙는 막바지 단풍을 묵연히 바라보고 낙엽을 밟노라니 차라리 침엽수 늘 푸른 나무로 생겨나지 못한 게 큰 불행일 수도 있다는 생각이 이는 것이다. 그렇게 가을은 사내에게 감성을 일으키며 계절을 타게 한다.

바람재를 거쳐 공군부대 앞길을 지나자 낙엽도, 무등산도 그리고 광주도 어둠에 잠기고 말았다.

"막힌 속이라도 뻥 뚫어보려 무작정 배낭 메고 떠나 남도의 산을 유람하고 나니 지금 어떻던가?"

날 갤 때까지 안개 자욱하여 아무것도 볼 수 없었던 시절 있지 않았던가. 봄 올 때까지 겨울에 깔렸던 낙엽처럼 죽음 같은 고요를 내 삶인 양 인내했던 시절이 있지 않았던가.

억수장마처럼 쏟아낸 오열로 가슴 깨끗하게 비워내고 밤하늘 우러른 적 어찌 없었던가. 발버둥 치며 애태워야 할 것이 사사로운 욕구일 수는 없는 것이지 않은가. 우러러 부끄럼 없는 신념이 부족했음을 왜 여태 깨닫지 못했던가.

수줍어 살포시 미소 띠며 외지 나그네 맞아준 만추 단풍과 호방하게 펼쳐진 산정의 광활함이 삐죽 모나기까지 했던 지난 한주의 삶을 부끄럽게 만든다.

행이 있으면 불행도 있는 법. 어느 순간 평화에 금이 가고 위급이 행복으로 바뀔 수 있다는 면에서 산을 삶과 비견했었다. 변화가 있고 반복이 거듭하니 생의 소중한 가치를 망각하지 않는 것일지도 모르겠다.

세상 한복판에서 머리에 담고 가슴에 지녀 무겁기만 했던 건 결국 현실과 동떨어진 걱정 부스러기요, 스트레스 조각에 불과했었다는 것이 정녕 깨우침이라면 산과 금맥을 동일시했던 친구의 말은 딱 들어맞는 거였다. 그렇게 자답하고 자책하고 자각하며 다시 왔던 길로 되돌아간다.

해 떨어져 어둑어둑 거무스레한 산비탈 흐릿하게라도 길 남겼다가 온전하게 내려주고 나서야 홀연 어둠에 몸 가리니 무등산 배려가 하염없이 살갑기만 하더라.

때 / 가을
곳 / 증심사 관리사무소 - 증심교 - 증심사 - 신림 - 약사사 - 새인봉 삼거리 - 서인봉 - 중머리재 - 용추 삼거리 - 장불재 - 입석대 - 서석대 - 개방 군부대(천, 지, 인 삼봉) - 서석대 전망대 - 중봉 - 용추봉 - 중머리재 - 봉황대 - 토끼등 - 바람재 - 늦재 - 원효사 공원 관리사무소 - 원효사 버스종점

오봉산, 완도 다섯 지붕의 꼭짓점을 잇다

바다 뒤로 산, 그 뒤로 다시 바다.
내려다보니 바다와 산은 하나였다.
산은 바다로 그 몸집을 깊이 담그고 바다는 산을 깊이 흡인하니
형체만 다를 뿐 해산 일체海山一體에 다름 아니다

이른 새벽, 땅끝마을 해남에서도 약 45km를 더 내려가 다도해해상국립공원 완도에 내리자 비릿한 바닷냄새가 스민다. 전라남도 완도군에 속한 섬이자 완도군의 주도인 완도는 우리나라에서 일곱 번째 큰 섬으로 달도를 사이에 두고 남창교와 완도대교를 통해 해남반도와 연결된다.

1981년 다도해해상국립공원으로 지정된 이후 제1 종항으로 승격되어 제주도와 최단 거리 해상항로를 확보함으로써 제주와 완도 간 쾌속 페리호가 운행되고 있으며, 1991년에는 국제항으로 승격되어 여객선 5천 톤, 화물선 2만 톤까지의 외국 선박 입출항이 자유로워졌다.

오늘 완도를 남서에서 북동으로 잇는 심봉, 상왕봉, 백운봉, 업진봉, 숙승봉의 다섯 봉우리를 가로지르려고 왔다.

잠들듯 누워 있는 섬들을 보며 바다 위 숲을 걷다

동틀 무렵 대구리 마을에서 산행을 시작한다. 양력 2월 중순 여긴 이미 봄이다. 따뜻한 남쪽 나라인지라 동백꽃이 빨갛게 몽우리 졌다. 잠깐만에 바다가 발아래로 펼쳐지고 잘 단장된 논밭이 바다와 조화롭게 어우러진다.

잔잔한 물결 위에 잠들듯 누워 있는 섬들이 평화롭기 한량없다. 바다 위 숲길, 아직 살지지 않은 나목들 사이로 노랗게 부서지는 아침 햇살을 받으며 걷는 순간순간들이 마냥 감미롭다. 거제도 망산이나 노자산에서도 그랬고, 사량도 지리산에서도 그랬다.

바다를 보며 산을 오르노라면 같이 오고픈 이들이 눈앞을 스친다. 함께 오지 못해 아쉬움 그득 고이게 하는 친구가 떠오르고 험산 준령 넘으며 함께 땀을 쏟아낸 몇몇 산우들이 곁에 있는 듯하다.

거친 암벽의 심봉 정상(해발 598m)을 설치된 밧줄 잡고 올라서자 오른편으로 주봉인 상왕봉이 솟아있고 언덕 너머로 완주 대둔산이 보인다. 아직 해무가 채 걷히지 않았지만 너른 해상공원은 이 지역의 경관을 완성하는 화룡점정이라 할 수 있겠다.

상록수림이 울창해 천연기념물로 지정된 완도항 앞바다의 주도珠島는 만조 시 섬 전체가 떠 있는 것처럼 보인다는 만월 달빛이 천하절경이다. 완도읍 죽청리 해안 일대의 울창한 동백나무숲도 장관이며, 국민 관광지인 신지해수욕장은 백사장을 밟으면 우는 소리가 나고 이 모래밭이 거의 직선으로 동서 10리나 뻗어있어 명사십리 해수욕장이라 부른다.

산객 한 분이 일러준 방향을 유심히 살피는데 멀리 구름 위로 거무튀튀한 실루엣처럼 봉우리가 솟아있다. 한라산이다. 오봉산에서 육안으로 한라산을 볼 수 있다더니 사실이다. 카메라 렌즈를 갈아 끼우고 줌인하여 한라산 정상을 보다 선명하게 잡아당긴다.

상왕봉으로 가면서 해남으로 가는 완도대교를 내려다보고 그 왼쪽으로 고개를 돌리면 상당한 거리를 두고 해상왕 장보고의 동상이 보인다. 청해진 유적공원이다.

신라 시대에는 지금의 완도읍 죽청리와 장좌리 일대에 청해진을 두어 장보고가 서남해안의 해상권을 잡아 해적을 소탕하는 한편 동방무역의 패권을 잡은 중계무역항으로써 해로의 요충이었다. 장좌리 앞바다의 장도 청해진 유적은 사적 제308호로 지정된 바 있다.

오봉산 주봉이자 완도에서 가장 높은 지대인 상왕봉(해발 644m)도 바위 더미 봉우리다. 옆으로 봉수대 석비가 세워져 있고 다음 봉우리들인 백운봉과 숙승봉이 고개 들어 뭍에서 온 손님 맞을 채비를 한다.

신지도, 청산도와 보길도가 둥둥 떠 있는 바다 뒤로 산, 그 뒤로 다시 바다. 내려다보니 바다와 산은 하나였다. 산

127

은 바다로 그 몸집을 깊이 담그고 바다는 산을 깊이 흡인
하니 형체만 다를 뿐 해산 일체海山一體에 다름 아니다. 대
둔산 정상 오른쪽으로 두륜산의 우뚝 솟은 두 봉우리가 시
선에 가득 잡힌다.

"조만간 들르겠습니다."

대둔산과 두륜산은 물론 달마산까지 이어 걷겠다고 마음을
다지자 또 가슴이 뛴다.

그렇지만 오늘은 오늘의 산에 충실하기로 한다. 백운봉 가
는 길에 간간이 암릉이 나오더니 깔끔하게 목조로 세운 전
망대에 이른다. 업진봉이 등에 올라타라는 듯 구부려 허리
를 낮춘 모습이다.

산 숲을 빠져나와 임도를 질러 다시 올라 백운봉 직벽의
꽤 날카로운 모습을 마주한다.

백운봉 정상(해발 605m)에서의 조망은 지금까지 보아왔던
장면과는 사뭇 다르다. 오봉산의 광활함을 한눈에 느낄 수
있거니와 숲 사이로 구불구불 길게 이어진 임도는 마을 어
귀까지 닿아있다.

바다는 다시 하늘과도 구분 없이 하나라는 걸 보여준다.
여기서 보는 일출을 상상하자 언젠가 이곳에 다시 와서 보
름달을 보며 야영을 하고 싶다는 생각까지 들고 만다.

호국의 고장에서 천혜의 풍광을 가슴에 담고

네 번째 업진봉(해발 544m)에서 이어갈 숙승봉은 북한산 백운대에서 인수봉을 바라보는 느낌이 스친다.

"많이 닮았어."

그 아래로 보이는 바다색은 더욱 짙푸르고 두륜산은 더욱 가까이 보인다. 숙승봉 가는 길 음지 바위벽에는 아직 고드름이 얼어붙어 있다.

산 밑에서 바라보면 스님이 누워 잠을 자는 것 같은 형상이라 그렇게 이름을 지었다는 숙승봉을 바로 아래에서 올려다보면 암벽의 위용이 녹록지 않게 살아있다는 걸 느낄 수 있다.

보석처럼 귀히 여긴 계절
아쉬움 고이고 아련한 미련
앙금처럼 남았지만
안타까움이든, 그리움이든,
고뇌의 후유증일지라도
하얗게 포장해서 어딘가에

훌훌 털어내야만 하나 보다.
인자요산이라 했으나 어질지 못해
산에 뿌리지 못하고
지자요수라 했으나 도통 슬기롭지 않아
바다에도 흘려보내지 못하니
둥둥 가슴 떠돌던 포장
매듭 풀어져 다시 굳어지려나.

해발 461m의 숙승봉 정상에서는 드라마 '해신'의 촬영 세트가 한눈에 잡힌다. 얼추 30여 가구는 됨직한 마을이다. 이 지방을 대표하는 위인 장보고에 관한 것이 부지기수이지만 임진왜란과 관련하여 얽힌 전설도 많이 전해진다.

완도읍에서 동쪽으로 약 1.5km 뻗은 산언저리에서 100여 m 앞의 바닷속에는 바위가 하나 있는데 썰물 때만 모습을 드러낸다. 이순신 장군이 이 바위에 쇠줄을 연결해 왜선을 무수히 침몰시켜 몰서바위라고 명명하였다는 얘기가 전해 내려오고 있다.

임진왜란 때 이 고장 청산면 청계리 마을 사람들이 바닷가의 갯돌을 보적산 위에 쌓아놓고 왜군을 산정으로 유인한 다음 돌을 굴려 몰살시키면서 산 아래 시내의 이름을 피내리고랑이라 지었다고도 한다.

역사의 자취가 끈적끈적한 유적지이자 호국의 고장이며 천혜의 풍광을 지닌 관광지이다. 또 오게 될지, 이게 처음이자 마지막 만남 일지…….

날머리 불목 저수지까지 내려와 숙승봉을 올려다보며 완도
와 또 오봉산과 짠한 작별 인사를 한다.

때 / 늦겨울
곳 / 대구리 - 심봉 - 상황봉 - 전망대 - 백운봉 - 업진봉 - 숙승봉
- 원불교 수련원 - 불목리

호남의 하늘 마당, 진안고원 마이산

하늘나라에서 쫓겨나 지상에서 두 아이를 낳고
속죄의 세월을 보내며 살던 부부가 다시
하늘로 갈 때가 되어 남편이 사람들 눈을 피해
한밤중에 하늘로 오르고자 했다.

전라북도 무주, 장수와 함께 무진장이라는 머리글자로 표
기되는 진안에 다시 왔다.

이들 세 고장에 있는 명산들을 헤아려보게 된다. 무주군의
덕유산과 적상산, 진안군 운장산과 구봉산, 장수군의 장안
산. 대다수 한두 번 이상씩 와본 산들이다. 몇 해 전 겨울
에 와본 이후 두 번째로 명승 제12호이자 전라북도 도립공
원 마이산을 찾는다. 이번에는 후배 계원이의 제안에 따라
같이 왔다.

절대 가격 속에 신비한 설화들을 지닌 산

진안 IC를 빠져나오기도 전에 청명한 하늘 위로 솟은 숫
마이봉(동봉)과 암마이봉(서봉)이 신비하고도 야릇한 모습을
드러내며 반긴다.

암마이봉이 숫마이봉을 마주 보지 못하고 등 돌려 고개

숙인 것처럼 보이는 건 아마도 전해 내려오는 설화 때문일
것이다.

"사람들 눈을 피해 한밤중에 올라갑시다."

하늘나라에서 쫓겨나 지상에서 두 아이를 낳고 속죄의 세
월을 보내며 살던 부부가 다시 하늘로 갈 때가 되어 남편
이 사람들 눈을 피해 한밤중에 하늘로 오르고자 했다.

"승천은 새벽 동틀 무렵에 하는 게 맞아요."

아내는 새벽을 고집했다.

"무슨 소리요. 부지런한 이 마을 사람들이 얼마나 일찍 일
어나는지 몰라서 하는 소리요?"
"그래도 한밤중에 오르다가 길이라도 잘못 들어 딴데로
새면 어쩌려고요? 부부간에 의견이 다를 땐 아내 말을 듣
는 거랬어요. 내 말대로 하세요."

마지못해 고집 센 아내의 의견을 받아들여 D-day 새벽에
승천하기로 했다.

"이른 새벽에 어디 가세요?"

그런데 하늘로 오르기 직전에 막 집 밖으로 나온 마을 아낙네에게 들켜버리고 말았다. 땅에서 솟아오르려다 그대로 주저앉고 만 것이다.

"아~ 끝내 마누라 고집 때문에 도로아미타불이 되고 마는구나."

부부는 그 자리에서 바위산으로 굳어버리고 말았다.
진안읍에서 마이산을 보면 동쪽의 숫마이봉은 양쪽에 자식을 안고 있는 모습이고, 서쪽의 암마이봉은 죄책감을 가누지 못하고 반대편으로 고개를 떨어뜨린 모습이다. 설화의 내용을 알고 암마이봉을 보았을 때 영락없이 큰 잘못을 저지른 모습이다.

"이따 숫마이봉한테 가면 이젠 그만 용서해주라고 설득해야겠어요."
"저들도 그만 풀어야지. 부부싸움은 칼로 물 베기라는데."

마이산은 계절에 따른 특성을 부각해 계절마다 각각 다른 이름을 지니고 있다. 봄에는 두 봉우리가 안개를 뚫고 나온 쌍돛대처럼 보여 돛대봉, 여름엔 울창한 수림을 뚫고 나온 용의 뿔처럼 보여 용각봉, 가을은 말의 귀를 닮아 마이산, 겨울에는 눈이 쌓이지 않아 먹물을 찍은 붓끝 같아 문필봉 이라고 부른다.

금강산이나 설악산이 그러하듯 계절마다 별칭을 갖는 산은 사람들로부터 극진한 예우를 받고 있음이라 하겠다. 오늘은 역사와 전설을 지닌 봄철의 명산, 돛대봉을 오르게 된다.

함미산성 들머리에 파릇하게 돋는 새순은 마치 겨울이 진작 자취를 감추어 제 세상을 만난 양 만면에 웃음 띤 모습이다. 진달래도 활짝 피어 한 해 만에 만나는 객들을 반긴다. 500m가량 올라와서 납작한 돌로 차곡차곡 쌓아 올린 성벽을 보게 되는데 이곳이 함미산성 터이다.

성터를 지나 잠시 마른땅을 걷다가 암석 구간의 전망 바위에서 숨을 돌린다. 오밀조밀 모여 촌락을 형성한 마령면 평지리 마을 주변의 전답이 깔끔하게 개간된 걸 내려 보다가 다시 경사 급한 암반 지대의 철제 난간을 붙들고 광대봉(해발 609m)에 올랐다.

마이귀운馬耳歸雲이란 마이산을 둘러싼 구름이 서서히 걷히는 모습을 일컫는 말인데 진안의 빼어난 절경을 일컫는 월랑 8경 중에서도 으뜸으로 친다. 안개구름을 뚫고 볼록 솟은 두 개의 마이봉과 비룡대를 마주 대하면서 마이귀운의 참모습을 직접 대하게 된다.

발아래 펼쳐진 너울진 바위 봉우리들을 넋 놓고 보노라면 신세계에 들어선 기분이다. 야트막한 산 숲 사이 보흥사 주변에 활짝 핀 벚꽃까지 눈에 들어오면서 바야흐로 봄은 마이산을 위해 존재하는 계절처럼 착각에 빠지고 만다.

더 심하게 기운 경사 구간을 내려가 보흥사 갈림길에서 고금당 방향으로 나아간다. 광대봉을 돌아보고 오르내림을 반복하며 닿은 안부에서 침목 계단을 올라 오른쪽 소로로 진행하자 금색 지붕이 보인다. 고금당이다.

바위 경사면에 절묘하게 세운 고금당은 고려 말의 고승이며 공민왕의 왕사였던 나옹선사가 세운 암자로 지금은 목탑 형식의 독특한 건물에 황금색을 입혀 눈길을 잡아끈다. 금당사와 탑영 저수지 위로 보이는 마이산은 광대봉에서 볼 때와 달리 크게 방향이 틀어져 있는데 그 풍치 또한 가히 절경이다. 좀처럼 눈을 떼지 못하고 발길도 굳어진다.

바로 아래 나옹선사가 수도했다는 자연 석굴, 나옹 굴도 황금색을 입혔다. 동학 농민항쟁을 주도했던 녹두장군 전봉준의 딸이 10년 동안이나 숨어 지냈다고도 하며, 1905년 일본이 한국의 외교권을 박탈하기 위한 을사늑약(제2차 한일협약)이 체결되자 1906년 항일 의병 결사 창의 동맹이 시작되었던 애국의 성지이기도 하다.

고려 말 이성계가 이 산에 왔을 때 신으로부터 금척金尺

을 받았던 꿈에서의 모습과 흡사하여 조선 개국의 성지로 삼았다는 일화가 전해지기도 하는데 산의 형상이 그 금척을 묶어놓은 모습이라 당시 용출산으로 불리던 것을 속금산束金山으로 명명했다고 한다. 그리고 이성계는 이렇게 시로 묘사했다.

동으로 달리던 천마 이미 지쳤는가,
몸통만 가져가고 두 귀는 남겼는가,
두 개의 봉우리 하늘로 솟아있네.

태종 이방원은 아버지의 이 시를 음미하고 그때부터 다시 마이산으로 고쳐 불렀다. 고금당 뒤편 산행로를 따라 걷다가 비룡대 방향으로 진행한다.

내려다보이는 남부 주차장엔 관광버스가 가득하고 만발한 벚꽃이 주변 산자락을 연분홍으로 물들이며 관광객들을 끌어모으는 중이다.

"사람들이 다 마이산으로 몰려오는가 봐요."
"진안에 국제 비행장이 있으면 전 세계 사람들이 몰려올 것도 같은데."

여기서 다시 가파른 철 계단을 올라 나봉암(해발 527m)이라고도 부르는 비룡대 전망대에 오른다. 용이 날아든다는 비룡대는 마이산 높은 지대에서 볼 수 있는 곳이다. 바꿔 말하면 비룡대에 올라서면 마이산 대부분이 관측 가능하다는 것이다.

비룡대에서 보는 암마이봉과 숫마이봉은 이제까지 보이던 아기자기한 모습과는 전혀 다른 형상을 하고 있다. 우람한 숫마이봉이 암마이봉의 어깨를 딛고 고개를 내밀어 그 앞으로 늘어선 바위 봉우리들을 눈여겨보는 분위기이다.

다시 암마이봉 입구로 향한다. 바위 봉우리처럼 보였던 암마이봉은 이제 거대한 산으로 바뀌었다.

"아직도 부군께서 화가 안 풀리셨나요?"

"휴~ 속 좁은 양반이 뒷 끝까지 길어서 좀처럼 화해가 안 되네요."

"암마이봉 부인께서 잘못하시긴 했어요. 자고로 가장의 말을 들었어야…"

"소금 어디 갔지? 가끔 저런 사람들이 속을 긁어놓고 간다니까."

"합의이혼도 안 해준대요?"

"좀 사라져주지 않을래요?"

괜한 오지랖 떨다가 암마이봉의 속만 뒤집어놓고 물러나고 말았다.

마이산은 암벽들이 곳곳 움푹하게 파여 있는데 타포니 taffoni라고 하는 풍화열 현상에 의해 거대한 역암 덩어리로 변모되었다고 한다.

자갈이 진흙이나 모래에 섞여 단단히 굳은 퇴적암을 역암이라 하는데 이 일대가 호수였던 약 1억 년 전, 상류에서 흘러내린 자갈이 모래 등과 섞여 퇴적되었다가 수천 년에 걸친 지층의 융기 혹은 단층 현상 등으로 솟아올랐다는 것이다.

그런 암마이봉 담벼락을 끼고 돌뿐 그 품으로 들어서진 못한다. 길을 막아 놓았다. 암마이봉과 숫마이봉 중턱에 갈라진 틈의 화암굴에서 샘물이 솟는다고 한다. 확인하고 싶었는데 암마이봉 정상(해발 685m)까지 450m라고 표시된 표지판 앞에서 아쉬움만 남기고 발길을 돌린다.

"이젠 마음을 푸시고 암마이봉을 돌려세워 푸근히 안아주심이 어떨는지요?"

"불난 집 부채질하지 말고 그냥 갈 길이나 가게. 내가 부스러져서 자갈이 되더라도 저 여편네는 용서 못 해. 보다시피 우리 애들까지 학교도 못 가고 바위로 굳어졌잖아."

은수사로 내려가 뒤로 우뚝 솟은 숫마이봉(해발 678m)을 설득해보지만, 그저 고개만 끄덕거리다가 돌아서게 된다.

그는 하얗게 핀 배나무 꽃에 묵연한 시선을 두고 화를 삭이고 있는 모습이다.

"우리 생전에 두 부부의 다정한 모습을 보긴 아예 틀린 거 같아."
"남의 가정사에 너무 신경 쓰지 말고 내려가시죠."

숫마이봉의 시선을 따라 배꽃이 활짝 핀 청실배나무(천연기념물 제386호)에 눈길을 멈춘다. 조선 태조 이성계가 기도의 증표로 씨앗을 뿌려 자란 나무라고 한다.

18m 키의 이 청실배나무 아래에 물을 담아두면 고드름이 거꾸로 솟는다는 말을 믿어야 할지 한참을 고심하다가 300m를 더 내려가 관광객들이 붐비는 탑사로 들어선다.

초입에 용궁이라는 샘이 있는데 100여 년 전 이갑룡 처사가 식수로 사용하던 우물로 이곳에서 나는 샘물이 섬진강의 발원지라고 한다. 이 용궁에 뿌리를 박은 줄사철나무는 천연기념물 제380호로 이갑룡 처사가 1910년 탑을 쌓을 때 식수한 것이란다.

탑사라는 사찰 명답게 수많은 돌탑이 쌓여있는데 대웅전 뒤로 높고 뾰족한 탑이 눈길을 사로잡는다. 월광탑, 일광탑, 천지탑이라고 명명된 탑들이다.

바로 가까운 거리에 효령대군의 16대손으로 1860년에 태어나 1957년 98세에 세상을 떠난 이갑룡 처사의 석좌상도 보게 된다. 천지 일월과 음양오행의 이치, 제갈공명의 팔진도법에 따라 이곳에 석탑들을 쌓으며 탑사를 준공했다고 전해진다.

시멘트나 접착제를 바르지 않고 순수하게 손으로 쌓은 돌탑이 거센 비바람 몰아쳐도 쓰러지지 않아 불가사의하게 여기고 있다. 지금도 이갑룡 처사의 3대손 혜명 스님과 4대손 진성 스님이 이곳 탑사를 지키는 중이라고 한다.

대웅전을 돌아 나오다 한 차례 더 놀라게 되는데 암마이봉을 타고 기어오르는 능소화를 보면서이다.

줄기를 암마이봉 암벽에 밀착시켜 가지와 가지를 위로 뻗어 올리고 있는 모습이 마치 영원한 생명력을 지켜보는 느낌이 들게 한다.

탑사에서 나와 탑영 저수지 수변을 걸으며 벚꽃의 화려함을 만끽하면서도 간혹 마이산의 기이한 현상들이 머리를 혼란스럽게 한다.

"겨울에 다시 와서 청실배나무 밑에 물 가득 채운 양동이를 놓아볼까."

"우리 둘이 젖 먹던 힘까지 보태 월광탑을 밀어도 쓰러지지 않을까요."

때 / 봄
곳 / 함미산성 입구 - 함미산성 - 광대봉 - 고금당 - 비룡대 - 암마
이봉 입구 - 은수사 - 탑사 - 탑영 저수지 - 탐방안내소 - 남부 주차
장

호남 삼신산이자 고창의 영산, 방장산

넓은 공터의 헬기장이면서 사면이 절벽인 봉수대에서는
가시거리가 길지 않은데도 지리산, 내장산, 무등산을
눈에 담을 수 있다. 아래로는 고만고만한 부락을
형성하고 있는 장성 일대가 아늑하게 느껴진다.

전북 고창, 정읍과 전남 장성에 걸쳐있는 방장산方丈山은
지리산, 무등산과 함께 호남의 삼신산으로 불려 왔다. 고창
의 진산이며 고창을 지켜주는 영산으로 정읍의 두승산, 부
안의 변산과 함께 전북의 삼신산이라고도 일컬어진다.

지리산을 달리 방장산이라고 부르듯 신이 살 것처럼 신비
로운 산에 붙이는 이 이름은 청나라에 멸망한 명나라를 숭
상하던 조선조 선비들이 그때까지 방등산이라고 부르던 명
칭을 중국 삼신산 중 하나인 방장산과 닮았다 하여 같은
이름으로 고쳐 부르게 되었다고 한다.

백성을 감싸줄 듯 산이 넓고 크다는 의미이다. 산이 높고
커서 절반밖에 오르지 못한다는 의미로 반등산으로 부르기
도 했었다. 지리산가, 정읍사, 선운산가, 무등산가와 더불어
백제 5대 가요 중 하나인 방등산가가 전해오고 있다.

험한 오르막, 격한 내리막

장성갈재에서 앙고살재까지 두 고개를 잇는 방장산행도 교통 편의상 산악회 일정에 맞춰왔다.

전라북도와 전라남도의 경계를 이루는 장성갈재는 예전부터 호남평야를 연결하는 교통 요충지로 갈재는 갈대가 많다고 하여서 붙여진 것이다. 순창에서 장성으로 넘나드는 길고 험한 이 고갯길에는 장성갈재의 장검 도둑이라는 이야기가 전해 내려온다.

"목숨이 아깝거든 돈 보따리를 내놓아라."

만석 거부이며 큰 벼슬을 지냈던 박 대감한테 외동딸이 있었는데 지혜로운 사위를 들이고자 꾀를 내었다.

박 대감은 장날이면 장성 고갯마루에서 장검을 들고 지나는 이들의 돈 보따리를 빼앗았다.

"목숨만 살려주십시오."

"죽이진 않으마. 이 돈 보따리를 찾고 싶으면 나를 다시 찾아와라."

"찾아가면 제 돈을 돌려주시겠다는 겁니까요?"

"오냐. 나는 죽은 나무 고장에서 살고, 내 성은 살림 찌꺼기이며, 이름은 탈상 찌꺼기이다. 돈 보따리는 내가 잘 보관해두었다가 찾아오거든 돌려주마."

대감은 빼앗은 돈 보따리마다 주인 이름을 표시해서 곳간 가득 쌓아두었으나 누구도 찾으러 오는 사람이 없었다.

"쯧쯧, 아무도 나를 찾아내지 못하는구나."

그런데 돈을 갈취당한 한 장사꾼이 몹시 억울해하며 그 도둑놈이 누군지 골머리를 앓던 중에 아이들이 원님 놀이 하는 걸 보게 되었다.

"어린아이들이 제법일세."

지켜보노라니 원님, 이방, 호방, 병방 등을 서로 정해 송사를 풀어가는 모습이 그럴싸했다. 아이들의 놀이를 지켜보던 장사꾼은 원님을 맡은 아이에게 돈 보따리 빼앗긴 이야기를 들려주었다.

"그런데 돈을 빼앗은 놈이 도대체 어디 사는 누구인지 모르겠거든."
"도적놈이 죽은 나무 고장에 산다고 하였으니 죽은 나무

가 쓰이는 것은 장승이니 도적놈은 필시 장성에 살고 있을
것입니다."

"장성에서 누굴 찾아야 옳단 말이냐. 모래밭에서 바늘 찾
기나 다름없지 않은가."

"또 살림살이 남은 게 하나뿐이라 했으니 그건 바가지일
게고 그렇다면 성은 박가인 게 분명합니다."

"그래? 수사망이 많이 좁혀졌는데."

장사꾼의 얼굴에 화색이 돌았다.

"그리고 탈상 찌꺼기는 탈상하고 남아있는 건을 말함인즉
장성에 사는 박건이라는 사람이 그자일 것입니다. 가서 박
건을 찾으세요."

"내 가서 그놈을 찾게 되면 단단히 한 턱 쏘마."

꼬마 원님의 말을 들은 장사꾼이 부리나케 장성으로 달려
가 수소문하여 대궐 같은 집에서 산적을 만날 수 있었다.

"나를 어떻게 알아냈는가?"

박건이 반가워하며 묻자 장사꾼은 꼬마 원님에 대한 자초

지종을 털어놓았다.

"네가 바로 그 원님이구나."

박건이 아이를 만나보니 집안은 가난하지만 지혜롭고 덕이 있음을 알아보고 이 아이를 사위로 삼았다. 이 아이는 훗날 백제의 재상이 되어 나라를 중흥시켰다고 한다.

순창문화원이 발간한 '순창의 구전설화'에 수록된 설화이다. 나이가 어리거나 평판이 낮은 사람한테서도 얼마든지 배울 것이 있음을 깨우치게 하는 설화라 하겠다.

그 아이가 누구일까 궁금해하며 임도를 따라 들머리로 접어든다. 낙석 위험도 있고 길 폭이 좁아 주의를 기울여야 한다는 경고문을 보았는데 곧바로 급하고 좁은 경사면이 이어진다. 길게 늘어선 행렬까지 답답함이 없지 않지만, 활엽수 무성한 그늘 숲길이 발목의 무거움을 덜어준다.

"지난번 왔을 때랑 다른 데요."

그리 어려운 산행이 아닐 거라던 산악대장이 연신 땀을 훔치며 멋쩍게 웃는다. 숲길에 일행들의 거친 숨소리가 가득하다. 511m 봉에 도착해서 숨을 돌리며 재정비를 한다.

"산적이 많았다더니 이해가 되네요."

누군가 툭 던진 말에 다들 고개를 끄덕인다. 남쪽 방장산 휴양림에서 20분쯤 오르면 방장 동굴이 있는데 고려사에 등장하는 도적들의 근거지이다.

혼란스러웠던 신라 말엽, 여기 방장산에는 산적들이 들끓었는데 이들은 산 아랫마을로 내려와 분탕질을 일삼았고 양민과 부녀자들을 산으로 끌고 가는 일도 많았다.

광활한 산악지대에 암릉이 가파르고 계곡이 깊어 도적들이 은거하기 좋은 곳이었다. 실제 그들이 진을 치고 살았을 것으로 추정되는 방장동굴을 비롯해 기암괴석 암릉이 곳곳에 널려있다.

훗날 홍길동도 갈재와 방장산 일대를 주 무대로 활동했다고 알려져 있다. 홍길동 생가와 테마파크가 이 산 남쪽 그의 고향인 장성 아곡리 아치실에 있다. 옛날의 방등산, 지금의 방장산인 이곳은 도적 떼의 산이라 불린 게 당연한 것처럼 여겨진다.

산적이 많다는 것만으로도 산세가 험준하고 숲이 깊다는 건데 초반부터 방장산은 그 웅장함을 증명하려는 양 방문한 이들의 기를 꺾는 것이었다.

511m 봉에서는 격하게 내리막이 이어진다. 급한 내리막은 그만큼 고도를 높인다는 걸 인식한 누군가가 크게 한숨을

내쉬자 몇몇이 웃음을 터뜨린다.

등산로까지 무성하게 삐져나온 산죽을 밟으며 걷고 바위틈 좁은 소로에 버겁게 올라서서 쓰리봉(해발 734m)에 닿는다. 틈만 나면 연거푸 물을 마시게 된다. 장성갈재에서 1.8km 거리에 불과한데 상당한 중압감을 받았다. 탁 트인 산정은 올라온 수고로움을 보듬어준다. 가쁜 숨을 가라앉히자 바람까지 불어주어 가슴이 후련해진다.

원래 서래봉 혹은 써레봉이었던 봉우리였는데 한국전쟁 때 미군이 여기서 전투를 치르는 중에 쓰리봉이라 발음하면서 그렇게 굳어졌다고 한다. 전망 바위에서 내려다보니 발밑으로 백암 저수지가 있고 그 위로 웅장하고 거대한 능선이 길게 펼쳐있다. 봉수대까지 시선을 던졌다가 다시 행보를 잇는다.

흙산임에도 기암들이 다양하게 산재한 방장산이다. 오밀조밀 연봉이 이어져 몸은 고되지만 걸음을 옮길수록 방대하고 육중한 여름 방장산의 초록 산세에 매력을 느끼게 된다. 눈 쌓인 겨울이라도 좋았을 거란 생각이 든다.

산악자전거, 패러글라이딩까지 두루 즐길 수 있는 산

675m 봉에 올라서서 연자봉, 봉수대와 방장산, 그 뒤로 억새봉과 벽오봉을 바라보고 다음 정착지인 봉수대로 향한

다. 야생화 만발한 산길은 언제나처럼 산행의 피로를 덜어
주고 들뜬 기분을 차분하게 보듬는다.

넓은 공터의 헬기장이면서 사면이 절벽인 봉수대에서는 가
시거리가 길지 않은데도 지리산, 내장산, 무등산을 눈에 담
을 수 있다. 아래로는 고만고만한 마을을 형성하고 있는 장
성 일대가 아늑하게 느껴진다.

봉수대에서 보는 방장산 정상은 그리 멀지 않고 능선도
편안해 보이지만 그건 직접 가보아야 알 일이다. 역시 오르
내림이 반복되며 쉽사리 닿게 하지 않는다.

능선 따라 조망권이 사라지지 않아 다행스럽다. 뒤돌아보
아 봉수대와 쓰리봉도 꽤 멀어졌다 싶을 즈음에야 방장산
최고봉(해발 743m)에 다다른다.

신선이 산다는 방장산이다. 고창읍과 광활한 산야, 멀리
아스라하나마 무등산이 시야에 잡혀 신선이 거주할 장소로
서 손색이 없을성싶다.

멀리 서해를 가늠하고 억새봉으로 향한다. 통신 철탑을 지
나 고창 고개에서 패러글라이딩 활공장으로 길을 잡는다.
임도에서 길지 않은 너덜 바윗길을 오르며 깃발 펄럭이는
활공장에 도착했는데 여기가 억새봉(해발 636m)이다.

마침 패러글라이딩을 활공하는 이들이 있어 덤으로 멋진
구경을 하게 된다. 산행과 산악자전거, 패러글라이딩에 자
연휴양림에서의 산림욕까지 두루 즐길 수 있는 곳이 방장

산이다. 흐릿하게 변산반도를 짚어보고 산 아래로 고창의 너른 평야와 신림저수지를 보며 풍성한 느낌을 받는다. 호남 곡창지대의 면모를 있는 그대로 보여준다.

억새봉을 뒤로하자 곧이어 산악자전거도로로 나뉘는 갈림길이 나온다. 방장산 시산제 제단이 놓여있으며 방등산가비가 세워져 있다.

백제가요인 방등산가方等山歌는 한 여인이 이 산에 숨어든 도둑 무리에게 납치당했는데 남편이 구해주기를 애타게 기다렸으나 끝내 나타나지 않아 탄식하며 부른 노래로 가사는 전해지지 않으며 노래의 내력만 고려사에 기록되어 있다.

"남편이 왜 아내를 구하러 가지 않았을까?"
"여러 가지 이유가 있었겠지."

노랫말이 알려지지 않아 후세 사람들은 나름대로 무성한 추측만 할 뿐이다.

"남편에 대한 애틋한 그리움을 표현했을까."
"내 생각엔 천하에 의리 없는 놈이라고 욕하며 결혼을 후회했다는 쪽이 맞을 거 같은데."

일행인 여성 두 사람이 주고받는 대화를 듣다가 웃음이 터져 나오고 말았다. 그러면서 그 여러 가지 이유에 대해 더듬어보게 된다.

도둑들이 무서워서? 산이 너무 험해서? 아내가 없어도 그리 불편하지 않아서?

합당한 명분이 되지 못하는 몇 가지 이유를 추론하다가 벽오봉에 닿는다. 아마도 방등산가의 노랫말은 당시 민초들의 고단한 삶을 상징적으로 보여주는 것이었을 것이다.

억새봉에서 조금 지나 멋진 소나무와 그 옆에 쌓인 돌무더기가 있는 곳이 방문산이라 표기되기도 하는 벽오봉이다. 여기서 산길로 들어서면 야트막한 고개 문너머재를 지나 갈미봉에 이른다. 갈미봉에서도 아주 잠깐 머물렀다가 우측 대나무 숲길을 따라 꾸준히 고도를 낮춘다.

다행히 도적무리들은 만나지 않고 방장산을 넘어온 듯싶다. 방장사로 들어서는 길을 지나쳐 날머리인 양고살재에 도착한다.

양고살재는 병자호란 때 고창 출신 박의 장군이 적장 양고리陽古利를 살해하여 붙여진 이름이다. 청나라 장수 양고리는 누루하치의 사위로 청 태종에게 총애를 받던 명장이었으나 박의에게 죽임을 당한 것이다.

큰 고개 장성갈재에서 시작하여 앙고살재에 이르는 방장산행을 마치자 일행들 몇이 겨울 방장산행을 예정한다.

그들은 이미 하얗게 덮인 방장산을 걷고 있다.

때 / 여름
곳 / 장성갈재 - 511m 봉 - 쓰리봉 - 봉수대 - 방장산 - 억새봉 -
벽오봉 - 문너머재 - 갈미봉 - 양고살재

선홍빛 상사화 물결의 출렁임, 선운산

젊은 시절의 어느 날, 상사화 붉은 물결에
절로 탄성이 새어 나온 건 그래서였을지도 모른다.
창연한 오후 햇살 받아 토할 듯 더욱 붉은색이
사랑의 빛깔과 너무나 닮았던 것 같다.

도솔계곡의 맑은 물, 천연기념물 제184호로 3000여 수에
이른다는 동백나무숲, 그리고 이룰 수 없는 사랑의 화신,
상사화. 무엇보다 천애 적벽과 여러 천연 굴이 있어 수시로
들르고 싶은 곳이 여기 선운산이다. 동백 숲 주변에는 다른
나무가 자라지 않아 순수 동백림에 가깝다.

도솔산이라고도 불리는 선운산은 전라북도 도립공원 혹은
1984년에 지정된 국민 관광지라는 명찰과 관계없이 귀에
따갑도록 호남의 내금강이라는 수식어를 쓴다. 그 수식어에
어긋나지 않기에 거부감이 일지 않는다.

선운산이 있는 전북 고창에는 도내에 분포하고 있는 330
여 기의 지석묘 중 100여 기가 군내 해리면, 부안면 일대
에 집중적으로 분포하고 있어 유네스코에서 세계문화 보존
지구로 지정한 바 있다.

고창은 장어와 복분자를 떠올리게 하는 고장이다. 여기에
작설차를 넣어 고창의 3대 명물이라 칭한다. 자연산 장어는

사라진 지 오래고 모두 양식이지만 6개월여 양식 장어를 고창갯벌에서 키워 고창갯벌 풍천장어라는 브랜드로 특허를 냈다.

해안가에는 소나무 숲이 울창하고 염도 높기로 유명한 동호해수욕장, 구시포 해수욕장과 사포리 해수욕장 등은 부근 자연경관과 잘 어울리는 천연의 피서지이다.

한 번의 인연으로도 늘 변함없는 맺음처럼

구름 속에서 참선한다는 뜻의 선운산禪雲山이니 와서 불도의 언저리나마 접해야 하지 않을까 싶다. 강학講學과 수선修禪의 도량을 표방한 선운사는 대한불교 조계종 제24교구 본사로 수많은 말사를 거느리고 있다.

555년 신라 진흥왕이 왕위를 버린 날 미륵 삼존이 바위를 가르고 나오는 꿈을 꾼 다음 감동하여 세웠다는 설과 그보다 2년 뒤에 백제의 고승 검단이 창건했다는 설이 있다.

당시 이 지역은 백제의 영토였기 때문에 신라왕이 남의 나라 땅에 사찰을 건축했을 가능성은 희박해 보인다. 검단선사黔丹禪師와 관련한 자세한 내용도 기록으로 전해 내려오는 것은 없다.

단지 백제 위덕왕 때 인적이 끊긴 심산유곡의 동굴에서 홀로 수도에 정진하는 도승의 검은 얼굴을 빗대 검단선사라고 불렀다고 한다.

검단선사가 동굴 속에서 좌선하고 선정에 들어간 어느 날, 금빛 찬란한 후광 속에 관세음보살이 현몽現夢하였다.

"검단! 인연의 때가 도래하였으니 그대가 말세의 모든 영혼을 천도할 수 있는 지장보살의 진신이 상주하는 지장 도량을 만들라."

흰옷 차림의 관세음보살은 왼손에 감로수 병을 들고 있었으며, 오른손에는 푸른 버드나무 가지를 들고 자비로운 미소를 지으며 검단에게 이르는 것이었다.

검단선사는 감격의 눈물을 흘리며 무릎을 꿇고 거룩한 관세음보살을 우러르며 물었다.

"말세 중생이 의지하고 영혼 천도를 할 지장 도량은 어느 곳이옵니까?"

"서해안에 있는 도솔산兜率山이니라. 그 도솔산에 지장 도량의 절을 지어 중생을 인도하라."

검단선사는 도솔산을 기필코 지장 도량으로 만들겠다고 관세음보살께 서원誓願하였다. 그러려면 먼저 생명이 위태로울 수도 있는 두 가지 어려운 관문을 극복해야 했다.

도솔산에는 용이 되려고 수행하다 승천하지 못한 사나운 암놈 이무기 한 마리가 악의를 품고 인간들에게 악행을 자행하니 그 이무기를 악에서 선으로 교화하여 떠나게 하고, 현재 도솔산 일대를 휘젓고 다니는 사나운 산적 무리를 교화하여야 하는 게 그것이었다.

"가자, 도솔산으로. 가서 관세음보살님과의 약속을 반드시 이행하리라."

도솔산에 도착한 검단은 성질 고약하고 힘이 넘친다는 이무기와 맞닥뜨렸다.

"여긴 첨부터 내 소유란 말이다."
"등기부등본을 떼봐서 네 거라는 건 안다. 그렇지만 내가 요긴하게 쓸 일이 있어서 그러니 나한테 넘겨줘야겠다."
"하하하! 가소롭구나. 선사라더니 깡패구나."
"이놈이 말이 많구나. 그냥 사라지겠느냐. 아니면 날갯죽지라도 찢겨나가고 기어가겠느냐."

이무기가 큰 입을 벌리며 검단선사를 한입에 삼키려고 달려들었다. 검단선사는 바위에 정좌하고 합장하여 관세음보살의 위신력이 담긴 보검수진언을 큰소리로 외웠다.

그 즉시 금빛 갑옷 차림에 보검을 든 무수한 신장들이 나타나 이무기를 에워쌌다.

"제가 졌습니다."

이무기는 검단선사 머리 위를 세 번 날아돌며 경의를 표하고 지금의 고창 방장산으로 날아갔다. 이무기가 도솔산을 떠날 때 바위에 굴을 뚫었는데 바로 도솔암 위쪽 바위인 용문굴龍門窟이라고 부르는 곳이다.

검단선사가 용을 몰아내고 돌을 던져 연못을 메워나갔는데 워낙 큰 못인지라 아무리 돌을 던져도 메워지지 않았다. 그런데 바로 그 무렵 마을에 눈병이 심하게 돌기 시작했다.

"이 연못에 숯이나 돌을 한 가마씩 부으면 눈병이 나을 것이니라."

감단선사의 말대로 숯을 한 가마씩 갖다 부으니 눈병이 씻은 듯이 낫는 것이었다.

"신기하네요. 나도 못에다 숯을 던져 눈병이 나았다오."

그렇게 마을 사람들이 너도나도 숯과 돌을 가져옴으로써 큰 못이 금방 메워지게 되었다. 그렇게 연못을 메운 자리에 세운 절이 바로 선운사이다.

검단선사는 오묘한 지혜의 경계인 **구름雲**에 머무르면서 갈고닦아 선禪의 경지를 얻는다고 하여 절 이름을 선운사라 지었다.

창건 설화와는 별도로 조선 후기 사료들에는 진흥왕이 창건하고 검단선사가 중건한 것으로 기록되어 있다. 전해 내려오는 창건 설화에 걸맞게 절 주위에는 진흥왕이 수도했다는 진흥굴이 있다.

대웅보전, 석탑과 만세루를 건성으로 둘러보고 선운사를 나와 지금부터 유람할 봉우리들을 올려다보니 썩 맑은 날씨는 아니지만, 봉우리마다 어서 오라 손짓한다.

산은 날씨나 계절에 의해 채도 혹은 명도가 다소 달라지긴 해도 늘 한결같은 모습 그대로이다. 운무에 가려서도, 백설에 덮여서도 산은 그 존재나 그에 대한 확신을 의심케 하지 않는다.

사람 사는 일, 사람들과 부대끼는 삶에 저처럼 한결같을 수가 있긴 할까. 진정한 사랑과 우정이라면 가끔 색감이 달라지긴 해도 절대로 변하지 않는 것. 변했다면 그건 처음부터 그러했던 것이 아닐까.

다른 산과 마찬가지로 다시 찾은 선운산도 찾은 이를 어색하게 만들지 않는다. 한 번의 인연으로 늘 변함없는 맺음을 지속하는 산 특유의 속성을 지녔기 때문이리라.

젊은 시절의 어느 날, 상사화 붉은 물결에 절로 탄성이 새어 나온 건 그래서였을지도 모른다. 창연한 오후 햇살 받아 토할 듯 더욱 붉은색이 사랑의 빛깔과 너무나 닮았던 것 같다.

연녹색 이파리는 봄이 다 가도록 피지 않는 꽃을 열망하다 말라 죽고 그런 후에야 꽃대 헤집고 핀 붉은 화신, 이룰 수 없는 사랑이 꽃말인지라 상사화相思花는 더 애절하고 그리움만 남긴 사랑의 그림자와 그 색감이 흡사했었나 보다. 이곳 고창 선운사는 영광 불갑사, 함평 용천사와 함께 3대 상사화 군락지로 꼽히는 곳이다.

산적들을 교화하여 소금을 굽게 하다

선운사 담장을 끼고 주봉인 수리봉으로 향한다. 석상암 갈림길에서 산행이 시작된다. 색 고운 단풍, 바람과 낙엽이 죄다 옛 벗처럼 다감하게 느껴진다. 완만한 등산로를 따라 고요한 가을을 만끽하며 검단선사가 관세음보살에게 서원한 또 하나의 숙제를 더듬어본다.

전라북도 고창군 아산면 삼인리에 있는 도솔산은 첩첩산중 울창한 숲으로 관리의 행정력이 전혀 미치지 못하는 곳이었다. 당시 이 무법천지에는 장호張虎와 장표張豹라는 형제가 산적의 무리를 거느리고 온갖 행패를 부리고 마을을 위협하고 있었다.

"이곳에 사찰을 지으려 하니 당신들이 양보해줘야겠소."
"이게 무슨 자다가 봉창 두드리는 소리를 하는 거야."
"다시 눈에 보이면 선사고 나발이고 목을 내리치겠다. 어서 꺼지거라."

장호, 장표 형제는 자기들의 나와바리에 절을 짓겠다는 말에 도끼와 창을 꺼내 들고 검단을 위협했다.
그 무렵, 서해안에 기이한 일이 벌어지고 있었다. 돌로 만든 배 한 척이 나타나 사람들이 가까이 가면 배는 바다로 물러가고, 사람들이 뒤로 물러서면 다시 해안가로 다가오는 것이었다.
이 소문을 들은 산적들과 검단선사가 돌배가 있는 곳으로 가 보았다. 돌배는 여전히 사람들을 기피하듯 바다에 떠 있을 뿐이었다. 이때 검단선사가 관세음보살을 외치며 돌배를 향해 갯벌로 들어갔다. 그러자 이제까지와 달리 돌배가 검단선사를 향해 다가왔다.
배에는 단아한 금빛 지장보살상이 실려 있을 뿐이었다. 검단선사의 눈앞에 관세음보살이 홀연히 나타나서 이렇게 말하는 것이었다.

"이 돌배의 지장보살상은 말세의 지장 도량을 위해 서천 서역국으로부터 모셔 온 것이니 하루속히 도솔산에 봉안하도록 하여라."

검단선사는 산적들과 갯마을 사람들을 불러 지장보살상을 육지로 옮겼다. 지장보살상을 옮기자 돌배는 물러서더니 서해 멀리 사라졌다.

"저희가 선사님을 미처 알아보지 못했습니다. 무례를 용서해 주십시오."

산적 형제는 검단선사의 신통력에 도끼와 창을 버리고 사죄하며 재생의 길을 물었다.

"중생이 마음 한 번 바꾸면 부처도 되는 법이지. 자네들이 선한 양민으로 일하며 살 수 있는 터전을 마련해주지. 소금 굽는 방법을 알려줘 먹고 살 수 있는 길을 열어줄 터이니 다시는 죄를 짓지 마시게. 과거를 뉘우치고 소금 굽는 것을 생업으로 삼아 착한 일로 보은하게."

검단선사는 산적들을 지금의 고창군 아산면 삼인리 삼인골에서 고창군 심원면의 바닷가 마을로 집단 이주시키고 소금 굽는 방법을 가르쳤다.

양민이 된 이들은 검단선사의 자비의 은혜를 기리는 마음에서 마을 이름을 검단리라 이름 붙였다. 그들은 해마다 소금 수확 철이면 검단선사에게 보은하는 마음으로 보은염報恩鹽이라 명명한 소금을 선운사에 보시하였고, 그 관행은 수백 년간 이어져 왔다.

마침내 검단선사는 혼신의 힘을 기울여 산적이 살던 곳에 선운사를 창건하였고, 이무기가 조화를 부리며 살던 도솔암 인연의 바위 위에 지장보살의 진신 상주를 의미하는 지장보살상을 모셨다. 드디어 도솔산에 말세 중생의 영혼을 천도하는 지장 성지가 열린 것이다.

산은 사랑을 주고 또 사랑을 기억하게 한다

뽀얗게 운무 가라앉아 아련한 추억 되새기게 하는 이런 산길, 어느새 저버린 낙엽 거침없이 밟으면서 진득한 고독까지 떨쳐 낼 수 있는 산길, 내리막 해거름 붉다가 검어지면 다시 곱씹을 애수일지언정 부서지는 햇살 마구 밟으며 걷는 이 길이 마냥 좋기만 하다.

아픔이 있기에 치유가 있고, 고통으로 말미암아 극복의 결과물이 있지 않겠는가. 설움 반 자조 반에 이 산 올랐다가 무어 하나 지워내지 못하고 내딛는 무거운 걸음이 거쳐야 할 아픔인 것 같아 그저 좋아지는 것이다. 산이기에 그런 평범한 진리를 되새기게 한다.

유람하듯 느긋하게 걸어서도 한 시간이 채 지나지 않아 마이재 이정표를 보게 된다. 여기서 700m를 더 걸어 수리봉(해발 336m)에 닿으면 서해가 한눈에 들어온다. 가까이 개이빨산이라고도 불리는 견치산이 있다.

막 거쳐 온 주차장 일대와 선운사 그리고 외떨어진 석상암만 내려다보이지 않는다면 이곳도 온통 첩첩산중이다. 만일 그렇다면 초절정의 만산홍엽이 너무 아까웠을 거란 생각이 든다.

참당암 쪽으로 가면서 산 아래 소담하게 담겨 산중 호수처럼 보이는 저수지가 도솔제다. 그 뒤로 탕건바위가 주변 산세들에 비해 유독 튀어 보인다.

바위 두 개가 포개진 모양을 한 포갠바위를 지나 시야 트인 바위에서 낙조대와 천마봉이 기다리는 걸 보고 걸음을 빨리하지만 참당암으로 내려서면서 자연 자생인 듯한 꽃무릇들이 멈춰 세운다. 보고 또 보아도 환상적이고 특이한 모습이다.

참당암에서 소리재까지 1km, 조망은 막혔지만 역시 완만한 오르막 숲길이다.

소리재 지나 낙조대로 가면서 보는 천마봉 주변의 기암들이 마치 알록달록 거대한 몸집의 포유류가 얼굴만 삐죽 내밀어 기웃거리는 것처럼 보인다.

용문굴 갈림길에서 100m 거리의 용문굴을 보고 가자. 선운산은 내려갔다가 회귀해서 올라가는 게 그다지 힘을 뽑지 않으므로 편안하게 시간만 조절하면 된다.

이무기가 뚫고 지나갔다는 용문굴은 인기 드라마였던 대장금의 촬영지이기도 하다. 잔돌들이 수북하게 쌓여있는데 장금 어머니 돌무덤이라는 팻말을 세워놓았다.

거대한 바윗덩이를 큼직한 돌덩이로 받친 듯한 용문굴에서 낙조대로 향한다. 긴 계단을 올라 낙조대에 이를 즈음 뿌옇던 운무가 걷힌다.

낙조대 바위 위로 펼쳐진 가을 하늘이 손 뻗으면 닿을 듯 가깝다. 조금만 더 맑았으면 저기 칠산 해안과 변산반도를 한눈에 담을 수 있을 것도 같은데 채 걷히지 않은 연무 탓에 서해의 선이 선명하지 않다. 배멘바위와 거길 오르는 철계단은 먼발치에서 바라보는 거로 만족하고 천마봉으로 향한다.

"멋진 풍광의 수묵화에 암자를 그려 넣는 게 괜한 구색이 아니었구나."

발밑으로 내려다보이는 기암 군락이 오색단풍과 어우러져 카메라 셔터를 마구 눌러댔는데 그 중심에 도솔암이 있다. 불교에 심취한 진흥왕이 왕위를 물려주고 선운사에 들어가 스스로 법운자法雲子라 칭하고 중으로서 일생을 마쳤다는데 도솔암은 왕비를 위해, 중애암은 공주를 위해 건립했다는 이야기가 전해 내려온다.

고도 286m의 천마봉은 그리 높지는 않지만 빼어난 조망 장소이다. 여기서 바라보는 낙조대는 말할 것도 없고 사자바위 능선과 투구바위 등 주변 경관이 오밀조밀 수려하다. 내려가면서 올려다본 천마봉은 장대한 기골의 너끈한 풍채를 지닌 모습이다.

높이나 크기, 부피와 무게 등 수치로 가늠하는 세상사 잣대를 조롱하는 품새다. 그런데도 속세 가까이 내려서니 제일 먼저 수치를 끄집어내게 된다.

선운산 날머리 도솔암으로 내려와 마주 대하여 걸음 멈추게 하는 몇몇이 있으니 결국 크기를 재고 높이를 셈하고 마는 것이다.

하나는 보물 1200호인 도솔암 마애불이다. 고려 때 조각한 것으로 추정되는 국내 최대의 마애불상으로 지상 3.3m 높이에서 책상다리하고 앉은 높이가 15.6m라니 과연 고개 꼿꼿이 들어 눈까지 추어올리게 된다.

다른 하나는 내륙에서 제일 큰 송악(천연기념물 제367호)

과 수령 600년의 장사송(천연기념물 제354호)이다.

"내 육신은 비록 제행무상에 의해 멸하지만, 영혼은 도솔산 산신이 되어 영원히 말세 고해 중생의 지장 도량을 지키겠다. 도솔산 승려들이여, 뼈를 깎는 수행 정진으로 정각을 이루고, 오직 고해 중생을 위해 헌신할 때 말세 불법은 도솔산에서 일어난다. 도솔산의 승려들이여, 제행은 무상하니 촌음을 아껴 수행하고 정진하여 중생을 위해 자비를 실천하라."

첫눈이 내리는 어느 겨울날, 검단선사는 자신의 선실에서 수명이 다했음을 깨닫고, 그를 따르던 사부대중을 불러 이처럼 부촉附囑하였다.

그러고는 자신을 애도하는 열반종 소리를 들으면서 호흡을 끊어 대적멸의 세계로 들어갔다. 당시만 해도 선운사는 3000여 명의 승려가 거처할 만큼 거대한 규모를 자랑했다고 전한다.

도솔암으로 내려와 늠름한 장사송을 바라보며 눈인사 나누고 선운산 유람선에서 하선한다. 어질한 뱃길에 금세 멀미라도 할 듯 창창한 오후 햇살이 흔들거리는 물살처럼 몽롱하다.

산은 사랑을 주고 또 사랑을 기억하게 한다. 오늘 선홍의 상사화 물결을 따라 선운산행을 마치고 내려오자 어렴풋이 새겨지는 게 하나 있다.

 사랑하는 사람을 위한 기도가 왜 간절한지, 함께하는 사람들에 대한 축복을 왜 솟대처럼 높이 세워 염원하는지.

못미더운 세월
어쭙잖은 작별 잊으려 떨구려
암팡진 바윗길 힘차게 올랐지만
남은 계절 휘저을 기세로 몰려드는
운무에 푹 덮이니 아쉬움 그지없고나
만남도, 헤어짐도
추억도, 기약도 뒤돌아보니 그저
산안개 같고
오락가락
신기루 같기만 하고나

때 / 가을
곳 / 선운산 관리사무소 – 선운사 – 석상암 – 마이재 – 수리봉 – 참당암 – 소리재 – 용문굴 – 낙조대 – 천마봉 – 도솔암 – 원점회귀

육십령에서 구천동까지, 덕유산 빗길 육구 종주

신비로운 햇살, 화려한 비상만 쫓았다면 어찌 우리
함께 할 수 있었겠나. 안개비 축축한 오늘 현기증 노랗게
일으키는 건 새벽어둠 저만치 밀치고 달려와
여기 덕유의 향에 한껏 섞이고자 함이 아니었던가.

덕유산, 백두대간이 남하하며 속리산을 지나 추풍령을 거쳐 숱한 고산준령을 빚어놓고 지리산으로 넘어가는 곳.

3년 전 겨울, 온통 하얗게 덮였을 거라서, 햇살까지 눈부시게 그 눈밭에 부서질 게 틀림없어서, 너른 주목에 얹혔다가 엷은 바람에 희게 흩날렸던 미세함이 눈에 밟혀 산행 전부터 가슴 떨림을 주체하지 못했었다.

전북 무주군은 방문 관광객들에게 군내 수많은 관광명소를 소개하고 구체화한 관광 정보를 제공하고자 무주읍 9경, 무풍면 8경, 설천면 38경, 적상면 26경, 안성면 11경, 부남면 8경 등 무주 100경을 선정하였다. 그만큼 명승 관광지가 많다는 방증이다.

무주군과 장수군, 경남 거창군과 함양군에 걸쳐 장중하게 펼쳐진 덕유산을 3년 만에 다시 찾는다. 두 달 전 지리산 화대 종주 멤버들과의 약속된 일정이다.

설악산 서북 능선 종주, 지리산 화대 종주와 함께 우리나

라 산악 3대 종주에 속하는 덕유산 육구 종주. 올 한 해에 3대 종주를 모두 실행하는 병소, 계원, 은수의 산행 리더로 함께한다는 것이 가슴 벅차고 책임감 또한 작지 않다.

육십령에서 구천동까지, 3년 전 영각사에서 남덕유산으로 올라 덕유산 향적봉에서 백련사로 내려갈 때보다 약 18km를 더 걷게 된다. 장거리 종주 산행을 할라치면 늘 그랬듯 속을 모아 깊은 기도를 올린다.

"하나님! 우리가 원해서 온 곳입니다. 우리가 원한 그대로 이 산에 녹여질 수 있게 하소서. 저와 제가 사랑하는 친구, 그리고 또 사랑하는 두 후배가 평생 이 산을 그리워할 수 있도록 이 산이 우릴 사랑하게 하소서. 이번 종주가 이후 우리 살아감에 큰 교훈되게 하소서."

출발지 육십령부터 길을 놓치다

덕이 많고 너그러워 덕유德裕라 칭하게 된 산에 덕이 많은 친구, 후배들과 함께 왔다. 서울에서 오후 4시 반경에 출발, 밤 8시경 육십령 휴게소에 도착. 늦가을 추위에 떨지 않고 휴게소 매점 내에서 고기를 구워 저녁을 먹을 수 있는 게 얼마나 다행인지 모르겠다.

백두대간을 종주하는 이들과 육구 종주를 하는 이들이 머물다 가는 곳이 여기 육십령 휴게소이다.

KBS TV 모 프로그램에서 방영했다는 사진이 벽면에 걸려 있다. 너무나 친절하여 감동한 산객들이 추천해서 방송을 탔나 보다. MBC나 SBS 다른 지상파 방송에서도 소개해줬으면 좋겠다는 생각이 들 정도로 편안한 곳이다.

여기서 준비사항을 재점검하고 배낭도 새로 정리한다. 가벼운 물건을 배낭 아래에, 무거운 물건은 위에 넣고 될 수 있는 한 등판 쪽에 넣어야 하중을 줄일 수 있다.

등산은 지구 중력을 거스르는 행동 방식이므로 중량감을 최소화하는 게 효과적이다. 그러려면 배낭의 무게가 등 전체에 골고루 분산되도록 해야 한다. 같은 짐이라도 무게를 적절하게 조절하는 패킹요령을 알아야 할 것이다.

"다들 이상 없는 것 같으니 이제 출발하자."

육십령, 너무 험하고 으슥해 도적의 무리가 하도 많아 나그네 60명 이상이 모인 다음에야 함께 지났다는 곳. 삼국시대에는 신라와 백제 국경의 요새지로서 성터와 봉화대 자리가 지금도 남아있다.

전북 장수군 장계면 명덕리와 경남 함양군 서상면 상남리의 두 주소가 겹치는 곳이 바로 이 지점, 백두대간을 관통하는 지역이다.

"우리 네 명이면 육십 명 몫을 해낼 거야. 출발하세."

헤드 랜턴을 켜고, 스틱을 펼치고 예정대로 밤 11시 정각에 여기서 육구 종주의 대장정을 시작한다. 할미봉 오르는 길의 이정표가 모두 찢어져 방향과 거리를 가늠조차 할 수 없다.

이 부근에서 길을 잘못 들어 30여 분간 헤맨다. 낭떠러지가 있는 고개 끝부분까지 갔다가 되돌아와서야 꼭꼭 숨어 있는 등산로를 겨우 찾았다.

"저거, 친구만 아니면 진작 잘라야 하는 건데."
"어째 쉰여섯 명이 더 모이면 출발하고 싶더라니까요."

일행들에게 미안해 죽겠는데 그들은 여유로운 농담과 웃음으로 맘을 편케 해준다. 초행길인지라 종주 구간을 더욱 세밀히 살폈는데도 길을 놓치고 말았다.

낮이라면 그다지 어렵지 않은 길일 텐데 힘들게 할미봉(해발 1026m)에 도착했다. 할미봉은 할머니처럼 구부정한 이미지를 연상시키지만, 어원상 '할'은 크거나 많다는 뜻의 '한'과 산의 우리말인 뫼가 '미'로 변화한즉 큰 산을 이르는 의미이다.

그럼에도 할미꽃에 대한 설화가 이 봉우리에서 전해진다.

부모를 잃고 할머니의 손에 키워진 두 손녀가 성장하여 시집을 갔다. 손녀들을 그리워하던 할머니가 작은 손녀를 만나보고, 더 멀리 시집간 맏손녀를 만나러 깊은 산을 넘다가 지쳐 쓰러져 숨을 거두었다.

그 이듬해 할머니가 죽은 자리에서 할머니를 **빼닮은** 꽃이 피어났는데 사람들이 그 꽃을 할미꽃이라 불렀다.

"할머니가 보고 싶어 찾아가기 전에 손녀들이 찾아뵈었어야 했는데."

"시집살이가 만만치 않았던 게지."

할미봉에서 서봉을 향하다 보면 비스듬히 하늘을 향해 곧추세워진 바위가 있는데 대포바위라고 명명되어 있다.

임진왜란 때 진주성을 함락시킨 왜군이 전주성을 치기 위해 함양을 거쳐 육십령을 넘어와 고갯마루에서 할미봉 중턱을 바라보았더니 엄청나게 큰 대포가 서 있는 게 아닌가. 깜짝 놀란 왜군은 혼비백산하여 오던 길을 되돌아 남원 쪽으로 선회함으로써 장계 지역이 화를 면했다고 한다.

멀리서 보면 대포처럼 보여 대포바위라 부르지만 실상 가까이에서 보면 남자의 성기와 흡사한 모양이라 남근석이라고 부른다.

일설에 의하면 사내아이를 갖지 못한 여인들이 이 바위에 절을 하고 치마를 걷어 올린 채 소원을 빌면 사내아이를 얻게 되었다는 이야기가 전한단다.

"예전엔 잘 나갔던 바위구먼."
"요즘엔 딸 갖는 게 대세니까 호시절 다 지났지 뭐."

가겠다는 의지를 다졌을 때 길을 열어주는 곳이 산

할미봉을 어느 정도 지나면서 서봉으로 가는 길이 거칠고 힘들다고 했는데 아니나 다를까 바위벽 밧줄 구간의 연속이다. 아득한 밧줄 하강 길을 내려가야 하는 건지, 또 알바를 하는 건 아닌지 자꾸 망설여진다. 깜깜한 어둠길이고 손이 곱을 정도의 추위 때문에 내려다볼수록 아찔하고 위험천만하다.

"뒤죽박죽 길 엉켜놓고 밧줄 저만치 늘어뜨려 우릴 겁 주려 해도 우린 가야 하네."

왜냐하면, 난 내 사랑하는 일행들에게 얘기했거든. 무룡산에서 꿈틀거리다 춤추며 솟아오르는 여의주 옹골지게 문용을 보여주기로 했고, 향적봉에서 물씬 풍기는 인자의 덕내음을 맡게 해 주기로 말일세. 그리고 여기 덕유산은 우리가 거쳐 지나야 할 수많은 행로의 중간 거점에 불과하단 걸 명심하시게. 그러니 이는 바람 그만 잠재우고 심술궂게 흐르는 안개도 거둬주시게.

"날 세워 잔뜩 찌푸린 미간 펴고 우리와 맞서려 하지 말란 말일세. 우린 결코 멈출 수 없거든."

만용을 부리는 게 아니라면 가고야 말겠다는 의지를 다졌을 때 길을 열어주는 곳이 산이다. 절실함과 열정이 전제되었을 때 목표를 당겨주는 삶과 다르지 않다.

다소간의 고비를 극복해내며 경상남도 덕유산 교육원으로 갈라지는 덕유 삼자봉에 이른다. 육십령에서 4km, 할미봉에서 1.8km를 온 지점이다.

표지판에 적힌 걸 보고야 알았지만, 할미봉을 한참 지나 서봉 구간부터가 국립공원 지역이란다. 육십령부터 할미봉을 지나 교육원 삼거리까지는 덕유산 국립공원에 해당하지 않는다는 것이다.

"그러니 이정표도 쓰러지고 찢어지고 엉망이었구나."

그렇게 핑계는 댔지만, 산행 리더가 그런 정보도 미리 파악하지 못하고 산행에 임했다는 것이 자책된다.

겨우 서봉(해발 1492m)에 다다랐을 뿐이다. 지금은 지난 실수에 연연할 때가 아니다. 짙은 안개가 빠르고 습하게 흐른다. 더욱 조심해서 안전하게 전진하는 게 중요하다. 장수 덕유산이라고도 하는 서봉에서도 곧바로 이동한다.

철 계단을 따라 내려선 후 황새 늦은 목이 능선을 따라 올라간다. 기백산, 금원산, 거망산, 황석산의 마루금이 가까이 있을 것이고 지리산 주릉도 멀지 않을 텐데 그저 어둠만 뚫고 지날 뿐이다. 그렇게 흑암 속에서 시행착오와 자책을 곁들인 고생 끝에 남덕유산(해발 1507m)까지 왔다.

남덕유산은 향적봉에 이은 덕유산의 제2봉으로 낮에는 장쾌하고도 호방함이 돋보인다. 이곳 남덕유산에서 지금부터 가게 될 향적봉까지 주 능선을 따라 부드럽고 넉넉한 산세에 푸근하게 안겨 걷노라면 남쪽으로 지리산 그리고 가야산으로 연결되는 숱한 봉우리들을 속속 접하게 된다.

"날씨만 말끔히 갠다면."

지금 잔뜩 찌푸린 기상이 은근한 불안감으로 엄습한다. 남덕유산에서 갈라져 스르르 진양 기맥이 흘러내리는데 월봉산을 지나면서 왼쪽으로 금원산과 기백산을 거쳐 진양호의 남강댐에서 그 맥을 담그는 약 159km의 산줄기를 조망하지 못하는 것이 못내 아쉽다.

"라떼는 말이지."

　현성산 우측으로 황석산과 거망산을 가리키며 일행들에게 무용담을 늘어놓을 수 없는 것도 서운하다. 이러한 조망까지 곁들여 서해의 습한 대기가 산을 넘으면서 뿌리는 많은 눈 때문에 겨울철 산객들에게 호감을 주는 남덕유산이지만 3년 전 겨울에도 그랬던 것처럼 정상 지대는 세찬 칼바람이 몰아쳐 잠시도 머물 수가 없다.

　첩첩산중 장쾌하게 이어진 연봉들이 눈가루를 흩날리며 연출하는 설경이 아른거리자 더욱 추워져서 얼른 100m 아래 삼거리로 회귀한다.

　황점마을로 내려서는 삼거리 월성치부터 굽이굽이 령과 재가 반복되지만 여기서부터 덕유산 주능선이라 지금까지 온 것보다는 훨씬 수월할 것이다. 16km에 이르는 덕유산 주능선에는 1000m 이하로 낮아지는 구간이 없으니까. 단지 몰려오는 졸음이 변수다.

　힘들어 그냥 지나칠 수도 있을 텐데 옆길 300m 거리의 삿갓봉(해발 1418.6m)을 굳이 들르고야 만다. 천자문에 왜 하늘을 검다玄고 했는가. 어둠으로부터 세상은 그 실체가 드러나기 때문이리라.

　더부룩 깔린 구름 솎아내고 붉게 햇살 펼쳐지면 동이 터 오는 걸 의식하겠건만, 산이 깨어나는 소리 듣고 싶어 한밤중에 산을 올랐건만 산은 함부로 그 소리를 들려주지 않는 가 보다. 일품의 일출 광경을 볼 수 있는 삿갓봉이지만 가랑비를 동반한 습한 운무 때문에 아무것도 보이지 않는다. 여기서 덕유산의 멋진 산그리메를 보지 못하는 것이 그저 안타깝기만 하다.

동으로 겹겹 산줄기들이 중첩되는 장대함과 남으로는 횡으로 펼쳐진 지리산 능선을 바라보는 게 덕유산에서의 큰 볼거리인데 말이다. 덕유산이 초행인 일행 세 사람에게 마치 내 탓으로 인해 보여주지 못한 기분이 든다.

덕유산 능선은 노고단에서 뻗은 지리산 주 능선, 설악산 서북릉, 소백산 주 능선과 함께 남한 땅을 대표하는 장쾌한 능선이다. 그 능선, 우리가 걷는 저 앞길마저 자욱하게 가려져 있는 게 괜한 죄책감을 느끼게 한다. 하지만 금세 털어내 버린다. 먼 행로에 더 무거워질 수 없으므로.

신비로운 햇살, 화려한 비상만 쫓았다면 어찌 우리 서로가 함께할 수 있었겠나. 안개비 축축한 오늘 현기증 노랗게 일으키는 건 새벽어둠 저만치 밀치고 달려와 여기 덕유의 향에 한껏 섞이고자 함이 아니었던가. 여기 길게 내다보지 못하고 오래 머물지 못할지라도 오늘 그대들과 보냄에 더할 나위 없는 행복 느끼고자 하네.

삿갓재 대피소에서는 가까운 봉우리들이 뿌옇게나마 모습

을 드러낸다. 무룡산 가는 길 서편으로 운장산, 장안산, 대둔산 등의 산군일 것이다. 시야에 잡히는 무리를 헤아리려는데 안개는 보여줄 것처럼 살짝 치마를 올리는 듯하더니 그예 내려버린다. 멋지고 아름다운 건 한 번에 다 보여주지 않는가 보다.

산과 산안개처럼 진정한 사랑과 우정 또한 살짝 가리어질 때 더 빛나는 건 아닐까. 도드라지면서 녹이 생기고 금이 간다면 그렇게 진하게 엮이고 싶지 않은 게 사랑과 우정 같은 게 아닐까. 목부터 꼬리까지 이어지는 중첩 마루금을 기대했지만 그예 보지 못하고 걸음을 옮긴다. 알아듣기 힘든 궤변을 웅얼거리며.

아무도 없어서 좋다. 대피소 취사장 복도에 자리를 펼치고 우리끼리만 아침 식사를 한다. 식사를 마치고 대피소 지하에 기대 잠시 눈을 붙이려 했지만, 추위 때문에 변변한 휴식을 취하지도 못하고 다시 길을 청한다.

습한 운무가 결국 비로 변했다

기체가 액체로 서서히 변하는 액화 현상을 체험하며 무룡산에 도착했다.

"상 찡그리지 말고 웃어."

1491.9m라고 표기된 무룡산舞龍山, 정상석 앞에 축축한 모습으로 섰어도 카메라 앞에서 웃는 모습은 산사나이답고 싱그럽다.

 구름이 되려는가, 하늘이 되려는가. 아래로 깔려 운해가 되어야 할 안개가 짙은 운무 되어 끝도 없이 오르려 하다가는 결국 우정의 높이를 넘어서지 못하고 주저앉더니 아래로 미끄러진다.

"짜식, 넘볼 걸 넘봐야지."

 등성이를 타고 피어오르는 운무 속에서 춤추며 승천하는 용의 모습을 연상만 하고 무룡산을 떠난다. 빗방울이 더욱 거세진다. 1500m 고지에서 맞는 가을비는 몹시 차갑다. 그래서 걸음도 빨라지기 시작한다.

 4.2km를 단숨에 걸어오니 동엽령이다. 바로 백암봉으로 향한다. 지리산에서 시작하여 육십령을 거쳐 뻗친 백두대간은 여기 백암봉에서 오른쪽 송계사 방면으로 꺾어진다.

"강행군이구먼."

"화대 종주 때보다 더 힘든데요."

"날씨 탓이죠."

대간을 낀 덕유산의 능선과 골들은 그 경관이 수려하고 호방해서 눈을 뗄 수 없는 대하드라마처럼 느껴졌었다. 그래서 자주 쉬며 드라마에 심취하곤 했었는데 오늘은 쉴 곳조차 마땅치 않다. 길이 수월한 편이기도 하지만 쉴만한 곳, 구경할만한 장면이 없어 주 능선에 올라와서는 비교적 빠르게 온 편이다.

"비가 그쳤어요."

졸음도 쫓고 걸음 탄력도 받을 겸 곧바로 중봉으로 향하려는데 어느새 비가 그치면서 아주 천천히 중첩된 산들의 형체가 뿌옇게 드러난다.

"오늘의 태양이 이제라도 떴으면 좋겠건만."

중봉을 지나 정상 향적봉까지의 1km 구간 사이에는 원추리 군락과 구상나무숲, 덕유평전이 볼만한 곳이다. 봄철 덕유산은 철쭉꽃밭에서 해가 떠 철쭉꽃밭에서 해가 진다는 말이 있다. 향적봉에서 남덕유산 육십령까지 이어지는 능선에 펼쳐진 철쭉군락들이 겨울이면 온통 상고대와 눈꽃으로 치장하는 것이다.

철쭉이든 눈꽃이든 덕유평전이 가장 화려하건만 오늘은 그마저도 눈길 주지 않고 향적봉으로 가는 마지막 관문을 바삐 통과한다. 비에 젖어 축축한 고사목들이 온기마저 빠져나가 금세라도 휘어지고 꺾어질 것만 같다.

우리나라에서 네 번째로 높은 덕유산은 유일하게 1600m대 고지의 산이다. 해발 1614m의 향적봉, 세 해가 지나 다시 찾은 향적봉. 그해 겨울엔 엄동설한에 동상이 걸릴 만큼 추웠는데 지금 그때만큼은 아니지만 젖은 옷차림에 몸을 움츠리며 정상에 섰다.

덕유산은 한반도 남부의 한복판을 남북으로 꿰찬 군사적 자연 장벽이자 영호남을 가르는 장벽 가운데서도 가장 험한 경계선 중 하나라고 한다. 역사적으로 신라와 백제가 각축을 벌이던 국경선, 나제통문羅濟通門이 있는 곳이니 그럴 법도 하다.

아마도 중봉이 최종적으로 향적봉을 사수하려 했던 백제와 신라 양측 최고도의 군사 분계선쯤 되지 않았을까. 아무리 긴장이 고조된 전선일지라도 산꼭대기에서까지 얼굴 붉혀가며 아군 적군 따지지는 않았을 성싶다.

"야, 문디자슥아, 밥 묵었나?"
"거시기해서 잔뜩 배 채웠당께."

입가에 웃음 머금고 덕유산 전경의 안내판을 들여다보니

북으로 가깝게 적상산이 있고 멀리 황악산, 계룡산이 흐릿
하게 솟아있으며 서쪽으로 운장산, 대둔산, 남쪽으로는 오
늘 우리가 들머리로 삼은 남덕유산이 있다.

지리산 반야봉과 동쪽으로 가야산, 금오산들이 장대하게
연출하는 산그리메를 아쉬움 가득 고이지만 오늘은 머릿속
으로만 그려본다.

덕이 많아 한없이 너그러워
덕유德裕라 명명했다지.
이만큼 높이 올라서도 향 풀풀 내뿜으니
향적香積이라 불린다지.
배움이 귀히 여겨지려면
가슴 깊이 덕과 어우러져야.
연륜이 가치를 지니려면
지나온 경험에서 향이 풍겨야.
허나 그런 깨우침이 억지로 되는 일이던가.
깨우치려는 의식조차 떨쳐버리지 못해 오히려
부질없는 욕심으로 드러나는 게 우리네 삶
늘 고개 숙이면 적어도 천정에
이마 찧는 불상사는 없으리니
세상에 낮은 것은 오로지 저 스스로뿐
그저 땀 젖은 육신 씻어 만족스러우면
그 자체가 득도 아니겠나.

내려가는 일만 남았다고 하기에는 그 길이 만만치 않다

"케이블카가 자꾸 눈에 들어오네요."

설천봉에서 케이블카를 타고 내려갔으면 하는 마음을 모르지 않지만 못 들은 척 설천봉에서 눈을 돌린다.

"걸어 내려가게나."

오히려 바로 지척에 세워진 운송 시설물로 크게 위상을 깎인 향적봉이 버럭 소리 지르는 것만 같아 얼른 백련사 쪽으로 걸음을 옮긴다.

조선 명종 때의 문장가 임훈은 덕유산 풍광에 반하여 53세에 덕유산을 올라 무려 3000자에 달하는 장문의 '향적봉기香積峯記'를 남겼다고 한다. 얼마나 장엄하고 멋진 산인가를 짐작하게 하는 대목이다.

1975년 국립공원으로 지정된 후, 덕유산은 북동쪽 칠봉 산록에 대규모 국제야영대회를 치를 수 있는 청소년 야영장과 자연학습장인 덕유대德裕臺, 산자락에 길게 스키장 등을 설치하였다.

겨울철이면 눈이 많이 내리는 지리적 기후특성으로 인해 1990년 덕유산 자락에 건설된 무주리조트는 700만㎡에 이르는 초대형 산악 휴양지로 1997년에는 동계유니버시아드 대회가 열리기도 했다. 국내에서 가장 긴 6.1㎞의 실크로드 슬로프와 37°에 달하는 급경사의 레이더스 슬로프가 있다.

 "산은 특히 국립공원은 자연을 보전하는 게 최우선적 가치가 되어야 한다고 봐요."
 "맞아."
 "케이블카가 설치되었으니 저 아래엔 호텔과 레스토랑이 들어설 거고 그러면 유흥가로 변하는 건 시간 문제지요."

 일행들의 생각이 같다. 이렇게나 수려한 계곡과 파도처럼 굽이치는 고봉들로 명성 자자한 덕유산에 무주리조트 스키장이 주봉까지 치고 올라왔다는 건 치명적인 실책이라는 생각을 접을 수 없다. 등산객들과 관광 인파가 뒤섞여 하산 곤돌라를 기다려야 한다는 게 천년을 거슬러 일찌감치 대자연을 훼손한 거란 느낌에 찜찜하기 짝이 없다.
 가뜩이나 지리산 화대 종주나 설악산 서북 능선 종주 때와 달리 막바지에 만끽한 희열이 부족한 산행이었는데 찜찜함까지 담고 내려가기가 싫어 편의시설에서 등을 돌리고 만다.

산이 천하 비경의 심산유곡으로 전혀 오염이 되지 않았을 때도 누군가에게 산은 그저 먹을 것을 챙겨주는 수단에 불과했었다. 화전민은 물론이고 심마니나 사냥꾼들에게 산은 그저 생계를 해결하는 터전에 그쳤던 곳이다. 산만큼은 절대 부르주아bourgeois의 이해타산이 넘나들지 않았으면 하는 바람이다.

다행히 내리막길이 미끄럽지 않다. 덕유산 여덟 계곡 중 설천에서 발원한 28km 길이의 무주구천동계곡은 덕유산 국립공원을 대표하는 경승지로 폭포, 담, 소, 기암절벽, 여울 등이 곳곳에 숨어 구천동 33경을 이룬다고 한다. 그중 몇 곳이 하산 길에 있다.

데크와 계단 등으로 길을 잘 다듬어놓아 예상보다 어렵지 않게 내려왔다. 빛깔 고운 단풍은 백련사에 와서야 겨우 볼 수 있었다. 통일신라시대에 창건된 백련사는 임진왜란과 한국전쟁을 겪으면서 소실되었다가 전쟁 후 새로 지었다는데 9천 명의 성불 공자成佛功者가 살고 있어 구천둔이라 불리다가 지금의 지명인 구천동으로 바뀌었다는 유래에서처럼 불교가 성행했던 덕유산의 중심 사찰이라는 걸 짐작할 수 있다.

날머리 구천동 삼공 탐방안내소에 이르자 그제야 가을이 고여 있는 걸 보게 된다. 아직 물 빠지지 않은 단풍나무 밑에 서서 서로에게 안산 완주를 축하하며 악수하는데 꽉 쥔 손마다 온기가 그득하다.

"날 좋을 때 다시 오자."

비 오면 비 맞는 그대로, 폭설에 발이 빠지면 또 그러한
대로 산은 지나오면 값진 의미이자 귀한 흔적이다. 어스름
물드는 구천동의 해거름이 비 온 뒤라 그런지 더욱 곱다.

때 / 늦가을
곳 / 육십령 – 할미봉 – 서봉 – 남덕유산 – 월성재 – 삿갓봉 – 삿갓
재 대피소 – 무룡산 – 동엽령 – 송계 삼거리 – 백암봉 – 중봉 – 향적
봉 – 백련사 – 구천동 상공 탐방안내소

금강구름다리에서 만끽하는 천혜의 가경, 대둔산

대둔산에서의 여러 광경 중 금강구름다리와
그 뒤의 삼선계단과 또 뒤로 높게 마천대를 중심으로 한
주변 기암 일대는 최고의 가경이다. 단풍 물든 가을이 아니어도
여전히 멋지고 아름다운 절경을 보여준다.

전북 완주군과 충남 논산시, 금산군에 접한 대둔산大芚山은 6km에 걸쳐 수많은 암봉이 수려하게 이어져 호남의 금강이라 불리며, 1977년에 전북과 1980년 충남에서 각각 도립공원으로 지정하고 있다.

인적이 드문 벽산 두메산골의 험준하고 큰 산봉우리를 의미하는 산 이름을 지녔어도 가을 단풍의 절경과 수려한 산세에 산장, 구름다리, 케이블카 등의 관광시설을 갖추어 많은 이들로부터 듬뿍 사랑받는 산이다.

대둔산 가까이 있는 배티재(해발 349m)에서 잠시 내린다. '임란 순국 무명 사백 의병비'라고 쓴 석비가 세워있다. 임진왜란 당시 권율 장군의 이치 대첩과 관련된 곳이라고 들은 바 있다.

이치梨峙는 순우리말 배티재의 한자어이다. 임진년 7월 경상도와 충청도를 휩쓴 왜군이 군량미 현지 보급을 위해 2만 병력을 동원하여 이 배티재를 넘어 호남평야로 진출하

려 했을 때 권율 장군은 1500명의 병력으로 결사전을 벌여 승리를 거두었다. 이를 일컬어 이치 대첩이라 한다.

땀이 배고 현기증 이는 기암 절경

배티재에서 오밀조밀 모여선 우람한 칠성봉을 바라보고는 조금 더 지나 대둔산 도립공원 주차장에 종착하자 관광버스가 빼곡하다. 즐비하게 늘어선 식당가를 따라 걷는데 기름에서 막 빼낸 인삼 튀김이 군침을 돌게 한다.

눈 예보가 있어 대둔산에서의 첫눈 산행을 기대하고 왔지만, 눈은 뿌리다 말았다. 정상 쪽만 하얗게 눈가루를 얹고 있을 뿐 내린 눈이 녹아 축축하게 젖어있다. 나뭇가지만 앙상한 초겨울 대둔산 진입로는 산객들마저 뜸해 스산한 분위기다.

케이블카 탑승장에는 순서를 기다리는 손님들 여럿이 줄을 서서 대기 중이다. 곧이어 크고 높다랗게 자연석을 세운 동학농민혁명 대둔산 항쟁 전적비를 보게 된다.

대둔산 일대는 역사적으로 싸움터가 많다. 골 깊고 거친 바위산에 울창한 숲을 품고 있어 더욱 그러한 건도 모르겠다. 1894년 동학농민운동 당시 투항을 거부한 동학교도들이 이 산으로 피신해 요새를 만들고 3개월여 왜병과 치열한 항전을 벌이다가 1895년 2월 18일 전원이 순국하였다.

189

그들을 추모하기 위해 2001년에 세운 돌비석을 지나면 깔끔하게 단장된 돌계단이 이어진다. 그러나 잠깐뿐이다. 급격히 기울어진 너덜 돌길이 나타나면서 본격 산행로가 시작된다. 크고 작은 모난 바위들이 널브러진 돌밭을 급하게 올라 동심바위를 보며 숨을 고른다.

신라 문무왕 때 원효대사가 이 바위를 보고 발이 떨어지지 않아 사흘을 머물렀다고 한다. 특이하게 생긴 바위이긴 하지만 바쁜 원효대사가 왜 사흘씩이나 바위를 떠나지 않았는지 궁금해진다. 동심바위를 지나서도 금강문으로 오르는 돌길은 호되게 가파르다.

금강구름다리에 근접하면서 멋진 기암들이 시선을 붙든다. 대둔산에서의 여러 광경 중 금강구름다리와 그 뒤의 삼선계단과 또 뒤로 높게 마천대를 중심으로 한 주변 기암 일대는 최고의 가경이다. 희끗희끗하게 첫눈의 흔적을 담고 꼿꼿이 상체를 편 모습이다. 단풍 물든 가을이 아니어도 여전히 멋지고 아름다운 절경을 보여준다.

임금바위와 입석대를 잇는 금강구름다리는 길이 50m, 높이 81m의 철교로 양쪽 기암 봉우리에 걸쳐 있어 위에서 보기엔 공중그네처럼 아슬아슬해 보인다. 이 다리를 건너다 보면 장군바위의 위용이 먼저 눈에 잡힌다. 늠름한 기품으로 망토를 휘감고 세상을 꿰뚫듯 응시하는 모습이다.

그리고 129개의 삼선계단, 금강구름다리를 지나 삼선계단으로 오르려면 먼저 급경사의 험한 돌계단을 올라야 한다. 길까지 좁아 진행이 수월치 않다. 대둔산은 삼선계단에서 탐방객들의 긴장감을 고조시켜 박동을 크게 울리게끔 하는데 51도의 기울기를 막상 오르려면 그보다 훨씬 급한 경사처럼 느껴진다.

일시 최대 통과 인원이 60명이라지만 지금은 겨우 예닐곱 명이 건너는 중이다.

철제 난간을 움켜쥔 손에 힘이 들어가고 놓치면 떨어질세라 땀까지 밴다. 슬쩍 고개 돌려 뒤를 내려다보면 현기증이 인다.

금강구름다리와 산등성이 아래로 보이는 마을과 그 뒤로 다시 솟은 마루금들을 보면 아무리 손이 떨려도 셔터를 누르지 않을 수 없다. 동심바위가 눈에 들어오자 원효대사가 길게 머문 이유를 어렴풋이나마 알 것도 같다. 바위 위에 걸터앉으며 저절로 수행이 되고 득도의 경지에 이를 것 같은 분위기를 풍긴다.

가을철 오색단풍이 한껏 물든 풍광과 달리 이파리 떨쳐낸 나목들로 더더욱 몸집 드러내며 거침없이 솟구친 바위 봉우리들을 사진으로 남기지 않을 수가 없어 계단은 더욱 길어진다.

계단을 벗어나 상부에 이르면 기암 준봉들은 더더욱 뚜렷한 선으로 탄성을 자아내게 한다. 삼선계단 우회도로와 합류하며 돌길을 올라 용문골 삼거리에서 대둔산 정상인 마천대(해발 878m)에 이른다.

정상석 없이 인공조형물인 개척탑이 높이 세워져 있다. 항상 사람이 많이 모이는 정상 중 한 곳이 여기 마천대인데 오늘은 번잡할 정도는 아니다. 이 개척 탑은 1972년 4월에 전라북도 완주군에서 세웠다고 표기되어 있다.

계단을 내려와 낙조대 쪽으로 하산 길을 잡는다. 예전에 태고사 쪽에서 올라와 낙조대와 낙조 산장의 운치 있는 풍광이 떠올라 예정보다 조금 더 행로를 늘렸다. 역시 멀리서 보는 낙조 산장은 한적한 중에도 낭만이 넘친다. 낙조대(해발 855m)에서 계룡산과 서대산 쪽의 마루금을 살펴보고 지나온 마천대를 돌아본다.

"갈 데가 많아 여기 다시 오기는 힘들겠지?"
"그럴 리가요. 어느 순간 문득 삼선 다리가 아른거리겠지요. 그럼 여기 와있을 겁니다. 그때가 여름이든 가을이든 간에요."

최고봉에 작별 인사하고 내리막을 천천히 걸어 용문굴을 살펴본다. 용이 승천하면서 만들어진 길답게 바위가 신비롭게 갈라져 있다. 용문굴을 지나 칠성봉 전망대에 이르러서도 대둔산은 구석구석 속살을 낱낱이 보여준다.

둘러볼수록 다시 또 오겠노라고 마음을 다지게 하는 곳이다. 다시 가파른 내리막으로 신선암을 지나 용문골로 내려선다. 마천대에서 2.2km의 거리에 있는 날머리에 다다른 것이다.

큰 도로를 10여 분 천천히 걷는데 조금씩 눈이 뿌리기 시작한다. 도립공원 주차장으로 걷는 걸음이 산행을 마쳤는데도 한결 가볍다.

때 / 초겨울
곳 / 대둔산 탐방안내소 – 케이블카 탑승장 – 구름다리 – 삼선계단 – 마천대 – 능선 삼거리 – 낙조 산장 – 낙조대 – 용문굴 – 칠성봉 전망대 – 신선암 – 용문골 – 원점회귀

백운산에서 쫓비산으로, 녹는 눈꽃과 피는 매화

늘 그랬던 것 같다. 산중에서의 여명은 탄생에 비유하게 된다.
붉게 서기 어리며 동이 터오는 걸 보노라면 잉태했던
새 생명의 고귀한 출산처럼 가슴이 벅차오른다.
성스러움마저 느낀다.

　전라남도 광양시에 있는 백운산은 백두대간에서 갈라져 나
와 호남정맥을 완성하고 550리 섬진강 물길을 마무리한다.
광양시는 동쪽의 섬진강을 경계로 하동군과 접하여 도계를
이루고 있다.

　광양제철소의 입지가 결정된 1981년 이전까지는 플랑크톤
이 풍부하고 수온이 적당한 광양만을 중심으로 김과 조개
류의 양식업이 활발했으나, 1980년대 후반과 1990년대 초
반에 들어서면서 우리나라 철강공업의 중심지이자 해외무역
의 전진기지로 발전해왔다.

　광양제철소 건설과 함께 태인도, 금호도 등이 매립되었고
개펄이 간척되어 광양만 내에 있는 섬들은 점차 육지화되
는 추세다.

　백운산은 전남에서 지리산 다음가는 높은 산임에도 섬진강
을 사이에 두고 남북으로 마주한 지리산의 그늘에 가려진
데다 전국에 같은 이름의 산이 숱하게 많아 산세와 풍광에

비해 대중 인식이 약한 게 사실이다.

눈꽃 핀 겨울 백운산에서 봄으로 시간 이동하다

백운산 산행 들머리로 많이 찾는 곳이 진틀 마을이다.

"눈떠, 다 왔어."

우리 산악회 일행이 탄 버스가 광양시 옥룡면 동곡리의 진틀 마을에 도착하자 호근이가 깨운다. 기지개를 켜며 창밖을 보니 깜깜한 어둠이다. 노천이도 눈을 비비며 크게 하품을 한다.

서울에서 밤 11시에 출발하여 다음 날인 주말 새벽에 백운산 초입에서 등산화 끈을 조여 맨다. 겨울에서 봄으로 시절을 건너뛰고 호남정맥의 한 구간에 자취를 남기려 가까운 친구인 호근과 노천을 포함해 스무 명 남짓한 산악회 일행이 멀리 남쪽 나라까지 왔다.

정상까지 3.3km라는 이정표를 보고 병암산장을 지나 산으로 들어서자 헤드랜턴 불빛들이 불놀이하듯 이리저리 춤을 춘다. 진틀 삼거리의 숯가마 터에서 첫 휴식을 취한다. 큰 돌을 쌓아 만든 숯가마 터는 1920년대부터 1970년대까지

50여 년간 전통 방식으로 참나무 숯을 구워왔다. 보통 일주일 이상 불을 지펴 원목의 30퍼센트 정도가 숯으로 만들어진다고 한다.

"대단한 생활력이야."

이 높은 곳의 경사지에서 힘들게 숯을 구워 내다 팔았다니 노천이 말처럼 대단한 생활력이 아닐 수 없다. 숯은 나무가 완전히 무기질의 재가 되기 전에 불을 꺼서 불완전연소를 통해 탄소만 남기는 화학적 원리에 의해 가공된다. 따라서 숯은 불에 타고 재는 다시 탈 수 없다.

"재가 되지만 않으면 다시 반짝할 수 있겠군."
"하하하! 열정이 남아있으면 실패해도 다시 시작할 수 있다는 교훈을 숯가마 터에서 얻었네."

숯가마 터를 지나자 서서히 어둠이 걷히기 시작한다. 늘 그랬던 것 같다. 산중에서의 여명은 탄생에 비유하게 된다. 붉게 서기 어린이며 동이 터오는 걸 보노라면 잉태했던 새 생명의 고귀한 출산처럼 가슴이 벅차오른다. 성스러움마저 느낀다.

곧 합류하겠지만 진틀 삼거리에서 좌측의 정상 오르는 지

196

름길을 버리고 우측 신선대로 방향을 택한다. 앞서가던 일행 중 한 사람이 평범한 등로에서 휘청하며 미끄러지더니 엉덩방아를 찧었다. 무심코 밟은 낙엽 아래로 잔설이 남아 있었다.

이른 봄 산길, 특히 그늘진 등산로에는 잔설과 얼음이 남은 곳이 많다. 이 시기의 산속은 낮과 저녁의 기온 차가 10℃ 이상일 때도 있으며 기상변화가 심해 느닷없이 비나 눈이 내리기도 한다. 봄철 산행이 싱그럽기도 하지만 위험성도 많아 긴장의 끈을 늦추면 낭패를 볼 수도 있다.

잘 설치된 데크 계단을 올라가며 서서히 걷히는 운무를 보니 맑은 아침을 맞을 것 같다. 아직 녹지 않은 눈과 얼음 길을 걸어 신선대(해발 1196m)에 도착해서 일출을 맞는다. 붉은 동전이 보이는가 싶었는데 성미 급한 태양은 아주 빠른 속도로 떠오른다. 해가 뜨면서 그리 멀지 않은 상봉도 상투까지 전신을 드러냈다.

"잘생긴 봉우리일세."

우뚝한 봉우리 아래로 분칠한 것처럼 아직 하얗게 설분을 남긴 상봉 자락까지 초면이지만 낯설지 않다. 훈훈하다. 지리산 쪽으로는 안개와 구름으로 아직 시계가 가려져 있다.

산 중턱에는 서울대학교의 연습림이 울창한 숲을 이루고 있는데 한라산 다음으로 많은 900여 종의 희귀한 식물들이 자생한다고 한다.

분재처럼 멋지게 휜 소나무가 바위에 뿌리를 박은 채 가지를 뻗어내고 있는 걸 본다.

"보기 좋은 모습이야."

"확연히 다른 것들끼리도 이리 사이좋게 잘 지내는데 트럼프랑 정은이는 왜 자꾸 삿대질하는 거야."

"그 사람들이 이 바위나 소나무만 하겠어?"

"오래도록 사이좋게 잘 지내게나."

신선대에서 내려와 상봉으로 향할 즈음엔 낮게 깔린 구름마저 멀리 사라지는 중이다. 저만치 억불봉도 존재감을 드러내 백운산의 식구임을 증명한다.

상봉으로 향하는 북사면 그늘 지역엔 눈꽃이 창창하게 피어있다. 햇살 넘나드는 낮이 되면 뚝뚝 눈물 흘릴지도 모르지만, 티 없이 깨끗한 백색의 순수를 잃지 않으려는 양 꼿꼿하게 제 소신을 지키는 중이다.

지난 몇 달 동안 수도 없이 접했던 눈꽃임에도 오늘 특별히 정겨운 건 왜일까. 눈 깜짝하면 다시 다가올 겨울인데 작별의 아쉬움이라도 생긴다는 말인가.

봄이 오는 길목 백운산에 겨울이 녹는다.
햇볕 든 곳마다 새순 움틀 것만 같다.
바위틈 계류도 힘차게 흘러 살얼음 깨부순다.
동상마저 굳게 한 한파 견뎌내고
야생초 이파리 새살 돋는데
아아, 가슴이 뛴다.

"계절이 바뀔 때마다 그 끄트머리가 의식되는 건 노회해
진다는 거겠지?"
"더 젊어지는 게 아닐까."
"맞아, 감성이 살아있으니까 계절도 의식되는 걸 거야."

친구들 말에 큰 위안을 받으며 바윗길로 올라선다. 상봉
일대는 가파른 바위 구간이다. 지금까지 올라오면서도 그랬
지만 백운산 정상인 상봉(해발 1218m)에도 우리 일행들뿐
이다. 억불봉을 향해 요철처럼 굴곡져 이어지는 능선은 거
대한 용이 금세라도 용트림하며 승천할 것처럼 보인다.
북쪽을 바라보면서 살짝 아쉬움이 고인다. 파노라마처럼
펼쳐진 지리산 능선을 감상하기엔 아직 이르다. 그 앞으로
흐르는 섬진강도 장애물이 있어 푸른 물결을 볼 수가 없다.
억불봉 뒤로 잔상처럼 흐릿한 장면들은 점점이 이어졌을
섬들인 한려수도일 텐데 가시거리가 짧아 시원스럽게 보여
주지 않고 있다.

백운산 조망의 최고매력을 최고봉에서 감상하기엔 시간대가 맞지 않는다. 정상에 오르긴 처음이지만 4년 전 여름, 피서를 겸해 심산유곡을 찾아 여기 백운산에 온 적이 있었다. 저 아래로 울창한 원시림을 끼고 굽이 흐르는 명경지수의 백운산 4대 계곡은 잘 알려진 피서지이다.

성불계곡, 동곡계곡, 어치계곡, 금천계곡이 그곳인데 불볕더위가 기승을 부릴 때면 떠오르는 계곡 중 한 곳이다.

"또 이동하세."

정상 바로 밑의 삼거리에서 3.6km 거리의 매봉으로 걸음을 옮긴다. 1.3km를 걸어와 내회로 내려가는 삼거리에서 편안한 능선이 이어진다. 드문드문 보이던 잔설도 모두 녹아버려 길은 습하지만, 행보에 불편은 없다.

삼각점과 나무에 매단 표식이 있는 곳에서 여장을 풀고 식사하기로 한다. 매봉(해발 865.3m)의 평평한 공터에 둘러앉으니 일행들 얼굴에 화기가 돌고 모처럼 환한 웃음소리도 들린다.

"산을 찾는 묘미 중 하나가 바로 먹는 거 아닐까."
"큰 비중을 차지하지."

사실이 그렇다. 체력이 떨어져 혹은 입맛이 떨어져 먹을 걸 소홀히 한다는 건 불행일 수도 있다. 허기 때문에 산행에 불리하게 작용하는 건 차치하고라도 산에서 먹는 맛의 느낌을 놓치는 건 분명한 불행이다.

쫓비산은 매화 만발한 완연한 봄이다

식사를 마치고 다시 길을 향한다. 항동마을 방면으로 조금 가다 보면 다음 목적지 쫓비산으로 가는 갈림길이 나온다. 이정표에 8.8km라고 적혀있다.

"만만치 않은 거리네."
"매화마을에 도착하면 정말 잘 왔다는 생각이 들 거야."

그렇게 거들면서 힘을 부추겼다. 쫓비산에서 내려가며 보는 매화마을의 신비스러운 풍광을 이들과 같이 느끼고 싶었다. 홍매화를 입에 올렸던 호근이와 봄 산행을 즐기는 노천이랑 동반함으로써 일거양득의 효과를 보고자 했는데 둘 다 흔쾌히 따라나섰다.

여섯 해 전, 매화 축제 때 쫓비산을 산행하고 보았던 그 넓고 풍성한 매화군락의 풍광이 지금도 눈에 선하다.

간간이 봉오리를 펼치지 못한 진달래들이 눈에 띄기 시작한다. 조금 이른 시기에 봄의 전령사를 남쪽 산중에서 마주하니 보통 반가운 게 아니다.

관동마을과 매화마을로 갈라지는 능선 삼거리인 게밭골에 이르자 많은 리본이 달려있고 관동마을에서 올라온 다른 산객들을 만나게 된다.

게밭골에서 사각 나무계단을 딛고 올라 환히 열린 지리산을 바라본다. 거긴 아직 겨울이다. 갈색 산들 너머로 지리산 주릉과 천왕봉은 하얗게 덮여 빛을 발하고 있다.

갈미봉에 세워진 정자에서도 시선은 지리산의 겨울을 향하게 된다. 오늘 새벽 저곳에서 천왕 일출을 보았을 산객들은 지금쯤 주 능선을 종주하거나 중산리로 혹은 중봉을 지나 대원사 쪽으로 하산을 하고 있을 거였다.

떨어져 있는 낯선 이들한테서도 진한 동지애를 느끼게 된다. 그리고 섬진강의 수수한 흐름, 짙푸른 섬진 청류를 보니 가슴이 저며 오는 것만 같다. 보고팠던 이와의 해후가 이런 기분일 거란 생각이 든다.

물개바위를 지나 쫓비산이 가까워지면서 진달래가 잎을 펼쳐 여긴 진작부터 봄이었다는 걸 속삭인다. 쫓비산 정상(해발 537m)에서 내려다보는 섬진강 주변은 완연한 봄이다.

"와아~ 새로운 세상이네."

내려가면서 바라보는 청매실농원 쪽은 역시 예전에 보았던 모습 그대로였다. 보는 이마다 절로 탄성을 터뜨린다.

매화마을을 내려다보면서 다들 걸음을 멈추고 입을 벌린 채 카메라를 꺼내 든다. 간간이 홍매화가 피어 매화군락은 더욱 화사한 매력을 발산하고 있다.

마을 뒤로 길게 횡선을 그은 섬진강까지 캔버스엔 구도와 채색이 완벽하게 잡혀 화가는 거리낄 것 없이 붓질을 해댈 수 있을 지경이다.

조선 중종, 명종 때의 문신이자 문인인 송강 정철도 바로 여기서 매화와 대나무를 노래하지 않았을까 하는 생각이 든다.

매화 한그루 반만 남은 가지
설월 속 의연한 그 품격
못쓸 곳 뿌리내렸다 말하지 마라
매화 그 심사야 대나무竹가 아나니

마을로 내려가 직접 대하는 홍매화는 참으로 예쁘고 아름다워 황진이나 서시, 아니면 한창때의 브룩 실즈를 보는 듯하여 가슴이 설렌다.

거기에 더해 활짝 핀 동백을 가까이하면서 설레던 가슴은 요란한 진동을 일으킨다. 팔각정으로 올라가 매화마을의 또 다른 구도를 잡아보고 넓은 장독대에 꽉 찬 항아리들을 바라보자 절로 풍성해지고 여유로워진다.

"도대체 몇 개나 되는 거야?"
"2500개 정도라지."
"항아리마다 다 채워진 거야?"
"가서 일일이 열어봐."
"청매실을 담아 오래오래 발효시키고 숙성한다는데 아마 매실 엑기스도 담겨있고 매실 장아찌도 있겠지."

겨울 백운산에서 봄 쫓비산으로 공간과 시간을 이동해가며 매화에 취하고 섬진강 변에서 채취한 벚굴도 맛보면서 보낸 하루를 추억의 한 장으로 살포시 덮어놓게 된다.

때 / 초봄
곳 / 진틀 마을 – 신선대 – 백운산 상봉 – 매봉 – 게밭골 – 갈미봉 – 쫓비산 – 삼거리 능선 – 매화마을 – 주차장

천연기념물 홍도의 수호신, 깃대봉

전망대를 지나면서 동백나무 터널을 지나 숲길로
들어서니 그제야 산에 온 기분이 든다. 2전망대에 올라
내려다보면 바다는 더욱 고요하고 물속 깊이
홍도의 그림자를 담아 고즈넉한 맛을 더한다.

가고자 마음을 먹고도 쉽사리 다녀올 수 없는 곳 중의 한
곳이 홍도다. 섬 전체가 천연기념물이라 오래전부터 가고
싶었던 곳이어서 섬 산행의 묘미에 빠질 즈음 겨우 친구와
시간을 맞추었다.

목포 유달산에 올랐다가 시간 맞춰 내려와 목포 여객선터
미널로 왔다. 여객터미널에서 출발한 쾌속정이 비금도를 거
쳐 망망대해로 접어들자 살짝 어지러워지려 한다. 넘실대는
파도를 가르며 두 시간이 채 지나지 않아 홍도 연안에 도
착해서야 처녀 방문지 홍도를 실감하게 된다.

목포에서 서쪽으로 약 107km 떨어진 신안군 흑산면 홍도
리를 행정구역으로 하는 홍도紅島는 20여 개의 부속 섬이
있고 해 질 무렵이면 섬 전체가 붉게 물들어 명명한 섬으
로 다도해해상국립공원에 속한다.

다도해해상국립공원은 현재 우리나라의 22개 국립공원 중
1981년에 14번째 국립공원으로 지정되었다. 공원구역은 전

라남도 신안군 홍도에서 여수시 돌산면에 이르며 면적은 우리나라 국립공원 중 가장 넓다. 이름에 걸맞게 국립공원 내에만 400여 개나 되는 섬이 있다.

섬 전체가 200m 내외의 급경사 산지로 이루어진 홍도는 섬 내에 깃대봉(367.8m)과 남서쪽으로 양산봉(231m)이 솟아있는데 남해의 소금강이라 불릴 만큼 아름다운 명승지이며, 홍도 천연 보호구역(천연기념물 제170호)으로 지정되어 있다. 남문, 실금리굴, 석화굴, 탑섬, 만물상, 슬픈 여, 부부탑, 독립문바위, 거북바위, 모녀상 등 홍도 10경이 주요 관광지라 할 수 있다.

풍어에 만선을 기원하며 쌓은 청어미륵

홍도항 등대와 깃대봉 오르는 길에 설치된 긴 데크를 보며 홍도항에서 걸음을 뗀다. 홍도를 떠나려는 많은 이들까지 속속 연안 여객선 터미널로 모여들어 시장터를 방불케 한다. 예약한 숙소에서 간단히 산에 오를 차림만 갖춰 깃대봉 들머리로 향한다. 시간상 내일 아침에 유람선으로 바다 구경을 하고 곧바로 섬을 떠나야 하므로 도착 당일 서두를 수밖에 없다.

함께 승선했던 몇몇 탐방객들과 같이 들머리로 향한다. 흑산초등학교 홍도 분교 정문에서 오른쪽 오르막길을 따라 느긋한 마음으로 걷는다. 내연발전소로 가는 갈림길에서 좌측으로 향하면 깃대봉 정상 방향이다. 홍도항을 발아래 두고 첫 번째 전망대까지 긴 데크 계단을 오른다.

남문바위와 반대쪽의 도담 바위 등 보이는 돌섬들이 하나같이 물 위에 뜬 기암절벽이다. 홍도 분교의 오른쪽 해안에 있는 방파제는 일몰을 감상할 수 있는 적절한 장소라고 한다. 오늘 여기서 홍도의 낙조를 감상하게 될지는 미지수다. 날씨가 썩 좋은 편이 아니다.

홍도항과 홍도 1구 마을의 붉은 지붕들이 아늑하게 느껴진다. 홍도는 여객선이 드나드는 홍도 1구와 30여 가구가 거주하는 2구의 두 마을이 있다. 홍도 2구에는 여객선이 닿지 않고 어선으로 이동한다.

전망대를 지나면서 동백나무 터널을 지나 숲길로 들어서니 그제야 산에 온 기분이 든다. 2전망대에 올라 내려다보면 바다는 더욱 고요하고 물속 깊이 홍도의 그림자를 담아 고즈넉한 맛을 더한다.

다시 오르자 매끈한 돌 두 개가 세워진 곳에 울타리를 쳐 놓았다. 청어靑魚미륵 또는 죽항竹項미륵이라고 이름 붙여진 돌이다.

과거 홍도 주변 어장이 매년 청어 파시로 문전성시를 이룰 때 홍도 어민들의 배에 청어는 들지 않고 둥근 돌만 그물에 걸려들어 매번 바다에 던져버리곤 하였다.

"그 돌을 버리지 말고 이 섬 높은 곳 전망 좋은 자리에 모셔놓으면 일이 술술 풀릴 것이다."

 어느 날 한 어민의 꿈에 그물에 걸린 돌을 전망 좋은 곳에 모셔다 놓으면 풍어가 든다고 하여 그 계시대로 하니 그 후부터 만선이 되었다고 한다.
 홍도의 고기잡이 선주들이 그 돌의 영험함을 믿고 청어미륵이라 부르게 되었다. 미륵불 형상을 한 돌은 아니지만, 어장에 나가기 전 이 돌 앞에서 풍어를 빌었다고 한다.
 홍도 주민들의 소박한 민간신앙을 엿보고 다시 숲길을 걸어 오르다가 연리지를 보게 되고 숨골재라 적힌 굴에 이른다. 이곳 주민 중 한 사람이 절굿공이로 쓸 나무를 베다 실수로 이 굴에 빠뜨렸는데 다음날 고기잡이를 하러 바다에 나갔더니 어제 빠뜨린 나무가 떠 있는 것이었다.
 이때부터 바다 밑으로 뚫린 굴이라 하여 숨골재 굴이라 부르다가 숨골재로 굳어져 불려 왔다. 지금은 탐방객의 안전을 위해 주민들이 굴 일부를 나무와 흙으로 메운 상태라고 한다.

 탑 쌓다가 놓친 신혼의 아내

208

동백숲 길과 숯가마 터를 지나 깃대봉(해발 365m)에 올랐다. 홍도 분교에서 걸음 멈춰 눈길 머물며 올라왔어도 한 시간이 채 걸리지 않았다. 홍도의 곳곳을 내려 보다가 탑상塔像골이 있는 방향을 가늠해본다.

탑상골은 해수욕장으로 쓰이는 뒷대목에서 석촌리 쪽 중간 길목에 있는 계곡이다. 이곳의 암벽은 약 15m 높이의 탑을 쌓아 올린 것처럼 생겼는데 이 탑의 건너 북쪽 절벽을 여탑女塔이라 하며 이 계곡을 서방여골이라고 부른다. 이 여탑과 남탑男塔이 있는 탑상골 사이에는 40m 높이의 산이 가로막아 배를 타고 가야 한다.

홍도가 무인도였던 오래전, 대흑산도에 사는 청년이 풍랑을 만나 홍도까지 표류해왔다. 청년은 이 섬 앞으로 지나가는 배가 잘 볼 수 있도록 탑을 쌓아 올리며 긴 시간을 보냈다.

그런데 이 청년이 탑을 쌓으며 지내던 탑상골 건너에는 중국에서 이곳을 지나다 파선한 배에 타고 있던 아름다운 처녀가 표류해 살고 있었다. 처녀는 이 섬에서 제일 높은 봉우리에 자기 옷을 벗어 깃대를 만들어 세워놓고 지나가는 배를 기다리고 있었다.

청년은 탑을 쌓다가 행여 배가 지나가나 싶어 대흑산도가 가장 가까이 보이는 곳으로 나갔다가 깃대봉에서 이 처녀를 발견하였고 두 사람은 부부가 되었다.

"내가 탑을 다 쌓은 후에 살림을 차립시다."

남편은 신혼의 아내와 떨어져 살며 오로지 탑 쌓는 일에만 매진했다.

"혼자 있을 때만도 못하네."

외딴섬에 표류해 외롭고 지루한 날을 보내다가 신랑을 얻은 여인은 결혼 전보다 더 외로워졌다. 여인은 남편이 있는 탑바위로 건널 수 있는 암초를 발견하고 그 암초를 딛고 뛰려다가 미끄러져 물에 빠져 죽고 말았다.
이 여인이 밟았다가 미끄러진 암초를 홍도 주민들은 '서방여嶼'라 부르고 여인이 자리를 잡고 있던 곳을 서방여골이라 명명하였다. 또 여인의 옷을 벗어 깃대를 만들어 세운 봉우리, 바로 지금 이 자리가 깃대봉이다.

"조금만 더 기다렸어야지."

탑을 모두 쌓은 남편은 뒤늦게 신혼의 아내가 죽은 것을 알고 대흑산도가 보이는 깃대봉 너머 '슬픈여' 앞에 와 울었다 하여 지금의 이름이 붙었다.

"저기 보이는 섬이 흑산도지? 멀지도 않은 섬에서 오도 가지도 못하고 아내까지 잃었으니 속이 사무칠 만도 하겠어."

"흑산도 하면 뭐가 생각나나?"

"흑산도 하면 흑산도 아가씨와 홍어삼합 아닌가?"

정상석 뒤로 흑산도가 보이기에 물어봤는데 단순 명료한 윤호의 답변이 재미있어 대화가 이어진다.

"윤호야, 최익현에 대해서는 잘 아나?"

"잘 알고말고. 영화 범죄와의 전쟁에서 최민식이 연기한 인물이지."

"……."

기가 막힌다. 배우 이름도 아니고 영화에서의 역할 인물 이름을 기억한다는 게.

"너랑 함께 홍도에 온 게 갑자기 자랑스러워진다."

아무리 보고 또 보아도 조선 고종 때의 문인이자 대한제 국의 독립운동가였던 면암 최익현에 앞서 최민식이 연기한 인물을 떠올린 친구가 기특하기만 하다.

대원군의 실정을 신랄하게 비판하였다가 제주도로 귀양 간 최익현은 풀려난 즉시 병자수호조약을 반대하는 상소를 올리고는 또다시 흑산도로 유배된다. 궁궐 앞에 자리를 펴고 도끼를 지닌 채 상소를 올렸다 하여 역사는 이를 지부상소 持斧上訴라 하였다.

그는 이 도끼로 당장 일본 사신들의 목을 치고 나라의 방비를 단단히 해야 한다고 역설했다.

"전하, 지금 면암이 소흑산도에 있으니 그보다 더 먼 흑산도로 보내버리시지요. 흑산도에 있으면 소흑산도로 나오는데 하루가 걸리니 더 안심되지 않겠습니까."

"오호, 중전! 좋은 생각이요."

면암 최치원을 멀리 우이도(소흑산도)로 유배 보낸 조선 정부는 일본과 강화도조약을 체결하고 대규모 수신사를 일본에 파견하고자 했다. 일이 이렇게 되어 고종이 최익현을 염두에 두며 염려하자 명성황후가 묘책을 낸 것이다.

그렇게 면암이 유배되었던 흑산도에는 그의 유허비가 있고 그가 썼던 글들이 새겨진 바위가 있다. 1905년 을사늑약에 항거해 호남지방에서 의병을 궐기하여 일본군과 교전하였다가 대마도에 유배되어서도 단식을 하는 등 자신의 의지를 굽히지 않던 면암은 1906년 그예 숨을 거두었다. 그가 지은 시 '우이牛耳에 올라 즉시 부름'을 되뇌노라면 조선 전기 최만리와 함께 최 씨 고집의 아이콘인 그의 형형하게 빛났을 눈빛이 느껴진다.

　우이 한 봉우리 구름에 닿았으니 一峯牛耳接雲高
　오르고 올라도 이 몸 피로 잊었네 登陟渾忘氣力勞
　아름다와라 저 바다의 수없는 섬들이며 可愛層溟多少嶼
　파도야 치든말든 저 홀로 천년 만년 萬年壁立敵洪濤

"그 최익현하고는 많이 다른 인물이구나."

　기록에 의하면 흑산도에 처음 유배된 이는 1148년 고려 의종 때 정수개라는 인물이라 한다. 조선시대에는 약 76차례 흑산도 유배가 확인되는데 이는 제주도와 거제도에 이어서 세 번째로 자주 이용된 셈이다.

　섬의 규모를 고려하면 흑산도에 가장 많이 유배했다고 해도 과언이 아닐 것이다. 중앙의 학식이 높은 덕망 있는 인사들이 흑산도에 유배되어 섬 주민들과 동화되어 살아감으로써 지역 문화 수준을 향상했고, 결과적으로 흑산도는 높은 수준의 전통문화를 간직하게 되었다.

　흑산도에서 가까이 시선을 당기면 독립문바위와 띠섬, 그

우측으로 탑섬이 물에 뜬 바위처럼 자그마하다. 오른쪽으로
희미하게 가거도가 있다는데 오늘 날씨로는 희미하게조차
가늠하기가 어렵다.

 다시 내려와 몽돌 해안을 걸어보고 방파제에서 일몰도 구
경하다 보니 섬은 바다와 함께 금세 어둠에 묻히고 불빛
반짝이는 상업지역의 홍도에도 푹 젖어본다.

때 / 늦봄
곳 / 홍도 여객선터미널 – 홍도 분교 – 제1 전망대 – 제2 전망대 –
숨골재 – 숯가마 터 – 깃대봉 – 원점회귀

백두대간 영취산 찍고 호남의 종산, 장안산으로

회문산에서 철수한 전북도당이 덕유산에서 이현상의
남부군과 합류하여 오백 명 빨치산이 옷을 벗고 목욕했던
장면이다. 바로 이 계곡에서 촬영한 것이다. 그만큼
덕산계곡은 깊고 은밀하며 맑고 깨끗하다.

금강과 섬진강의 발원지인 전라북도 장수군에 있는 장안산
은 기암괴석과 원시 수림이 울창하고 심산유곡에 형성된
못과 폭포가 절경을 이루는 관광지로 1986년 군립공원으로
지정되었다.

무주, 진안과 함께 전북 동부 산악권에 속하며 전형적인
분지 내에 있는 장수군은 논개의 고장으로도 잘 알려져 있
다. 논개가 순절한 7월 7일을 택해 추모대제를 지내던 중
1968년부터 논개 탄생일인 음력 9월 3일을 장수군민의 날
로 제정하여 군민의 날 행사와 겸해 논개제, 무용제, 음악
제 등 주논개 대축제를 치르고 있다.

호남의 고원지대이며 오지에 속한 장안산도 혼자 차를 몰
고 내려와 산행하기에는 여러모로 불편함이 있어 이번에도
버스를 대절한 산악회와 동반했다.

30분 남짓 걸려 오른 1075m의 영취산 정상

215

이른 아침에 출발하여 장안산 들머리로 잡은 무룡고개에 내리자 한여름에도 시원한 바람이 불어준다.

행정구역상 장수군 장계면 대곡리에 속하는 무룡고개는 장안산과 경남 함양의 백운산 사이에 있는 높은 고개로 금남 호남정맥이 시작되는 지점이다.

장안산은 예전과 달리 이곳 무룡고개까지 교통망이 형성되어 보다 쉽게 정상을 오를 수 있게 되었다. 게다가 살짝 옆으로 영취산을 올라 백두대간을 잇게 되어 점차 등산객들의 걸음이 잦아지고 있다.

이 고개에서 지지계곡으로 가는 길은 심심산천 절경을 감상하고 동화댐이 있어 호반의 정취까지 맛볼 수 있는 멋진 드라이브 코스라 할 수 있다.

일행 중 반 정도의 인원은 무룡고개에서 먼저 왕복 1km 남짓 거리의 영취산을 오르기로 하고 나머지 반은 바로 장안산 들머리로 오른다.

석가모니가 법화경을 설파했던 인도의 영축산을 닮아 연유된 영취산은 취서산, 영축산으로 표기된 곳도 많다. 나무계단을 올라 잘 정비된 등산로를 또 오르면 그리 멀리 지나지 않아 금남 호남정맥 분기점이라는 표지판을 보게 된다. 지금 올라온 길이 백두대간에서 갈라진 9 정맥 중 하나인 금남 호남정맥 구간이다.

조금만 더 오르면 해발 1075.6m의 영취산 정상석 앞에서게 된다. 이만한 높이를 들머리에서 30분도 채 못 미쳐 올라온 것이다. 덕유산 육구 종주를 할라치면 시점으로 잡 는 육십령이 11.8km 거리에 있다고 표시되어 있다. 장안산 과 백운산은 각각 3.5km이니 그리 먼 길은 아니다.

경남 함양군 서상면과 전북 장수군 번암면의 경계에 솟아 있는 영취산은 지리산에서 시작하여 백운산을 거친 다음 이곳을 지나 장안산과 다시 덕유산으로 이어지는 백두대간 의 한 줄기이다.

또 동쪽으로 낙동강, 서쪽으로 금강, 남쪽으로는 섬진강이 흐르는 세 강의 분수령이 되는 곳이며 대동여지도에서는 장안산보다 영취산을 더 상세히 적어놓았고 신 증 동국여 지승람에도 영취산을 장수의 진산으로 표기하고 있다.

영취산에서 다시 무룡고개로 내려가 벽계 쉼터에서 장안산 들머리로 진입할 수도 있겠으나 대간 행로를 택하기로 한 다. 어느 쪽으로 길을 가든 곧 합류하게 된다.

백운산은 나무숲에 가려 보이지 않고 그 왼편으로 서래봉 이 우뚝 솟아 오는 이를 맞이한다. 우거진 숲길을 걸어 무 룡고개 삼거리를 지나고 1085m 봉에 닿자 백운산이 보인 다. 다녀온 지 얼마 되지 않은 산이라 무척 반갑다.

대부분 육산인 등로에 산죽이 무성하다. 다행히 구름이 햇 빛을 가려 더위에 시달리지 않아 좋다. 느긋하게 행렬을 이 어 장안산 첫 전망대에 이른다. 드넓은 억새평원이다. 장안산의 가을 억새평원은 영남알프스로 일컫는 재약산 사자평원과 함께 알아주는 억새 군락지이다.

지그시 눈을 감으면 흐드러지게 핀 억새밭에 만추의 바람이 불면서 온통 은빛 파도가 넘실댄다. 아직 밋밋한 평원에 일렁이는 억새 물결을 삽입하자 구름을 막 벗어나 이때다 싶어 내리쬐는 햇볕이 감미로운 가을 햇살로 바뀌는 착각에 빠진다.

다시 여름으로 돌아와 걸음을 내딛자 지리산 주릉이 구름 사이로 빛을 받아 찬연하게 실체를 드러낸다. 고개를 돌리면 남덕유산과 서봉까지 반가움을 표시한다.

반야봉에서 떼지 못하고 천왕봉까지 담게 된다. 마치 지리산을 종주하는 느낌마저 든다. 두 번째 전망대에 이르기 전에 장안산으로 곧장 오른 일행들과 합류한다.

호남 종산에서 덕산계곡으로 내려가 논개 생가 마을로

통신기지국이 세워진 장안산 전망대가 뚜렷이 눈에 들어오고 우측으로 황석산도 보게 된다.

함께 걷는 산우들뿐 아니라 여기서 보는 산들은 모두 구면에 친근감 넘치는 지인들이다. 눈 여김만으로도 메아리가 울릴 것만 같은 추억의 공간이다.

거기서 길을 놓쳐 진땀 뺐던 일들, 비에 흠뻑 젖어 한여름에도 소름이 돋을 만큼 추웠던 그때가 모두 미소를 자아내게 하는 현장이었고 시간이었다.

 꾸준히 누런 억새밭이 이어지다가 또 하나의 전망소를 지나 129계단을 오르고 다시 103계단을 올라 장안산 정상에 도착한다. 정상석 뒷면에 새긴 글을 읽고서야 장안산이 호남의 종산이라는 걸 알게 되었다.

 '해발 1237m로 장수, 번암, 계남, 장계 등 4개 면의 중앙에 위치하고 백두대간이 뻗어 전국의 8대 종산 중 제일 광활한 위치를 차지한 금남 호남정맥의 기봉인 호남의 종산'

 백두산, 한라산, 지리산, 설악산, 오대산, 덕유산, 치악산과 함께 종산의 반열에 있는 장안산의 존재감을 다시 느끼게 된다.

 "대단한 분이셨군요. 몰라 뵈었습니다."
 "다른 종산들이 원체 뛰어나다 보니 내 존재감이 떨어졌지 뭔가."

 헬기장이 있고 통신기지국이 설치되어 있으며 삼각점이 있는 넓은 정상에 또 하나 특이한 팻말을 보게 된다.

'이곳을 지나는 자여, 조국은 그대를 믿나니!'

2012년 11월 14일, 7733부대 기동중대에서 100km 행군을 기념하여 새긴 표식이다.

"어휴, 산이라면 신물이 납니다."

동시에 군에서 막 제대한 젊은이들이 산을 싫어하는 이유를 적은 패찰이기도 하다.

둘러보면 주변은 높고 깊은 산중 오지이다. 걸어온 무룡고개 능선도 와서 보니 온통 숲이다. 전라북도 무주, 진안, 장수 세 고장을 일컬어 무진장이라고 표현해 왔다.

지독히 오지인 산골에 파묻혀 있어 세인들의 왕래가 뜸해 '아주 많이'라는 부사어의 무진장으로 인근 세 곳을 엮어 불렀다. 그중에도 장수는 더욱 오지였으며, 특히 외지고 인적 뜸한 심산유곡이 저 아래 덕산계곡 일대이다.

이제는 덕산계곡을 비롯한 크고 작은 계곡과 윗 용소, 아랫 용소 등 많은 소와 지소 반석 등 십 수 개의 기암괴석들이 울창한 수림에 덮여 여름이면 많은 외지인을 끌어모으고 있다. 그 덕산계곡의 맑고 찬 물에서 오늘 산행의 피로를 풀기로 했으니 무덥지만, 힘을 뽑아내기로 한다.

범연동 쪽으로 길을 잡아 하산한다. 중봉 삼거리를 지나

연주 마을을 가리키는 방향으로 계속 내려선다. 활엽수림 울창한 숲길을 걷다가 계곡으로 내려서서 완만한 경사로로 이동하자 오매불망 그리던 덕산계곡이다.

"여기가 바로 거기야."

계곡을 내려가다가 바로 그 자리, 한국전쟁 당시 빨치산들이 너나 할 것 없이 모두 옷을 벗고 목욕하던 자리였을 걸로 추정되는 너른 소에 자리를 잡는다.

영화 '남부군'의 장면이 떠오른다. 회문산에서 철수한 전북도당이 덕유산에서 이현상의 남부군과 합류하여 오백 명의 빨치산들이 옷을 벗고 목욕했던 장면이다. 바로 이 계곡에서 촬영한 것이다. 그만큼 덕산계곡은 깊고 은밀하며 맑고 깨끗하다.

"이참에 우리도 빨치산이 돼볼까."

빨치산들처럼 심하게 알탕을 할 수는 없지만 젖은 땀과 눅진하게 몰려들기 시작한 피로를 씻기에 충분한 수량이라 일행들 모두 천진한 물놀이 동심에 젖어 든다.

이런 순간이 있어서 여름은 그 계절 값을 한다. 물을 떼놓고 여름을 생각할 수 없다. 충분하다 싶을 정도로 피서를

마치고 긴 계곡을 따라 내려가서 방화 폭포를 보고 버스에
오른다. 일행들 모두 피로함보다는 뿌듯하게 하루를 즐긴
넉넉한 표정들을 짓고 있다.

버스는 얼마 가지 않아 논개 생가 마을에 정차한다. 장수
논개 생가 마을은 임진왜란 때 적장을 안고 남강에 투신,
의절한 주논개가 태어난 마을이다.

논개의 충절을 기리며 생가를 복원해 마을 전체를 민속
마을로 꾸몄다. 마을 어귀를 지나 비탈진 동네로 들어서면
한 채 한 채 초가집과 물레방아, 텃밭에서 풀을 뜯는 장수
한우도 민속촌 분위기를 한층 살려준다.

때 / 여름
곳 / 무룡고개 - 영취산 - 무룡고개 삼거리 - 전망대 - 억새 능선 -
장안산 - 중봉 삼거리 - 덕산계곡 - 연주 마을 - 논개 생가 마을

담양과 장성을 잇는 우람한 산맥, 병풍산과 불태산

아침에 눈을 뜨면 언제부턴가 숱하게 이어져 오던
질곡의 세월을 그저 헤쳐 나가는 생활 습관처럼
높건 낮건 길을 따라갈 뿐이다. 그렇게 나서면
산이 있고 산에 안기곤 하는 것이다.

"나는 지금 어디에 있고, 무엇을 하고 있으며 어디로 가는
중인가."

산행하다 보면 멈춰 서서 지나온 행보와 가야 할 길을 가
늠하고 현재의 위치를 점검하게 될 때가 있다. 인생역정 또
한 자신의 현실과 미래를 재고하고 수정하며 나아감이 산
에서의 행보와 닮은꼴이다.

영산강이 시작되는 청정지역이며 남도의 맛과 멋이 시작되
는 문화의 고장으로 늘 푸른 대나무의 고장 담양에 또 오
게 되었다. 추월산에 온 이후 또다시 병풍산을 찾으면서 전
남 담양과 연을 쌓아간다.

"한가로운 주말, 나는 그냥 무심코 있고, 특별히 할 일도
없어 무작정 따라나선다."

오늘은 B 산악회에서 병풍산과 불태산의 연계 산행코스를 잡아 따라나서게 되었다. 역마살이 낀 건 아니지만 무어라도 하는 일 없이 집에서 빈둥빈둥하는 게 체질에 맞지 않는다고 해야 하나 보다.

"병풍산?"

가보지 않은 산이라 얼른 구미가 당겼다.

2016년 7월 3.48km의 등산로 '수행자의 길'을 조성함으로써 담양의 대표적 웰빙 관광명소로 떠오르고 있는 담양호 용마루길 산책로와 연계하여 트레킹을 즐길 수 있도록 하였다.

특히 등산로 능선이 13개 봉우리로 형성돼 능선마다 설치된 스토리텔링의 테마를 즐길 수 있으며, 주변의 뛰어난 자연경관 담양호, 금성산성, 가마골, 추월산 등을 감상할 수 있다.

담양군에서 가장 높은 병풍산은 산세가 병풍을 둘러놓은 모습과 비슷하여 명명되었다. 한국 지명사전에 열거된 스무 개 남짓한 병풍산이란 이름의 산들이 그렇듯 담양의 병풍산도 여러 폭의 병풍을 세운 것처럼 바위 절벽이 둘러섰다. 병풍屛風은 북쪽에서 부는 하늬바람을 차단하여 배산背山이 된다는 의미로 이 바위 병풍이 겨울 북풍을 막아주어 남쪽의 화순과 광주지방이 겨울을 비교적 따뜻하게 보낼 수 있다고 한다.

병풍산 남서쪽으로 험준하게 솟은 바위산인 장성 쪽의 불태산은 전차부대의 사격장이 있어서 민간인 출입을 통제하였다가 근래 개방되어 발길을 들여놓을 수 있게 되었다.

"도상거리도 15km가 넘지만, 능선의 오르내림이 심해 시간이 꽤 소요되는 코스입니다."

시간 맞춰 하산하여 귀경에 차질이 없도록 해달라는 산악대장의 멘트를 듣고 버스에서 내린다.

가파른 오르내림의 거듭되는 반복

송정마을에서 산행을 시작한다. 들머리 안내판에 천자봉까지 2.1km라고 적혀있다. 대방 저수지 뒤의 야영장을 지나면서 초반부터 가파른 등산로가 이어진다. 늦여름 고온다습한 날씨인지라 땀깨나 흘릴 것 같다.

들머리를 10여 분도 지나지 않아 산허리를 휘감는 임도를 질러 걷다가 가파른 통나무 계단을 오른다. 암릉 구간이 나타나고 밧줄도 늘어져 있지만, 줄을 붙들고 오를 정도는 아니다. 덥긴 해도 무등산이 보이고 멀리 지리산도 바라볼 수 있는 시계라 다행이 아닐 수 없다. 강천산과 추월산까지 그다지 멀지 않아 고도를 높이면서도 힘 쏟는 일에만 치중하게 하지는 않는다.

능선에 닿아 건너편의 천자봉과 그 왼쪽으로 병풍산 정상을 보며 초반 가쁜 숨을 고른다. 담양 들녘이 발아래 펼쳐졌고 병풍산 오른쪽으로 불태산도 모습을 드러냈다. 반대편의 옛 용구산 산정을 가늠하고 물푸레나무 무성한 길을 지나 돌무더기 쌓아놓은 천자봉天子峰(해발 725m)에 닿는다.

옥녀봉이라고도 부르는 천자봉에서 잠깐 완만하다가 바로 바위 군락을 걸어 815m 봉으로 다가간다. 가드 라인이 설치된 된비알을 길게 오르자 삼인산三人山이 멀지 않은 데 명칭처럼 사람 인자 셋을 세워놓은 우뚝한 형상이다.

제법 긴 계단을 올라 815m 봉에 닿으면 병풍산이 지척에 있다. 그 뒤로 불태산은 여전히 아득하다. 불어오는 산바람에 송송 맺힌 땀을 말리면서 눈에 보이는 거리감에 흔들리지 않고자 한다. 들머리인 대방 저수지 뒤로 담양의 아담한 마을들과 농경지에서 눈을 거두고 걸음을 빨리해 병풍산 정상(해발 822m)에 닿았다.

전라남도 담양군의 수북면과 장성군 경계에 있는 병풍산은 호남정맥 추월산 서편에서 남서쪽으로 향한 병풍산 능선이 도마산과 용구산에 이어지고 남동쪽으로 삼인산과 연결된다. 노령산맥에서 가장 높은 산답게 산세가 우람하고 경관이 뛰어나다. 북쪽은 황룡강의 발원지로 용흥사가 위치하며, 남사면 한수동골 국제 청소년수련원에서 흐른 수북천은 영산강으로 합류한다.

1756년 담양 부사 이석희가 펴낸 '추성지秋成誌'의 기록을 보면 풍수지리상 병풍산에서 좌우로 뻗어 내린 능선들이 마치 지네 발을 닮아서 담양 객사에 지네와 상극인 닭과 개를 돌로 만들어 세우고 재난을 막았는데 임진왜란 때 왜군이 없애 버렸다고 적혀있다.

"쌈질하러 온 놈들이 남의 보험은 왜 해약하는 거야."

정면으로 투구봉의 바위가 뻗어있으며 왼쪽에 불태산과 오른쪽으로 천봉이 길을 열어두고 있다. 시원하게 펼쳐진 나주평야까지 한눈에 담고는 걸음을 빨리해 만남재 갈림길에서 삼인산 방향을 접고 투구봉에 이른다. 작은 돌을 앙증맞게 세운 투구봉 정상석이 있는데 해발고도 표시도 없다.

곧바로 이동한다. 대치로 내려가는 능선에는 달걀버섯들이 무리 지어 있고 싸리나무 꽃들도 무수하게 피어있다. 가는 여름과 오는 가을이 부딪치면서 억새도 생기를 찾는 모양새다.

잠시 신선대에 걸터앉아 갈증을 해소하며 주변의 산야를

둘러보다가 차량 통행로인 한재(대치)로 내려선다. 장성군 북하면과 담양군 대전면을 잇는 898번 지방도로이다. 매점도 있어 몇몇 산객들이 휴식을 취하면서 다음 행로를 준비하고 있다.

여기서 다시 300m가 넘는 고도를 높여가야 한다. 왕복 800m 거리의 병장산(해발 685m)을 오를 수 있는 길이기도 한데 처음 예정대로 매점 뒤로 천봉 오르는 길로 들어선다. 가파른 오르막을 치고 올라 보두산 갈림길을 지나 불태봉 방향으로 내려선다. 산악 대장이 했던 말 그대로 오르내림의 반복이다.

유탕리로 내려가는 갈림길인 재막재에서도 오르막은 꾸준히 고도를 높인다. 아침에 눈을 뜨면 언제부턴가 숱하게 이어져 오던 질곡의 세월을 그저 헤쳐 나가는 생활 습관처럼 높건 낮건 길을 따라갈 뿐이다. 그렇게 나서면 산이 있고 산에 안기곤 하는 것이다.

천봉에는 정상석도 없고 돌무더기만 덩그러니 쌓여있다. 산 아래 수북면 마을 일대와 대이 저수지를 내려다보고 숨 돌릴 틈도 없이 불태산으로 걸음을 옮긴다. 불태재에 이르러 돌아보니 병풍산이 아득히 멀어졌다. 서동마을 갈림길에서 불태산 정상을 올랐다가 다시 이리 내려와야 한다.

왼쪽으로 다시 삼인산을 두고 오른쪽 아래로 수확을 앞둔 수북면 들판을 바라보며 정상인 불태봉에 닿는다. 불태봉에서 갓봉과 깃대봉으로 더 진행하여 하산할 수도 있었겠지만, 시간이 많이 지체되었으므로 다시 서동마을 갈림길에서 서동마을(유탕리)로 하산한다.

불태봉 북쪽 나옹암 터 뒤의 석벽에 유탕리 마애불이 새겨져 있다. 고려 말 공민왕의 왕사였던 나옹화상의 제자들이 스승을 추모하기 위해 나옹암 암벽 뒤편에 조각한 것이라는 설이 있고 나옹화상이 이곳을 떠나면서 손가락으로 자신의 화상을 그리고 "내 화상이 없어지면 내가 없으며, 다시 나타나면 내가 다시 태어난 줄 알아라."라고 하였다고도 전한다.

서향의 이 마애불은 거대한 암벽에 음각한 입상인데 현재 급경사의 계곡을 계단식으로 축조한 2단의 기단 석축이 남아있고 정리된 마애불 주변에는 기와 조각이 산재하여 나옹암지임을 추정케 한다.

더 내려가면 하청용추라고 부르는 작은 폭포에 이른다. 양쪽에 문처럼 큰 돌이 서 있는데 삼청동구 넉 자가 새겨져 있다. 폭포 아래 소에 살던 용이 그 사이로 빠져나갔단다. 용추라는 수많은 장소를 둘러보았지만, 용이란 용은 모두 하늘로 올랐거나 어디론가 빠져나갔다는 설만 남아있다. 이제 평탄한 숲길과 오솔길만 남았다.

"운동에 누워 쉬니 즐거움이 절로 나누나."

운동雲洞이라고도 하는 서동마을에 닿는다. 장성 부사가 산수가 좋은 이곳에서 정각에 누워 쉬고 있는데 구름이 흘러가는 장면이 너무 아름다워 구름 운자를 넣어 시 한 수를 지었다고 한다.

고된 수고로움을 겪은 후에는 얽히었던 번뇌의 틀에서 멀찍이 벗어난 기분이 든다. 산에서 흘리는 땀은 그래서 수도자의 기도에 비유되고 하산하면 깨달음을 얻은 듯한 착각에 빠져들곤 한다.

때 / 늦여름
곳 / 송정마을 – 천자봉 – 병풍산 – 투구봉 – 한재(대치) – 천봉 –
불태산 – 유탕리 마애불 – 하청용추 – 서동마을

230

꽃무릇 만개하여 천지 붉게 물들인 불갑산

성미 급하게 추색秋色을 드러내는 수목들에서
순환의 빠른 반복을 의식한다. 법성봉을 지나고
투구봉에 이르러 좀 더 멀어진
불갑사 일대를 내려다보면서 숨을 고른다.

전라남도 영광군은 굴비의 주산지로 유명하며 쌀, 누에고
치, 소금, 눈이 많아 예로부터 4백四白의 고장으로 불렸다.
불갑산과 함께 서해의 해안 절경이 주요 관광자원을 이루
는데 가마미 해수욕장으로 더 잘 알려진 홍농읍의 계마리
해수욕장은 약 4km에 이르는 백사장의 배후에 노송이 우
거지고 간만의 차가 적은 데다가 해안 경사가 완만하여 여
름이면 많은 관광객을 불러 모은다.

호남 제일의 포구라고 일컫는 법성포는 인도의 고승 마라
난타가 바다를 건너와 백제에 불교를 처음 전파한 곳으로
알려져 있다.

영광군 홍농읍에는 1980년대에 건립된 한빛원자력발전소
가 있는데 원전 건설의 기술 자립을 통해 원자력이 국산
에너지원이 되게끔 그 기반을 구축하고자 한 것이다.

지역발전에 일조하였으나 온배수의 배출로 인해 개펄이 썩
는 문제점이 발생해서 주변 지역 어민들이 피해를 보는 사

례도 발생하고 있다.

꽃무릇과 호랑이, 서해 일품 낙조의 불갑산

영광에 소재한 불갑사는 고창군 선운사, 함평군 용천사와 함께 국내 최대의 꽃무릇 군락지이다. 불갑사가 있는 불갑산佛甲山은 본래 모악산의 일부였다가 백제에 처음 불교가 전래한 곳이라 육십갑자의 첫 자인 갑 자를 붙여 불갑산으로 정했다고도 전해진다.

봄 벚꽃, 여름 백일홍, 가을에 이르러 꽃무릇이라 불리는 석산이 만개하여 상사화 축제가 열리는 9월에 불갑산을 찾았다. 엄밀하게 꽃무릇과 상사화는 차이가 있지만, 초록 동색처럼 같은 류에 속하므로 상사화 축제로 명명한 듯하다.

불갑사 일주문을 지나자 붉은 융단처럼 화려한 꽃무릇 군락이 눈길을 사로잡는다. 진분홍의 배롱나무까지 이른 가을 창창한 햇살을 받아 그 화사함이 절정에 달한 분위기이다.

상사화 축제장을 지나 덫고개를 가리키는 방향이 불갑산 들머리가 된다. 정상인 연실봉으로 향하는 길이다. 무량수전 왼편의 등산로 입구부터도 꽃무릇이 줄지어 피어있다. 덫고개까지 붉은 행렬이 이어진다.

1908년 농부가 놓은 덫에 호랑이가 잡혔는데 그때 잡은 호랑이의 표본 박제가 지금도 유달초등학교에 보관 중이라고 한다. 안내문에 적힌 덫고개의 명칭 유래이다. 호랑이가 덫에 걸려 잡혔다니 그때만 해도 호랑이가 고슴도치 먹던 시절이었고, 여긴 동네 야산이었는지도 모르겠다.

호랑이가 큰 바위산에서 살려니 먹을거리가 없어 야산으로 내려왔다. 먹이를 찾으려 어슬렁거리는데 고슴도치가 기어가는 걸 보고 덥석 물었다. 호랑이는 고슴도치를 삼키려다 가시가 입천장에 박혀 씹을 수도 뱉을 수도 없었다. 고통에 겨운 호랑이가 기진맥진하자 고슴도치는 호랑이 입에서 빠져나와 둘 다 살 수 있었다.

이번에는 개를 잡아먹으려고 민가의 울타리 뒤에서 개를 노리고 있는데 나무에서 밤송이가 떨어지는 것이었다. 밤송이를 보고 고슴도치를 연상한 호랑이는 꽁지가 빠지도록 큰 산으로 내뺐다. 그 후로 야산에는 호랑이가 없어졌다고 했는데 덫에 걸린 호랑이는 밤송이의 매서운 맛을 모르는 놈이었나 보다.

계속되는 꽃길을 따라 올라가자 호랑이 동굴이 나온다. 그 앞에서 호랑이 한 마리가 웅크리고 제 동굴을 지키고 있다. 1908년 이후로는 자취를 감추었을 호랑이의 밀랍이다.

"너구리 잡으려고 놓은 덫에 네가 걸린 거야."

몸무게 180kg에 몸통 길이 160cm나 되는 놈이 덫에 걸려 잡혔다는 게 도통 실감이 나지 않는다.

"넌 한국호랑이의 명성을 깎아내렸어."

곶감이 호랑이 천적인 줄 알았는데 여기 와보니 밤송이도, 덫도 호랑이가 겁내는 천적 중의 천적임을 알게 된다.

"그래도 가죽값은 했군."

이 호랑이는 죽어서 논 50마지기 값에 팔렸다고 한다. 호랑이를 사간 일본인이 박제를 만들었다가 목포 유달초등학교에 기증했다는 팻말 글을 읽고는 고도를 올려 걷는다. 조금 더 오르다가 등로 오른쪽으로 비켜있는 바위 봉우리 노적봉(해발 343m)에서 초록이 갈색으로 변하는 산야를 바라볼 수 있다. 불갑사 입구 도로변에 길게 주차한 관광버스들 위로 불갑사와 그 위의 저수지가 손에 잡힐 듯 가깝다. 보고 또 보아도 최적의 명당에 터전을 마련한 불갑사다.

"벌써 가을이야."

성미 급하게 추색秋色을 드러내는 수목들에서 순환의 빠

른 반복을 의식한다. 법성봉을 지나고 투구봉에 이르러 좀
더 멀어진 불갑사 일대를 내려다보면서 숨을 고른다. 그리
고 긴 나무계단을 오르는데도 주변에 꽃무릇이 초록 줄기
위로 붉은 꽃잎을 내밀고 있다.

 장군봉과 임도로 나뉘는 갈림길인 노루목에서 안전한 길과
위험한 길을 나눠 표시하고 있다. 굳이 위험한 길을 택해
돌계단을 올라 시원하게 조망이 트인 바위 지대에 이르렀
다. 가야 할 연실봉이 그리 멀어 보이지 않는다. 낮은 구릉
지를 넘어 영광 일대가 온화하게 펼쳐있다.

"살맛 나는 풍광일세."

 저런 곳에서 살면 좋겠다는 생각을 해보다가 긴장감 넘치
는 바위 구간을 조심스레 통과한다. 또 경사진 돌계단과 참
된 진리를 찾아 오른다는 108개의 나무계단을 올라 불갑산
정상인 연실봉(해발 516m)에 이르자 이곳도 나무 울타리를
만들어 놓았다. 토함산의 일출과 비견하여 일품 서해 낙조
를 감상할 수 있는 곳으로 잘 알려져 있다.

 멀리 광주 시내와 무등산, 담양 추월산이 가늠되고 서해가
어렴풋이 모습을 드러낸다. 드높은 하늘 아래 연실봉에서
남도의 초가을을 마냥 느끼다가 구수재로 하산 길을 잡는
다. 내려가면서도 거의 막힘이 없다.

뜨거운 불볕더위를 견뎌낸 평야와 저수지에 시선을 던지고 천천히 걷는다.

불상 바위를 지나 다시 꽃무릇 물든 구수재에서 내려선 동백골 돌밭에도 돌보다 꽃무릇이 더 많이 피어있다. 한국 호랑이의 기억을 되새기고자 호랑이가 자주 물을 마셨다는 곳에 호랑이 폭포를 만들었다. 호랑 이입에서 뿜어 나오는 물과 물웅덩이가 살가운 경관을 꾸민다.

우리나라 산에도 다시 호랑이가 포효하고 곰과 여우, 담비 등이 생태계를 형성하는 초자연 상태로 회귀되면 좋겠다는 요원한 생각을 해보게 된다. 불현듯 생명 종 하나하나의 자연스러운 움직임이 지구 전체에 얼마나 커다란 플러스 파급효과를 제공하는지 뒤늦게라도 깨닫고 대처했으면 좋겠다는 생각이 드는 것이다.

작은 나비 한 마리가 꽃을 찾아 날갯짓하자 바람이 일고 결국 태풍을 일으키고 말았다. 호랑이 밀랍을 거듭 보게 되면서 기상학자 에드워드 로렌즈의 나비효과까지 연상된 것이다.

'자기가 한 일에 만족함을 알면 항상 평안하다 事能知足必常安'

불갑사 저수지에 이르자 작은 팻말에 적힌 글귀를 보고

236

미소를 짓는다. 산에서 내려오면 대개 평안한 건 만족한 산행을 했기 때문인가 보다. 저수지 너머로 보이는 연실봉과 불갑산 능선이 무척 정겹고도 아쉽다.

불갑사를 지나 진달래 동산을 끼고 걸어 불갑사 일주문에 이르자 아쉬운 마음에 또 돌아보게 된다.

때 / 초가을
곳 / 불갑사 – 덫고개 – 노적봉 – 법성봉 – 투구봉 – 노루목 – 불갑산 연실봉 – 구수재 – 불갑사 저수지 – 원점회귀

조계산, 태고종 선암사에서 조계종 송광사로

노아의 방주나 다름없는 배바위에서
상사호를 내려다보면 세상을 잠기게 했던
물이 거의 빠진 느낌이다.
마을과 선암사도 물기가 말라가고 있다

소백산맥의 말단부에 자리한 조계산曹溪山은 봄엔 벚꽃, 가을이면 단풍이 특히 절경으로 1979년 전라남도 도립공원으로 지정되었으며, 지형상 광주 무등산, 영암의 월출산과 삼각형을 이룬다. 국내에서 가장 큰 사찰인 송광사가 있어 송광산으로 불려 왔다.

영호남을 연결하는 전라남도 동부의 교통 요지인 순천시는 2000년대 이후 관광도시로 발돋움했는데 2013년 순천만 국제정원박람회를 개최한 이후 박람회가 열렸던 오천동과 풍덕동 일대가 2015년 국가 정원 1호로 지정되었다. 바야흐로 우리나라가 내세우는 첫 정원이다.

시의 중앙부에 솟은 조계산을 비롯하여 계족산, 갈미봉, 용계산, 봉두산, 희아산, 문유산, 국사봉, 수리봉, 고동산, 금전산, 모후산, 망일봉, 한동산 등 해발고도 1000m 미만의 산들이 곳곳에 솟아 이들 산줄기가 이 지역 주요 하천의 분수령이 되었다.

그중 순천을 대표한다는 조계산을 찾았다. 태고종 선암사에서 시작해 조계종의 송광사에서 마치는 산행을 잡다 보니 문득 등산복 대신 승복 차림이어야 하는 건 아닐까 하는 생각이 든다. 그런데 산악회 버스에 함께 탄 일행 중에도 승복을 입거나 스틱 대신 단장을 준비한 사람은 아무도 없다.

눈물이 나면 기차를 타고 선암사로 가라

붉은 단풍잎이 낙엽 되어 흙과 뒤섞인 지도 꽤 된 만추의 선암사 가는 길은 고즈넉하고도 아름답다. 노상 그래 왔듯 이름난 사찰이 있으므로 표를 끊는다. 장승이 서 있는 숲길을 지나 부도를 왼편으로 두고 아치 모양의 돌다리 승선교(보물 제400호) 앞에서 잠시 걸음을 멈춘다.

반원형의 다리 아래로 보이는 2층 누각의 강선루가 그럴듯한 장면이라 거기에 카메라 초점을 맞추었다가 승선교를 건너 강선루를 지나고 연못 안에 있는 섬 형태의 삼인당을 또 지나 선운사 경내로 들어선다.

눈물이 나면 기차를 타고 선암사로 가라
선암사 해우소로 가서 실컷 울어라
해우소에 쭈그리고 앉아 울고 있으면

죽은 소나무 뿌리가 기어 다니고
목어가 푸른 하늘을 날아다닌다.
풀잎들이 손수건을 꺼내 눈물을 닦아주고
새들이 가슴속으로 날아와 종소리를 울린다.
눈물이 나면 걸어서라도 선암사로 가라
선암사 해우소 앞 등 굽은 소나무에 기대어 통곡하라

정호승 시인의 바로 그 선암사이다. 1424년 조선 세종 때 7종이던 불교 종파를 선종과 교종의 두 종파로 묶어 조계종, 천태종, 총남종을 합해 선종으로 하였고, 화엄종, 자은종, 중신종, 시흥종의 4종을 합쳐 교종으로 한 선교양종으로 혁파하였다. 선암사는 백제 때 아도화상이 창건한 사찰로 현재는 선교양종禪敎兩宗의 대표적인 가람이다.

절집 화장실로서는 국내에서 가장 크다기에 시인은 거기서 실컷 울고자 했나 보다. 살짝 가을을 타긴 하지만 눈물을 보이기 싫어 해우소를 그냥 지나친다.

선암사에서 대각암大覺庵으로 올라가다가 바위에 새긴 불상을 보게 되는데 전라남도 문화재자료 제157호로 지정된 마애여래입상이다. 약 7m 높이의 바위 면에 옴폭 들어가게 새긴 불상의 머리에는 상투 모양의 머리 묶음이 솟아있다.

조금 더 지나 대각암에서 그곳의 고려 시대 승탑(보물 제1117호)까지 둘러보고는 장군봉으로 길을 잡아 걷다가 돌무더기가 있는 향로암 터에서 잠시 숨을 돌린다.

선암사의 암자 중 적멸암에 이어 두 번째로 높은 곳에 있는 암자 터이며 인근 주민들은 행남절터라고 부른단다. 선암사에서 거리상 2km 남짓 올라온 곳이다.

이곳을 지나서도 길은 꾸준하게 경사가 이어진다. 너덜 돌길과 나무계단을 거푸 걷게 되는데 험하지는 않지만 가파름은 여전하다. 늦가을 정취가 물씬한 숲길이어서일까. 걷는 이들이 꽤 많은데도 무척 조용한 편이다.

정상을 400m 남겨두고 조망이 트였다. 아래로 상사호의 굽이도는 물길이 햇살을 받아 반짝이지만 한여름처럼 강인한 반사의 기운은 아니다. 주변 산야는 모두 낮게 가라앉아 곧 다가올 겨울에 움츠린 듯 느껴진다.

푹신하게 낙엽 쌓인 숲길과 통나무 계단을 오르면 또 돌탑이 보인다. 조계산 정상인 장군봉(해발 884m)이다. 전라남도 채종림으로 지정된 조계산이라더니 과연 산 전체가 울창한 활엽수림으로 수종도 다양하다. 봄철의 벚꽃, 동백, 목련과 철쭉, 울창한 여름 숲, 색 고운 가을 단풍, 겨울 설화 등이 계곡과 어우러져 사계절 모두 독특한 경관을 이루는 남도의 명산으로서 손색이 없을 듯하다.

가야 할 연산봉과 천자암봉 쪽을 번갈아 바라보고 바로 내려선다. 시장기가 몰려들기 시작할 즈음이다. 조계산의 명물인 보리밥집을 들르기로 일행들 간에 의견이 일치됐기 때문에 작은 굴목재 쪽으로 방향을 잡았다.

구약성경 노아의 방주에서 삼보사찰 송광사까지

오늘 산행 중 최고의 조망 장소인 배바위船岩에 이르러 그 명칭의 유래를 읽게 된다. 간략히 정리하면 홍수로 조계산 아랫마을이 물에 잠기게 되자 마을 사람들은 이 바위에 배를 묶어 피신한 덕분에 살아남았다고 한다.

1960년대 이전에 조계산을 오르내리던 인근의 마을 주민들은 배바위에 조개껍데기가 붙어 있다고 말했다는데 주민들의 말을 그대로 믿고 싶다.

노아의 방주나 다름없는 배바위에서 상사호를 내려다보면 세상을 잠기게 했던 물이 거의 빠진 느낌이다. 마을과 선암사도 물기가 말라가고 있다. 사방 트인 곳마다 산세는 부드럽고 우거진 숲은 대개 갈색으로 바뀌었다.

배바위는 신선바위仙巖라고도 일컫는데 옛날 신선들이 이 바위에서 바둑을 두었고, 그래서 선암사의 명칭이 유래하였다고도 전해진다. 바둑보다는 노아의 방주에 더 비중을 두고는 배바위를 떠나 작은 굴목재 사거리에서 보리밥집으로 향한다. 송광사로 가는 길이기도 하다.

그리 크지 않은 협곡에 졸졸 물 흐르는 소리가 저무는 가을을 붙들려는 하소연처럼 들린다. 조계산의 청정계곡 장박골로 천년 불심 길과 합류하는 지점이다.

천년 불심 길은 남도 삼백 리길 9코스로 명명한 길이며 선암사와 송광사로 갈라지는 삼거리이다. 이어 두 곳의 보리밥집에 이르는데 위에 있는 집은 윗집이고 아래에 있는 집은 첫 집이라 적혀있다. 윗집에 자리 잡았는데 산행 중 먹는 음식이라 그런지 정갈하면서 맛도 괜찮은 편이다.

식수를 보충하고 다시 길을 나선다. 선암사와 송광사가 각각 3.3km 떨어진 오르막길에 배도사 대피소라는 아담한 쉼터를 지나고 낙엽 밟는 소리만 요란한 숲길을 지루하게 걸어 천자암에 닿는다.

정적이 흐르는 천자암에서 시선을 끌어당기는 건 곱향나무라고도 하는 쌍향수雙香樹(천연기념물 제88호)이다. 두 그루의 나무가 기둥 줄기를 비틀어 꼬인 모양으로 접해있다.

전설에 의하면, 고려 시대 보조국사와 담당국사가 중국에서 돌아올 때 짚고 온 향나무 지팡이를 이곳에 나란히 꽂은 것이 뿌리를 내리고 가지와 잎이 나서 자랐다고 한다. 왕자의 신분이었던 담당국사가 스승인 보조국사에게 절을 하는 모습으로 비유하였는데 얼핏 보아도 두 나무가 다감하게 엉켜있다.

"나무에 손을 대면?"

보통 이럴 때는 과태료를 부과한다는 식으로 겁을 주어

주의시키는 게 보통이다. 슬쩍 손을 내밀어 두 그루의 나무를 쓸어보며 웃음을 흘린다. 나무에 손을 대면 극락에 간다고 적혀있기 때문이다.

천자암 종각에서 멀리 산그리메를 내다보고 다시 걸음을 옮겨 정적이 감도는 편백 숲길로 들어선다. 크게 숨을 들이마셔 피톤치드를 음미하고는 다시 대나무 숲길을 지나고 송광사로 들어선다.

승보사찰僧寶寺刹 송광사는 국내 최대의 사찰로 불보사찰佛寶寺刹 통도사, 법보사찰法寶寺刹 해인사와 함께 삼보사찰에 해당한다. 16국사國師를 배출한 유서 깊은 절로 60여 동의 건물이 있다.

16국사와 관련하여 송광사松廣寺의 松 자를 파자하면 十八公으로 18국사를 뜻하므로 추후 두 명의 국사가 더 배출될 거라고 해석한다. 국사라는 제도가 사라진 요즘 세상과 달리 예전에는 그럴듯하게 받아들였을 것처럼 느껴진다.

큰 가람답게 전해지는 설화도 많고 보물급 문화재도 엄청나게 보유하고 있다. 보조국사가 모후산에 올라 날린 나무 솔개가 지금의 송광사 대웅전 뒤에 내려앉자 그 자리를 명당으로 여겨 치락대鴟落臺라 칭하고 송광사를 세웠다고 한다. 사찰에는 목조 삼존 불감(국보 제42호)을 비롯한 세 점의 국보, 송광사 경패(보물 제175호), 송광사 약사전(보물 제302호) 등 12점의 보물, 8점의 지방문화재 등을 보유하고 있다.

 거기 더해 이 일대에 연산봉을 비롯한 여러 봉우리가 병풍처럼 둘러서 절경을 이루고 있어 송광사 내팔경內八景과 외팔경이 정해져 있을 정도이니 하늘 아래 그 무엇 하나 부러울 게 없는 사찰일 것이다.

 전혀 불자가 아님에도 송광사 일주문을 빠져나오니 양손에 쥔 스틱 두 개를 꽂아놓으면 거침없이 반야심경이라도 읊조릴 것 같은 기분이 든다.

때 / 늦가을
곳 / 선암사 – 향로암 터 – 장군봉 – 배바위 – 작은 굴목재 – 장박골
  – 보리밥집 – 배도사 대피소 – 천자암 – 운구재 – 송광사 – 매표소

호남의 알프스 운장산과 진안고원 아홉 솟대, 구봉산

방향을 살피는데 송익필 선생의 형형한 눈빛을 본 것처럼
정신이 바짝 들고 만다. 절벽과 절벽의 이음,
온통 암벽으로 형성된 봉우리들이 하얀 적설과 함께
긴장의 끈을 붙들게 하는 것이다.

전북 진안에는 주천면, 정천면, 안천면 등 주자학朱子學과
관련된 인물들의 지명이 유독 많다.

조선 중기 주자학의 선구자인 우암 송시열의 스승이 김장
생이며 그의 스승이 송익필이다. 송익필의 호가 구봉이고
자가 운장이라 송익필로 말미암아 운장산과 구봉산의 이름
이 지어졌다. 그가 이 두 산에 머무름으로써 산의 명칭이
정해졌으니 그가 어떤 인물인지는 알고 산으로 들어가야
할 듯싶다.

서얼 출신 유학자이자 정치인인 송익필의 가문은 출생 문
제에 대한 시비와 아버지 송사련이 안당 일족과 사림 인사
들을 역모로 몬 것에 대하여 세간의 비난을 받아 결국 관
직을 단념하고 고향에서 학문연구와 후학 양성에 일생을
바친다. 송익필은 율곡 이이, 송강 정철과 절친한 벗이었는
데 율곡은 다가오는 국가의 환란을 짐작하고 선조에게 송
익필을 끊임없이 천거하였다.

"송익필에게 병조판서를 맡기면 왜놈들은 공격할 마음조차 갖지 못할 것입니다."

율곡에 대한 신임이 두터웠던 선조는 마침내 그를 만나보기에 이르렀고, 우여곡절 끝에 송익필과 대면하게 된 선조는 그의 학식과 경륜에 찬탄을 금치 못하였다. 그런데 선조가 보니 송익필은 눈을 감고서 말을 하는 것이다. 그래서 그 까닭을 물어보았다.

"경은 왜 눈을 뜨지 않소?"
"제가 눈을 뜨면 전하께서 놀라실 것 같아 염려되어 이리하옵니다."
"그럴 리 있겠소? 어서 눈을 뜨시오."

이에 할 수 없이 눈을 뜨자 선조는 그만 그의 눈빛에 놀라 기절할 지경에 이르렀다. 결국, 눈도 제대로 쳐다볼 수 없는 신하를 조정에 둘 수 없다 하여 송익필의 중용은 무산되고 말았다.

왜 진안고원이고, 호남의 알프스인가를 실감하다

운장산 서봉으로 오르는 들머리 피암목재는 하얗게 덮였던 눈이 산객들에 의해 단단하게 다져졌다. 눈길을 밟아 활목재까지 오르고 또다시 조릿대 무성한 등산로를 따라 금남정맥 연석산과의 갈림길까지 올랐을 땐 턱까지 숨이 차오른다. 구봉산까지의 거리와 시간을 의식해서인지 보폭이 넓어지고 있다는 걸 알면서도 좀처럼 줄이지 못하고 걸어온 것이다.

서봉인 칠성대(해발 1120m)에 올라서야 호흡을 안정시키자 진안고원을 실감하게 된다. 호남의 알프스라는 말이 무색하지 않다. 눈앞의 연석산부터 멀리 지리산까지 골마다 운해가 고여 멋진 산그리메를 연출하는 장관에 눈을 떼지 못하고 연신 카메라 셔터를 눌러댄다. 곧 닿게 될 운장대도 지붕만 살짝 드러냈다.

서봉에서 구봉산까지 8.8km, 멋진 조망이지만 길게 붙들 여유가 있지 않다. 바로 시선을 거두고 여정을 이어간다. 구름에 가려진 시간이 길어 운장산雲長山이라 칭했다더니 오늘도 그 시간대에 속해 온통 안개구름으로 덮여있다.

키 큰 산죽밭을 헤쳐 걷고 구름을 뚫고 걸어 운장대(해발 1126m)에 도착해서야 막 건너온 칠성대의 겨울 나신을 대하게 된다. 동봉도 몸체를 드러내고 마중 나온 모습이다.

빈 몸의 만월, 영하의 겨울 산을 걷는 고행을 문현미 시인은 그의 시에서 이렇게 함축했다. 그 고행의 여정을 산은 반갑게 맞아주고 푸근하게 감싸준다.

　절언이다. 처음부터 끝까지
　달을 정수리에 이고 가부좌 틀면
　수묵화 한 점 덩그러니
　영하의 묵언 수행!
　폭포는 성대를 절단하고
　무욕의 은빛 기둥을 곧추세운다.
　온몸이 빈 몸의 만월이다.

　- 만월 / 문현미 -

　산 아래도 안개가 걷히는 중이다. 몇 해 전 여름에 운장산을 산행하고 저 아래 계곡에서 피서의 진수를 맛보았었다. 암벽과 숲에 둘러싸인 주자천 계곡은 차고 맑은 물이 12km를 흐른다. 특히 계곡 입구인 운일암 반일암은 뜨거운 여름에도 한기가 서릴 정도의 심산유곡이라 겨울에는 하루에 두 시간 정도만 햇빛을 볼 수 있다고 한다.

　기암 절경을 이루는 계곡 깊숙이까지 들어가 거울처럼 맑은 옥수를 즐겼던 때를 회상하다가 점점 뚜렷하게 모습을 드러내는 지리산과 덕유산까지 찬찬히 훑어보며 동봉인 삼장봉(해발 1133m)으로 넘어간다.

　구름을 벗어난 햇빛이 아직도 남은 골의 안개까지 들춰내면서 진안고원의 산줄기들은 찬란한 은빛으로 반사된다.

"북한의 개마고원도 이만큼 멋질까."

뜬금없는 생각을 하다가 한참을 걸어 각우목재 임도로 내려섰다가 걸음을 빨리해 곰직이산에 닿는다. 나뭇가지에 매달아 놓은 리본이 없었거나 누군가 표지판에 낙서처럼 써놓지 않았다면 곰직이산인지 모르고 지나쳤을 것이다.

여기서 마이산의 두 개의 말귀, 암마이봉과 숫마이봉을 눈에 담고 다시 임도로 내려섰다가 복두봉(해발 1018m)으로 올라간다. 운장산 자연휴양림으로 가는 임도가 구불구불 이어져 있고 2.7km 거리의 구봉산 정상과 그 너머 용담호까지 시야에 잡힌다.

설경과 운해, 단풍이 일품인 아홉 봉우리

첩첩 산줄기 끝으로 길게 늘어선 지리산의 신체를 더듬으며 흠뻑 추억에 젖어든다. 왼편의 중봉과 천왕봉에서 반야봉과 노고단까지 이어지다가 길게 서북 능선까지 애무하며 지리산에 대한 연정에 달라짐이 없음을 확인한다.

복두봉에서 비교적 완만한 경사를 내려왔는데 구봉산 정상 1km를 남긴 오르막부터는 꽤 가파르고 날이 바짝 섰다. 모자를 벗은 산객들의 머리에서 김이 오른다. 여기도 지리산처럼 정상이 천왕봉(해발 1002m)이며 구봉산의 9봉에 해당한다. 지금 보고 느끼듯 설경과 운해, 단풍을 꼽는 구봉산은 아홉 개의 암봉으로 이루어진 산이다.

방향이 틀어졌으나 용담댐 너머로도 웅장하기 이를 데 없는 지리산과 덕유산을 아우를 수 있고 만덕산, 명덕봉, 대둔산을 뚜렷이 내다볼 수 있다.

내려다보는 1봉과 8봉이 오밀조밀한데 9봉을 뺀 여덟 봉우리의 고도차가 별로 없지만 오르내림의 경사가 심한 편이다.

그사이에 얹힌 듯 보이는 출렁다리가 아찔하게 느껴진다. 여기에서는 용담호 담수가 선명하게 보인다. 반가운 초면이지만 오래 지체할 수 없어 천왕봉과 악수를 하고는 바로 내려선다.

널찍한 공터에 산죽이 풍성한 돈내미재 갈림길을 지나 8봉으로 향한다. 하산로에서 비켜나 자칫 그냥 지나치기 쉬운 8봉(해발 780m)을 찾아 올라서 천왕봉에 손을 흔든다. 다시 갈 방향을 살피는데 송익필 선생의 형형한 눈빛을 본 것처럼 정신이 바짝 들고 만다.

절벽과 절벽의 이음, 온통 암벽으로 형성된 봉우리들이 하얀 적설과 함께 긴장의 끈을 붙들게 하는 것이다. 조심조심 걸음을 내디디면서 커다란 노송이 한눈에 들어오는 7봉(해발 739.8m)에 닿았다.

천 길 단애 몸 비틀어 기대서서
얼어붙은 솔향 대신 눈가루 흩날리며
세월에 몸 맡기니 짙은 운해 걷히면서
황토색 속살 의젓하게 드러난다

암봉 옆으로 설치된 계단에서 암벽에 밀착한 소나무들을 보며 6봉(해발 732m)을 지난다. 5봉에서 돌아보면 구봉산 아래로 이어진 8봉부터 6봉까지의 하얀 산세가 섬세하고도 무척 아름답다. 5봉에서 4봉으로는 아까 위에서 보았던 구름다리를 건너야 한다.

구봉산의 상징물이라 할 수 있는 붉은색의 산악형 보도 현수교가 해발 740m 고지에 있어 사방 조망이 가려지지 않는다. 길이 100m, 폭 1.2m 규모로 150명까지 교차 통행이 가능하다.

4봉(해발 752m)으로 건너 2층 전망대 누각인 구름정에서 안개 걷힌 산야를 둘러보고 3봉(해발 728m)으로 넘어간다. 돌무더기 쌓인 2봉(해발 720m)을 찍고 튼실하고 멋진 소나무가 있는 1봉 정상까지 떨어지듯 내려섰다가 오르기를 반복하게 된다. 1봉에서 주차장이 내려다보이자 절로 안도의 숨을 내쉬게 된다. 바쁘게 몰아쳐 걸어온 두 산이다.

잠깐 되돌아가 1봉과 2봉 사이의 하산로로 내려선다. 다시 올려다보는 구름다리가 멋지기도 하거니와 무언가 색다른 의미를 시사한다.

암릉과 암릉을 연결하는 이음이 세상의 서로 다른 것들을
하나로 잇는 것처럼.

때 / 겨울
곳 / 피암목재 – 활목재 – 칠성대(서봉) – 운장대 – 삼장봉(동봉) –
각우목재 – 복두봉 – 구봉산 천왕봉 – 8봉 – 1봉 – 양명 마을 – 구봉
산 제2주차장

익산의 3산 연계, 용화산, 용리산과 미륵산

암반지대와 거친 너덜 오르막, 밧줄이 설치된
암릉 구간을 올라 능선에 이르면 익산 시가지가
내려다보인다. 시선 닿는 곳마다 아지랑이
피어오를 것처럼 봄기운 물씬하다

백제 무왕이 거대 사찰 미륵사와 제석사를 창건하고 왕궁평성王宮坪城을 쌓은 이후부터 현재의 전라북도 익산지역인 금마 지방은 백제의 정치·경제·문화의 중심지가 되었다.

6·25 한국전쟁 후 전후 복구사업과 함께 1970년대의 새마을운동으로 그 면모를 일신한 익산시는 영농의 기계화와 과학화를 추진해 주변의 김제시, 군산시와 함께 호남평야의 농산물 집산지이다. 오늘날의 익산시는 육상교통의 중심지로서 전주시, 군산시와 더불어 전라북도의 중심 공업지역이기도 하다.

전북 군산에 일이 있어 갔다가 봄이 오는 소리를 엿들으려 향한 곳이 익산이다. 익산시에 소재한 용화산, 용리산과 미륵산을 연계하여 산행하면서 봄을 맞기로 한다.

익산시 금마면과 왕궁면에 걸친 용화산龍華山은 옛날에는 미륵산까지 포함하였으나 지금은 미륵사지가 있는 북쪽은 미륵산이라 하고 나머지 산지를 용화산으로 구분하고 있다.

미륵이나 용화는 모두 미륵신앙과 관련한 명칭이다.

소나무 숲길 따라 아리랑고개로

익산시 금마면 동고도리 및 신용리 일원에 자리 잡은 조각공원인 서동공원을 용화산의 들머리로 잡는다. 국내 유명 조각가들의 작품 68점이 전시되어 있고, 전망대 등 수변과 휴식 공간에 낚시를 즐길 수 있는 장소와 산책코스가 조성되어 있다.

삼한시대 부족 국가였던 마한의 생활상을 한눈에 볼 수 있는 마한관 오른쪽으로 나무계단이 있는데 이 계단을 통해 용화산을 오르게 된다. 용화산까지 2.8km의 거리이다.

분묘 지대 사이의 황톳길을 따라 걷는데 금세라도 비가 뿌릴 것 같았던 습한 날씨가 환하게 개고 있다. 아늑한 평지의 산책로가 침엽수림 숲길 오르막으로 이어진다. 축축했던 대지에서 화사한 꽃망울이 터질 것도 같고 새 울음도 길게 메아리를 뿌릴 것만 같다. 맹위를 떨쳤던 혹한은 바야흐로 생동의 계절로 접어들었음이다.

맞은편에서 교차하는 가벼운 차림의 산책객들과 눈인사를 나누고 살짝 경사진 고개를 오르자 익산시 왕궁면 일대가 눈에 들어온다. 가끔 바위 지대가 있기는 하지만 대개 편안한 오솔길이다.

헬기장에 이르면서 곧 잇게 될 미륵산이 눈에 들어온다. 나무 기둥에 밧줄로 연결한 오르막을 살짝 치고 올라서서 용화산 정상(해발 342m)에 다다른다.

넓은 주차장이 있어 접근성이 가장 좋은 서동공원에서 올라왔지만, 용화산은 둘레길로 연결되어 있어 피톤치드 뿜어내는 두 동 편백 숲과 시조 작가이자 국문학자였던 가람 이병기 선생의 생가에서도 산행을 시작할 수 있다.

이병기 선생이 담배를 끊게 된 일화는 유명하여 그를 아는 이들은 자주 회자한다고 한다.

"얘야! 담뱃불 좀 붙여오너라."

방 밖으로 담뱃대를 내밀며 가람이 말하자 조금 후 불을 붙인 담뱃대가 방 안으로 들어왔다. 담뱃대를 받아 든 가람이 밖을 내다보니 아버지가 불을 붙여 넣어준 것이었다. 그 직후 바로 담배를 끊은 가람은 담배를 물지 않고도 시조 '별'을 짓는다.

바람이 서늘도 하여 뜰 앞에 나섰더니
서산머리에 하늘은 구름을 벗어나고
산뜻한 초사흘 달이 별과 함께 나오더라
달은 넘어가고 별만 서로 반짝인다
저 별은 뉘 별이며 내 별 또한 어느 게오

잠자코 호올로 서서 별을 헤어 보노라

가람의 별을 헤어 보다가 용리산으로 가는 갈림길인 아리
랑고개로 향한다. 호젓한 산길이다. 날씨까지 좋아 봄기운
이 에너지로 승화되는 기분이다. 바위 지대를 지나 사격장
출입금지 철조망이 나타난다.

수북하게 깔린 낙엽을 밟으며 전망이 트인 공터에 이르러
건너편으로 봉긋 솟은 미륵산을 마주하게 된다. 왼쪽 아래
에는 서동공원에 인접한 금마저수지가 주변 언덕을 물에
담그고 있다.

전망 지대를 뒤로하고 나지막한 봉우리를 지나면 철조망을
우회하여 돌탑이 쌓여있다. 돌탑 오른쪽의 리본이 달린 길
을 지나 왼쪽으로 아리랑고개와 미륵산, 오른쪽 용리산으로
갈라지는 삼거리에 이르게 된다. 용화산 정상에서 1km를
내려온 지점이다.

인적이 끊겨 더욱 고요한 숲길에 다양한 형태의 소나무들
이 차분하게 반겨준다. 완만한 오르막과 내리막을 반복해서
이어가다가 삼각점이 박혀있는 봉우리에 닿았다. 용리산 정
상(해발 306.8m)이다.

정상 남쪽으로 몇 기의 봉분이 있고 수목이 우거져 시야
는 가려졌다. 익산시 여산면 제남리를 소재지로 한 용리산
과 처음이자 마지막 인사를 나누고 소나무 숲길을 따라 다
시 삼거리로 되돌아 아리랑고개로 향한다.

도랑처럼 움푹 팬 길을 지나고 꾸불꾸불한 잡목 숲길을 지나서 미륵산이 더욱 가깝게 다가선 너럭바위 지대에 이른다. 나무들이 쓰러져 널브러진 숲길을 지나고 완만한 경사 구간을 내려서면 차량 도로인 아리랑고개가 나온다. 3.7km 떨어진 심곡사와 익산시 남산면으로 이어지는 아리랑로이다.

아리랑로를 가로질러 미륵산으로 오르는 등산로는 오르막이 제법 가파르게 시작된다. 정정렬 명창길이라고 명명한 둘레길에 이르러 깊이 숨을 들이마신다.

1876년 익산에서 태어난 명창 정정렬은 신서편제의 개척자이면서 근대 판소리 5대 명창 중 한 사람이다. 판소리 창극을 정형화시키기 위해 노력하여 현대 창극의 아버지로 불리기도 했다.

문화역사의 발자취를 따라

여기서 500m를 오르자 높고 견고하게 축성된 미륵산성이 모습을 드러낸다. 옛 마한의 도읍지로 추정되는 이 지역에 둘레 1822m의 성곽으로 축성된 미륵산성은 전라북도 기념물 제12호로 미륵산 정상에서 동쪽으로 이어지며 성문에는 옹성을 설치하였다.

등산로는 산성을 따라 이어진다. 산성을 걸으며 지나온 용리산과 용화산 능선을 보게 된다. 미륵산성을 지나면서 크고 작은 바위가 널려 있는 너덜 길이 이어지는데 아마도 성을 축조하고 버려진 남은 돌들이 아닐까 싶다.

암반 지대와 거친 너덜 오르막, 밧줄이 설치된 암릉 구간을 올라 능선에 이르면 익산 시가지가 내려다보인다. 시선 닿는 곳마다 아지랑이 피어오를 것처럼 봄기운이 물씬하다. 다시 돌담 쌓은 능선을 지나고 기암 바위들이 있는 봉우리에 올라서서 통신탑 쪽으로 향하면 태극기가 있는 돌탑이 보이는데 여기가 미륵산彌勒山 정상(해발 430.2m)이다.

익산시 금마면, 삼기면과 낭산면에 걸쳐 있는 산으로 옛이름은 용화산이었으나 미륵사가 지어진 후부터 미륵산이라고 부른다. 또한, 봉우리가 사자의 형상처럼 생겼다고 해서 사자봉이라고도 한다.

미륵산만의 산행코스로는 익산 미륵사지에서 출발하여 약수터를 지나 정상에 이르는 길과 구룡마을에서 시작하는 길이 있다. 정상에서 미륵사지가 있는 연수원 주차장까지 1.94km이다. 잠시 머물다 산불감시초소를 지나 미륵사지 쪽으로 내려간다.

미륵산성 터이면서 문화재 조사구역을 지나 삼거리에 이르러 내리막 걸음을 빨리한다. 계단을 내려서고 사자암 삼거리에서 사자암을 다녀오기로 한다. 전라북도 기념물 제104호인 사자암은 백제 시대의 사찰로 금산사에 딸린 작은 말

사이다. 절벽 사면에 터를 다듬어 세운 사자암에는 몇 그루의 우람한 느티나무가 솟아있고 앞뜰에는 탑과 석등에 세워져 있다. 여기서도 익산 시내가 한눈에 잡힌다.

기름 한 말을 끓일 수 있을 정도의 큰 홈이 팬 등잔암 외에 4m 높이에 구멍이 나 있는 투구바위, 안질에 좋다는 약수터, 사자암, 심곡사, 왕궁탑 등 명소와 볼거리가 다양하다. 주변에는 익산 미륵사지 외에도 익산쌍릉, 익산 연동리 석불좌상(보물 제45호), 익산 왕궁리 오층 석탑(보물 제44호), 가람 이병기 생가 등 중요한 문화유적이 많고, 금마면에서 멀지 않은 거리에 유명한 왕궁온천이 있다.

사자암을 뒤로하고 다시 사자암 삼거리로 돌아와 계단을 내려선다. 나뭇가지를 잘라 등산로로 만든 길이 이색적이다. 대나무 숲길을 지나고 임도를 걸어 세계유산 백제 역사지구 미륵사지에 내려선다.

사적 제150호인 미륵사지는 백제 30대 무왕 때 창건된 것으로 추정하는 백제 최대의 사찰인 미륵사의 사찰 터인데 언제 없어졌는지는 확실하지 않다. 국보 제11호로 동양 최대 석탑인 미륵사지 석탑과 보물 제236호인 미륵사지 당간지주幢竿支柱가 이곳에 있다.

당간은 절에서 행사나 의식이 있을 때 깃발을 달아두는 장대로 주로 사찰 입구에 세워둔다. 당간을 양쪽에서 지탱해 주는 두 돌기둥으로 신성한 영역을 표시하는 구실을 하

였다. 지금은 약 90m의 간격을 두고 지주만 남아있다. 당
간지주 뒤로 보이는 우람한 동원 9층 석탑을 보는 것으로
익산에서의 세 곳 산행을 마무리한다.

때 / 초봄
곳 / 금마면 서동공원 – 헬기장 – 용화산 – 아리랑고개 삼거리 – 용
리산 – 아리랑고개 삼거리 – 아리랑고개 – 정정렬 명창길 – 미륵산성
– 미륵산 – 사자암 삼거리 – 사자암 – 사자암 삼거리 – 미륵사지

호남 제일의 철쭉평원, 제암산과 사자산

봄의 향연을 감상하며 천천히 걷다가 정상으로 오르는
계단에 진입한다. 소나무와 철쭉, 다양한 산야초가
자생하는 산길에서 다양한 기암괴석과 남해를 조망하며
제암산이 호남의 명산임을 각인하게 된다.

주말 철쭉 산행을 한다는 산악회의 연락을 받고 망설인다.
이름도 낯선 산에 멀리 전라남도 보성까지 원정 산행을 한
다니 선뜻 나서 지지 않는 것이다.

"오늘은 리무진 버스로 아주 편안하게 모실 겁니다."

산악 대장의 사탕발림에 넘어가 북한산 숨은 벽 능선을
가려던 계획을 바꾸고 만다. 설친 잠을 버스에서 편안하게
보충하고 눈을 뜨자 보성군 웅치면 대산리의 제암산 자연
휴양림 주차장이다. 휴양림의 첫인상은 아담하고 깔끔하다.
전라남도 동남부 해안마을 보성군은 예로부터 의향, 예향,
다향의 3보 향으로 불려 왔다. 미곡 작물, 원예작물과 남해
안에 면한 산록을 이용한 차 재배와 약용작물의 생산이 많
은 전형적인 농업지역이다. 전국적으로 보성 녹차가 유명하
지만 아름다운 자연으로도 정평이 난 지역이다.

한반도가 해방과 분단을 맞은 1948년, 여순반란사건이 종결된 직후부터 한국전쟁 휴전 후 분단이 굳어진 1953년까지를 배경으로 한 조정래의 대하소설 '태백산맥'의 배경지가 된 곳이기도 하다. 남도여관(보성여관), 홍교, 부용교와 제암산이 소설 속에 고스란히 드러난다. 보성군 벌교읍에는 조정래 태백산맥 문학관이 건립되어 있다.

바로 이 지역 보성군에서 장흥읍 북동 방면으로 경계를 이루는 제암산帝巖山은 곰재산이라 부르기도 하는데 주위에 사자산, 매봉과 억불산 등이 있어 그 지맥이 동쪽으로 고흥반도까지 이어진다.

넓은 풀밭으로 이루어진 산정에 있는 3층 바위를 향해 주위의 낮은 산과 암석들이 엎드린 형상이라 임금바위帝巖라 칭하며 산의 명칭도 그런 연유로 지어졌다.

드넓은 철쭉평원에서 다도해를 조망하다

휴양림 안의 도로를 따라 걷다가 곰재 쪽으로 올라가면서 산행이 시작된다. 이정표에 곰재를 거쳐 정상까지 2.61km라고 표기되어 있다.

분홍 철쭉이 늘어선 돌길을 따라 철쭉평원과 제암산 임금바위로 갈라지는 곰재에 이른다. 임금바위가 있는 정상 일대를 찍고 와서 철쭉평원을 감상하기로 한다.

곰재에서 10여 분 더 올라가 서로 밀착하여 선 형제바위를 보게 된다. 제암산 아랫마을에 우의 좋은 형제가 늙은 어머님을 모시고 살고 있었다. 먹을 게 떨어져 어머니가 병들어 눕게 되자 형제는 산으로 나물을 캐러 갔는데 동생이 미끄러져 추락위험에 처하고 되었다.

"내 손을 꼭 잡아. 내가 구해줄게."

그러나 동생을 구하려다 힘이 빠진 형까지 굴러 떨어지고 말았다. 어머니는 형제가 돌아오지 않자 마을 사람들과 산을 헤매다가 낭떠러지 밑에 죽어있는 형제를 발견하였다. 슬피 울다가 형제를 묻어주었는데 그 위에 갑자기 바위가 솟아나는 것이었다. 형제가 부둥켜안고 있는 모습과 닮아 형제바위라 부르게 되었다고 한다.

쯧쯧, 굶어서 힘이 빠져 떨어져 죽은 건 추락사일까, 아사餓死일까. 기구한 형제의 슬픈 죽음에 엉뚱한 의문을 갖다가 명복을 빌어준다. 형제바위 50m 아래에는 좌우로 의상암자와 원효 암자가 있다.

형제바위를 지나 돌무더기가 있는 봉우리에 오르면 제암산으로 뻗은 완만한 능선에 붉게 만발한 철쭉군락이 나타난다. 능선엔 많은 등산객이 줄지어 정상을 향하고 있다.

봄의 향연을 감상하며 천천히 걷다가 정상으로 오르는 계단에 진입한다. 소나무와 철쭉, 다양한 산야초가 자생하는 산길에서 다양한 기암괴석과 남해를 조망하며 제암산이 호남의 명산임을 각인하게 된다.

제암산 정상석(해발 807m)은 임금바위 밑에 세워져 있다. 많은 이들이 임금바위 위에 올라섰거나 또 암벽을 오르고 있는 걸 볼 수 있는데 우뚝 솟구친 임금바위는 그 이름값을 충분히 하고 있다.

'사고 시 책임을 지지 않습니다.'

장흥군에서 암벽등반을 제한하는 팻말을 설치해 놓았으나 많은 사람이 이미 올라가 있다. 그런 팻말보다는 밧줄이나 계단을 설치하는 것이 현명할 거라는 생각이다. 임금바위에 올라 멀리 무등산과 월출산, 천관산을 조망한다. 시원하게 펼쳐진 남해 다도해까지 눈에 담을 수 있는데 다소 위험스러워도 누군들 올라서지 않겠는가.

제암산의 철쭉은 오직 붉은색 산철쭉만 피어 단색이지만 무척 화려하다. 다도해를 향해 뻗친 철쭉은 진달래가 생기를 잃을 즈음인 4월 하순에 피기 시작하여 바로 이 시기인 5월 중순에 남해 훈풍을 받아 화려하게 만개한다.

가까이 있는 병풍바위를 바라보고는 내려서서 올라왔던 곰재로 걸음을 옮긴다. 빠른 걸음으로 곰재까지 내려와 10여 분 가파른 오르막을 오르면 곰재산(해발 627m)이다. 이정표와 커다랗게 누운 바위가 곰재산 정상임을 알려준다.

여기서부터 드넓은 철쭉평원이 펼쳐진다. 붉은 물결의 평원에는 소나무와 드문드문 바위들이 많은 산객과 어우러졌고 뒤로 사자산이 솟았다. 길게 늘어선 평원의 철쭉 길은 걸으면서 둘러보아도 장관인데 제암산 철쭉평원(해발 630m)의 표지석을 지나 사자산 쪽으로도 평원은 끝도 없이 이어진다.

사자산으로 향하다 커다란 암릉의 왼쪽 자드락길을 지나 간재(해발 571m)에 이른다. 간재에서 가풀막진 비탈을 오르고 침목계단을 올라 사자산 정상(해발 668m)인 미봉尾峰에 닿는다. 사자산은 엎드린 사자가 머리를 치켜들어 도약하려는 형세라 한다. 저만치 보이는 두봉頭峰이 치켜든 사자 머리이다.

걸어온 능선을 따라 곰재산과 더 뒤로 제암산 정상을 보고 사자 꼬리를 밟은 다음 머리로 거슬러간다. 미봉과 두봉 사이 등짝 부분쯤에 546m 봉 이정표가 세워져 있다. 제암산 주차장으로 내려갈 수 있는 갈림길이다.

패러글라이딩 활공장을 지나 무등산의 입석대 축소판 같은 선바위를 보고 사자두봉(해발 570m)에 이른다. 괜한 걸음이 아닐까 하는 우려도 했었는데 그런대로 조망도 좋고 상큼한 봄기운을 느낄 수 있게 한다. 보성 일대의 차밭을 내려다보고는 다시 사자산으로 돌아간다. 길이 곱고 꽃이 아름다워 유람하듯 되돌아 다녀갈 수 있다.

사자산에서 급격한 경사 지대를 내려서면 순탄한 호남정맥의 능선이 이어진다. 원두막 쉼터가 있는 고산이재에서 잠시 쉬었다가 골치재로 내려간다. 호남정맥과 갈라져 인근의 일림산과 삼비산을 바라보며 길게 임도를 따라 걷는다.

숲이 깊어 숲속에 들어가면 해를 볼 수 없는 산이라 해서 이름 붙여진 일림산이 2.5km 남짓한 거리에 있지만, 오늘 거기까지 다녀오긴 벅차다. 고산이재에서 흘러 내려오는 용추골 계곡물이 무척 맑고 차다. 제암산은 골짜기마다 샘물과 개울이 많은 산이다. 아니나 다를까. 바로 담안 저수지를 끼고 걷게 된다. 제암산 자연휴양림으로 회귀하여 지나온 산들을 올려다보니 그새 정이 들었나 보다.

"기약할 수 없어 무척 아쉽군요."

다시 볼 수 없을지도 모른다는 생각이 들자 서운함이 몰려든다.

때 / 봄
곳 / 제암산 자연휴양림 – 곰재 삼거리 – 형제바위 – 제암산 임금바위 – 곰재 삼거리 – 곰재산 – 제암산 철쭉평원 – 간재 – 사자산(미봉) – 두봉 – 사자산(미봉) – 고산이재 – 골치재 – 임도 – 담안 저수지 – 원점회귀

한양까지 드리운 산 그림자, 해상 국립공원 팔영산

사람은 여럿이 있을 때도 고독할 때가 있지 않은가.
이기심이나 질시 등 서로 다른 생각 탓에 절대 단수의
개념으로 뭉쳐지지 않는 군중만의 특이성을
편백나무 숲에 빗대는 게 다소 서글퍼지기도 한다.

전라남도 고흥반도는 그 중앙에 운암산, 동쪽에 팔영산, 서남쪽에 조계산, 천등산이 있으며 남쪽으로 마복산 등이 있다. 해안선을 따라 개펄 막이를 해서 만든 간척지가 많은 곳이다.

2013년 1월 30일, 우리나라 최초의 우주 발사체인 나로호가 3차 시도 만에 고흥에서 성공적으로 발사되었다. 나로호 우주센터와 우주과학관, 청소년 우주체험센터 및 우주 발사 전망대 등 우주 항공 기반시설들이 집중되면서 명실상부한 우주 항공 수도로 입지를 다진 곳이다.

해마다 5월경 나로호 우주센터 일원에서 고흥 우주 항공 축제가 열리는데 축제 기간에 우주센터 내의 나로호 발사 현장을 견학할 수 있고, 우주과학관 등에서 다양한 우주체험을 할 수 있다.

고흥군의 부속도서로서 예술의 섬으로 자리 잡은 연홍도는 부표나 밧줄, 노, 폐목 같은 어구를 활용해 미술작품으로 꾸며놓았고 조개나 소라껍데기를 활용해 정크아트 작품도 만들어 바닷가와 골목길에 설치해 놓았다. 말 그대로 '지붕 없는 미술관'이다. 남해의 청정해역 고흥을 다시 찾아 4년 만에 팔영산을 오른다.

본래 팔전산八顚山이었는데 중국 위왕의 세숫물에 여덟 개의 봉우리가 비쳐 그 산세를 중국에까지 떨쳤다는 전설이 전해지면서부터 팔영산으로 고쳐 불렀다고 한다. 전라남도 도립공원이었던 팔영산은 2011년 국립공원에 편입되면서 지금은 다도해해상 국립공원 팔영산 지구로 불린다.

하늘 접한 바다를 보며 암봉과 암봉을 잇다

"끝내주는 날씨야."
"올라가면 다도해가 훤히 드러나겠는데."

팔영산에서는 암릉 산행의 묘미에 더해 다도해 국립공원의 풍광을 감상할 수 있으며 날씨가 쾌청한 날에는 대마도까지 볼 수 있다고 해서 기상이 좋은 날을 잡았다.

태영, 노천, 남영이와 팔영산을 다시 찾은 건 화사한 봄날, 남도의 호젓함과 암봉의 묘미를 함께 만끽하고 싶어서였다. 교대로 운전하며 먼 거리의 고흥에 도착했을 때는 아직도 이른 아침나절이었다.

화엄사, 송광사, 대흥사와 함께 호남 4대 사찰로 꼽히는 능가 사입구 노변으로 길게 깔린 좌판에 산지 나물들이 골고루 올려있고 대개 연세 드신 할머니들이 앉아서 다듬고 있는데 그 모습들이 다감하다.

팔영산 여덟 봉우리의 개성 강한 마루금을 보며 걷는 평지 양옆으로 매화와 진달래가 곱게 피었다. 남도의 봄은 소란스럽지 않다. 햇살도 은은하여 다감하다.

"과장된 맛은 있어도 전혀 거부감이 생기지 않네."

팔영산의 명칭 유래가 적힌 팻말을 읽어보노라니 저 봉우리의 그림자가 한양까지 드리웠다는 설에 웃음 머금고, 금닭이 울고 날 밝으며 팔봉이 마치 창파에 떨어진 인쇄판과 같다는 표현에 고개를 끄덕인다.

팔영 소망탑이라는 커다란 석비를 왼편에 두고 산을 오르게 된다. 흔들어도 꿈쩍 않는 흔들바위를 지나 유영봉 아래의 마당바위에 이르자 하늘과 접한 바다가 보인다. 청명하고 봄기운 물씬한 날씨라 그런지 찾은 산객들이 무척 많다. 각지 사투리들이 웃음소리와 섞여 산으로, 들판으로, 바다로 흩어진다.

1봉인 유영봉에 올라서면 지나온 마당바위 쪽이나 진행할

성주봉 쪽이나 암릉으로 이어지는 능선이 보기 좋다.

'팔영산 팔봉은 기러기가 나란히 날아가는 것 같기도 하고 물고기를 나란히 꿰어놓은 것도 같다. 구름 가운데 우뚝 솟아 기특한 자태를 뽐내며 봉우리가 서 있다.'

팻말에 '팔영산 만경암 중수기'라고 출처를 밝히며 그렇게 쓰여 있다. 아래에서 올려다본 팔영산의 모습을 잘 묘사한 듯하다.

'유달은 아니지만, 공맹의 도 선비 레라. 유건은 썼지만 선비 풍채 당당하여 선비의 그림자 닮아 유영봉 되었노라.'

이렇게 유영봉에 대한 시구도 함께 적혀있다. 봉우리의 특색을 추려 봉우리 이름을 짓고 그에 관한 문구로 흥미도 가미시켜준다.

여기서 7봉까지는 봉우리의 표고가 약간씩 높아진다. 성주봉(해발 538m)으로 사뿐 건너뛴다. 암벽만 보면 꼿꼿하고 날카롭지만 철 계단도 잘 설치해 놓아 등로만 따라 걸으면 위험성은 없다.

간간이 바위틈으로 뻗은 소나무 외에 다른 나뭇가지는 아직 앙상해서 되레 등산객들의 옷차림이 산에 봄 색을 입히고 있다.

"남도의 봄은 피리 가락을 타고 뿌려지는구나."
"피리 소리에 봄을 맞으니 청춘으로 회귀하는 듯하구나."
"기왕에 젊어졌으니 더는 늙지 않고 익어갔으면 좋을 인
생이구나."
"……."
"노천이 앞에서 막혔으니까 서울 올라갈 때 노천이가 운
전해야겠지?"
"그게 우리 룰인데 당연하지."

그렇게 생황봉에 닿았다. 생황笙簧은 우리의 전통 관악기
로 화음 악기이다. 생황봉(해발 564m)에 올라 다도해 푸른
바다에 눈 담그니 어디선가 고운 피리 소리가 들려온다.

'열아홉 대나무 통 관악기 모양새로 소리는 없지만 바위
모양 생황이라 바람결 들어보세 아름다운 생황 소리'

3봉에 적힌 생황봉에 대한 시구다. 설악산 화채능선에서의
비경에 빠져 험한 암릉 길 걸으면서도 남은 길을 아까워했
었는데 여기서 이어지는 4봉부터 8봉까지의 능선도 그다지

272

멀어 보이지 않아 봉우리 하나씩 지날 때마다 곶감을 빼먹는 기분이 들게 한다.

3봉과 4봉 사자봉 사이에 능선을 벗어나 다도해를 가깝게 내려 볼 수 있는 봉우리가 하나 있는데 바로 선녀봉이다. 사자봉(해발 578m)에서 바라보는 바다를 바탕으로 한 선녀봉과 생황봉이 한 폭 그림처럼 멋지다.

다섯 신선의 놀이터로 묘사한 오로봉(해발 579m)과 천국으로 통하는 통천문에 빗댄 두류봉(해발 596m)으로 넘어오면서 보이는 기암절벽은 더더욱 그 모양새가 두드러진다.

"대마도가 보일 것도 같은데."

남영이가 멀리 시선을 던져 대마도를 찾는다. 여러 섬 뒤로 멀리 여수시가 보이지만 이리저리 둘러보아도 대마도까지는 시야에 담지 못하겠다.

"대마도는 지도에서 보기로 하고 또 가세."

아래로 길게 세워진 난간과 계단을 내려서서 다시 7봉으로 오른다. 1봉과 2봉에서만큼은 아니지만, 여전히 등산객들의 행렬이 이어지는 중이다. 칠성봉(해발 598m)에서 돌아보면 지나온 두류봉의 기골이 독보적일 만큼 장대하다.

8봉 아래 조망터에서 은빛 물든 너른 바다를 바라보며 숨을 돌린다.

8봉인 적취봉에서 다도해에 걸맞은 바다 섬들을 내려다보고 적취봉 삼거리로 내려섰다가 깃대봉까지 간다. 적취봉에서 500m의 거리다. 팔영산의 최고봉인 깃대봉(해발 609m)과 아까 보았던 선녀봉까지 합치면 팔영산은 10개의 봉우리가 있는 셈이다.

깃대봉에서는 여덟 봉우리가 횡으로 늘어서 마치 가족사진을 찍는 모습으로 하나의 초점에 잡힌다. 봉우리들이 연이어 밀착한 팔영산이 하나의 실체로 드러난다.

"역시 산은 겉보기와 달리 그 속에 들어갔을 때 제대로 보게 되는 거 같아."
"바다는 안 그렇겠나."
"사람은 더더욱 그렇지."

세상사 모든 게 충분한 답습과 반복이 있을 때 비로소 그 실상을 파악하는 것일 게다. 다시 삼거리로 가서 편백 숲길로 내려선다. 오밀조밀하긴 하지만 다니기에는 충분한 숲길이다. 나무가 모여 숲을 이루는 과정과 숲으로 만들어진 결과를 단번에 느끼게 한다. 나무는 그 자체로 숲이라는 걸 체감하게 한다.

숲을 빠져나와 내려오며 올려다보는 진초록 편백 숲은 넓고도 빼곡하다. 서울의 명동이나 강남에 모인 군중들이 저처럼 일사불란하면서도 복수가 아닌 단수의 개념으로 인식될 수 있을까. 자기 생각과 다르면 틀렸다는 2분 법적 사고가 팽배한 사회조직에서는 언감생심 꿈도 꿀 수 없는 현상이리라.

사람은 여럿이 있을 때도 고독할 때가 있지 않은가. 이기심이나 질시 등 서로 다른 생각 탓에 절대 단수의 개념으로 뭉쳐지지 않는 군중만의 특이성을 편백나무 숲에 빗대는 게 다소 서글퍼지기도 한다.

"사람은 사람이요, 나무는 나무로다."

탑재를 지나고 야영장을 지나면서 처음 시작했던 자리로 돌아와 그때까지 나물을 다듬고 있는 할머니한테 다가가자 고루고루 담은 나물에 한 움큼씩을 더 담아주신다.

때 / 봄
곳 / 강산초등학교 - 선녀봉 - 1봉(유영봉) - 2봉(성주봉) - 3봉(생황봉) - 4봉(사자봉) - 5봉(오로봉) - 6봉(두류봉) - 7봉(칠성봉) - 8봉(적취봉) - 팔영산 깃대봉 - 능가사 - 팔영산 주차장

치유와 풍성의 편백 힐링 특구, 축령산

"존경합니다. 당신은 참으로 위대한 분이십니다."
임종국 선생이야말로 사후에라도
노벨평화상이든, 생리학·의학상이든
받아 마땅하다는 생각이다

아버지를 아버지라 부르지 못하고

전남 장성으로 들어가기 전에 우리나라에서 가장 아름다운 가로수 길을 찾아 담양을 들른다. 초록이 위로 뻗었다가 다시 흘러내리는 메타세쿼이아 터널에는 초하의 싱그러움이 넘쳐났다.

몇 번이나 들러보았지만 늘 그랬던 것 같다. 이곳의 정연하고도 우람한 모습으로 하늘을 찌르는 수많은 메타세쿼이아를 사열하며 걷노라면 청정하게 속이 비워지면서 우쭐해진다. 1940년대에 중국 후베이성에서 발견된 낙엽 큰 키 나무로 50m까지 자라기도 하는데 세계 각지에서 공원수 또는 가로수로 심고 있다.

다시 인근의 장성으로 향하면서 편백의 그윽한 향이 코로 스미는 걸 느끼게 된다. 축령산을 두르고 있는 편백 숲에 들어서면 처음 오는 이들도 낯설지 않다고 느낄 수 있다.

숲을 배경으로 영화 '태백산맥'과 '내 마음의 풍금'이 만들어졌고 드라마 '왕초'도 촬영되었었다. 전남 장성은 축령산 편백 숲에 이어 홍길동을 떠올리게 하는 곳이기도 하다.

"아버지를 아버지라 부르지 못하고, 형을 형이라 부르지 못하니……"

홍길동은 승상 홍문과 몸종 춘섬 사이에서 태어난 서자로 허균의 소설 속 주인공이다. 허균은 홍길동전을 통해 첩의 자식, 이른바 서얼의 경우 호부호형呼父呼兄을 함부로 할 수 없었던 당시 조선의 시대상을 비판하였지만, 홍길동은 역사 속의 실존 인물이기도 하다.

조선왕조실록 연산군일기에 다섯 차례, 중종실록에 네 번, 선조실록에 한 번 언급되어 있다. 장성군은 이러한 기록을 토대로 홍길동이 군내의 황룡면 아치실 마을에서 태어났다는 사실을 고증했다.

조선 초 15세기 중엽 명문가 홍상직의 자제로 태어났으나 첩의 자식은 관리 등용을 제한하는 국법으로 인해 좌절을 맛본다. 그러던 중 양반으로부터 차별받던 민중을 규합하여 활빈당을 결성한 후 사회정의를 구현하는 의적으로 평가받아왔다.

영남대학교 박홍규 교수는 그의 저서 '의적 정의를 훔치다'에서 조선 3대 도적이라고도 꼽는 홍길동, 임꺽정, 장길산이 실제로는 의롭지 않았다고 하더라도 민중들은 이들을 통해 부정한 체제에 대한 저항을 꿈꾸었기에 의적 이야기가 만들어지고 생명력을 얻을 수 있었다고 평가한다.

축령산으로 가기 전에 홍길동 테마파크 내의 홍길동 생가에 들러 아버지 앞에 무릎 꿇은 홍길동을 보면서 어린 시절 영웅으로 각인되었던 그를 되새겨보게 된다. 여전히 다양한 그의 캐릭터들에서 풋풋한 친밀감을 느낀다.

산채 체험장, 국궁장과 야영장, 4D 영상관, 전시관과 자동차 야영장 등을 들러보니 한 번쯤은 가족들과 다녀갈 만한 곳이라는 생각이 든다.

보약을 먹으며 걷는 치유의 숲

홍길동을 만나보고 내비게이션에 장성 추암마을을 입력한다. 전남 장성군과 전북 고창군의 경계를 이루는 축령산 아래 추암마을을 들머리로 잡아야 편백 숲길을 모두 걸어 정상까지 이를 수 있다고 검색했기 때문이다.

치유의 숲까지 1.6km가 시멘트 포장도로이다. 숲길 안내판을 보고 상선암을 지나 묘현사 갈림길에서 장성 편백 치유의 숲으로 들어서면서 피톤치드 향이 온몸을 감싸는 걸 의식하게 된다. 동시에 초여름 따가운 햇볕도 벗어난다.

축령산 치유의 숲은 하늘숲길, 산소 숲길, 숲 내음 숲길, 건강 숲길 등으로 산행로를 조성하였다. 개망초 등 여름 야생화에서 눈길을 거두고 허리를 펴면 '춘원 임종국 조림 공적비'라고 새긴 기념비가 눈길을 끈다.

"나무를 더 심어야 한다. 나무를 심는 게 나라 사랑하는 길이다."

임종국의 유언이다. 산림청은 2001년에 조림가 임종국의 공로를 기려 국립수목원 내 '숲의 명예전당'에 업적을 새겨 헌정했다.

1956년부터 1987년 운명할 때까지 21년간 임종국은 사재를 털어 축령산 일대에 삼나무 62ha, 편백나무 143ha, 낙엽송 등 55ha를 조림하여 벌거벗었던 산록을 전국 최대 조림지로 조성한 인물이다.

무려 253만여 그루의 나무를 심었다니 좀처럼 상상이 가지 않는다. 그의 수고로움으로 국민 보건 휴양 및 정서 함양을 위한 야외 휴양공간이자 쾌적하기 이를 데 없는 자연 교육장이 탄생하여 그 역할을 다하고 있다.

축령산 자연휴양림은 2016년 장성 편백 힐링 특구로 지정되었다. 피톤치드Phytoncide는 식물을 뜻하는 피톤과 죽인다는 뜻의 사이드를 합쳐 만든 용어로, 나무가 해충과 병균으로부터 보호받기 위해 내뿜는 자연 항균물질인 이곳 휴양림의 피톤치드를 마시면 스트레스 해소, 심폐기능 강화, 살균작용의 효과가 아주 탁월하다고 한다. 자연 항균물질이기 때문에 아토피를 유발하는 집먼지진드기의 번식도 억제한다.

2000년에는 처음으로 개최한 아름다운 숲 전국대회의 '22세기를 위해 보전해야 할 숲' 부문에서 우수상을 받았다. 또 여기 숲 중앙을 관통해 조성한 6km의 트레킹 코스는 국토해양부에 의해 '한국의 아름다운 길 100선'에 선정되기도 했다. 또 장성 8경의 2 경이 기도 하다.

이런저런 이유로 지금은 매년 3만 명 이상이 방문한다고 한다. 비슷한 모양이지만 편백나무는 잎 뒷면에 흰색의 Y자 기공 조선이 있고, 삼나무는 잎이 바늘처럼 뾰족하여 어긋나게 돌려서 난다고 적혀있다.

축령산 주 능선을 잇는 2.9km 거리의 건강 숲길을 걸어 전망대에서 숲을 내려다보고 정상으로 향한다. 잘 자라고 있는 편백들은 보기만 해도 마음이 풍성해지고 건강해지는 것만 같다. 곧게 뻗은 줄기와 짙고 푸른 나뭇잎은 비주얼 자체로도 건강미를 뽐내고 있다.

주 능선을 잇는 건강 숲길 구간 중 600m 정도의 급경사를 몇 차례 긴 호흡을 내쉬며 축령산 정상(해발 621m)에 오르면 여기도 온통 나무숲인데 무인 산불감시탑과 전망대

가 나란히 세워져 있다. 취령산 혹은 문수산이라고 불리다
가 지금은 축령산으로 통일시켜 부르고 있다.

아담하게 세워놓은 2층 전망대에서 인근 지역의 명산들을
모두 헤아릴 수 있다. 직접 악수를 한 바 있는 방장산, 내
장산, 백암산, 강천산과 추월산에 손을 흔들고 무등산을 찾
아보지만 구름에 가려져 모습을 감추고 말았다.

고창에서 담양을 잇는 고속도로와 추암 저수지를 눈에 담
고 금곡 영화마을을 가리키는 방향으로 하산 길로 잡는다.
안전 밧줄까지 설치되어 있어 길을 놓칠 염려는 전혀 없다.
숲이 열리는 하늘은 아직 유월인데도 강렬하고 뜨겁다.

장성군과 고창군이 나뉘는 부드러운 흙길 능선에 천연기념
물 463호로 지정된 고창 문수사 단풍나무숲의 보호 팻말이
세워져 있다. 오솔길을 따라 숲을 빠져나오면 임도가 가로
놓여 있다.

임도를 가로질러 편백 사이로 하늘을 바라보며 산림욕을
즐길 수 있다는 2.7km 거리의 하늘숲길이 이어진다. 문암
과 모암 방면으로 갈라지는 능선봉에 올랐다가 오른쪽 오
솔길로 내려선다.

전망 장소인 육각정에서 호남의 넓고 부드러운 산야를 내
다보고 반짝거리는 모암 저수지에 눈길을 담갔다가 뺀다.
그리고 외진 숲길을 따라 하늘바라기 쉼터에 닿는다.

벤치에 앉아 편백 피톤치드를 만끽할 만한 곳이다. 침엽수

림 중에서도 편백의 피톤치드가 최고라고 하니 지그시 눈을 감고 숨을 들이마신다. 폐와 장이 일시에 청결해지는 느낌이다.

그도 그럴 것이 250만 그루의 아름드리 편백이 숲을 이루고 있다지 않은가. 그런 숲길을 걸어 임도로 빠져나왔다가 숲 사이로 산정을 올려다보면 전망대가 선명하다.

다시 산소 숲길로 들어서자 약용식물 등 다양한 수목이 즐비하고 고 임종국 선생의 수목장을 한 숲길로 이어진다. 숲 속의 미로, 하늘마저 가려진 우거진 숲길에 흙길 산책로가 이리저리 뻗어있어 이정표가 세워있지 않으면 하염없이 미로를 헤맬듯하다.

"경동시장을 걷는 기분이군."

서울 동대문구 제기동의 경동시장은 한약재 시장으로 유명하다. 거길 걷다 보면 탕약 끓이는 냄새로 보약 몇 첩은 먹고 나온 기분이 드는 것이다. 이곳 숲길에서 몸이 가붓해지고 거뜬해지는 느낌이 드는 건 당연할 것이다.

편백나무 숲이지만 신갈나무, 졸참나무, 굴참나무, 떡갈나무, 상수리나무, 갈참나무 등 참나무 여섯 종도 함께 자란다고 적혀있다.

우물터를 가리키는 방향으로 가다가 임종국 선생의 부인인 김영금(율리안나) 수목장을 먼저 보고 임종국(요셉) 수목장이라 적힌 곳으로 걸음을 옮긴다. 이 길도 내내 피톤치드향에 젖어 걷게 된다. 순창군 선영에 안치된 선생의 유골을 2005년 11월 화장하여 추모 목으로 선정된 느티나무 아래에 안치했다고 한다. 잘 뻗은 기둥과 가지에 연초록 풍성한잎이 한눈에도 잘 자란 나무로 보인다.

임도로 나와 이번에는 2.2km 거리의 '숲 내음 숲길 2'라고 적힌 숲으로 들어섰다. 습지원 위로 설치된 데크를 지나역시 그늘 속 숲을 거닐다가 물소리 숲길 쉼터에서 산림치유센터 방향으로 올라선다.

중앙 임도에서 산림치유센터 뒤로 조성된 '숲 내음 숲길 1'을 따라 하산하여 아스팔트 길에 이르면 녹색 무릉도원에서 세상으로 나온 느낌이다.

진정 작용에 뇌파를 안정시키는 기능을 지닌 숲길인 지라집중력도 강화되고 피부질환 치유 등 많은 효력이 있다고하는데 무엇보다 한 사람의 개인이 이처럼 광활하고 위대한 숲을 이루어놓았다는 사실에 마음이 진정되지 않는다.

"존경합니다. 당신은 참으로 위대한 분이십니다."

임종국 선생이야말로 사후에라도 노벨평화상이든, 생리학·의학상이든 받아 마땅하다는 생각이다. 아마도 그의 자취는

천년, 만년을 거슬러 더더욱 빛을 발할 거란 생각과 함께
아무리 감사드려도 부족하단 느낌이다.

때 / 초여름
곳 / 장성 추암마을 주차장 - 편백 치유의 숲 - 건강 숲길 - 축령산
- 전망대 - 하늘숲길 - 산소 숲길 - 숲 내음 숲길 2 - 숲 내음 숲길
1 - 원점회귀

섬진강에 뿌리내린 국민 관광지, 곡성 동악산

고리봉이 섬진강을 지키는 당당한 형상이라면, 동악산은
섬진강을 끌어안은 넉넉한 형상으로 솟아있다고 표현하였는데
금상첨화로 4대 강 정비 사업에도 끼지 않았으니
섬진강은 복 받은 강임이 틀림없다.

"그럼 거시기 동악산도 가봤겠구먼요?"

"동악산이요?"

광주광역시에 출장을 왔다가 거래처 대표와 산 이야기를
나누던 중 곡성 동악산에 대해 듣게 되었다.

"아따, 거긴 안 갔구마니라. 꼭 가보쇼잉."

지리산을 가깝게 조망할 수 있다는 말에 혹해 오전 일찍
일을 마치고 곡성으로 차를 몰았다. 쇠뿔도 단김에 빼는 식
이다. 트렁크에 언제든 산으로 향할 준비물이 있었으므로
가능한 일이다.

전남 곡성군은 북쪽으로 전북 남원과 접하며 도계를 이루
는 지방으로 전라남도에서도 고도가 높은 편에 속해 동악
산, 통명산, 곤방산 등이 솟아있다. 맑고 깨끗한 섬진강과

보성강이 흘러 아름다운 자연을 관광자원으로 활용하고 있는데 오곡면의 섬진강 기차 마을과 섬진강 레일바이크가 유명하고 기차 마을에서는 매년 5월 곡성 세계 장미 축제가 개최된다.

곡성군 곡성읍에 소재한 동악산動樂山은 북으로 섬진강을 사이에 두고 남원의 고리봉과 마주 보고 있으며 청류동 계곡 또는 도림사 계곡으로 불리는 골짜기를 경계로 동악산과 형제봉 두 개의 산군으로 나뉜다.

골짜기 북쪽 동악산은 섬진강 변에서 끊어지지만, 남쪽 형제봉은 최악산을 거쳐 통명산까지 남동으로 뻗으며 길고 넓게 펼쳐진다. 타지에는 널리 알려지지 않았어도 호남에서는 국민 관광지로 지정될 만큼 사랑받는 산이다.

이 산에 천상의 음악이 울려 퍼졌다

곡성에 들어섰는데 교통표지판은 동악산이 아닌 도림사로 표시되어 있다. 도림사 입구의 넓은 무료주차장에서 내리면 바로 도림사 계곡 하류인 물가 옆으로 많은 평상이 놓여있다. 바로 한 달 여전까지만 해도 많은 사람이 몰려 절정을 이뤘을 거란 생각이 든다.

입장료 2000원을 내고 들어가 도로를 걸어 올라간다. 도로 옆은 거대한 암반 위로 옥류가 흘러내리는 계곡이 길게 이어진다. 아직도 가는 여름의 막바지 아쉬움을 달래려는 물놀이 탐방객들이 보인다.

천년 세월을 두고 끊임없이 흐르며 암반이 매끈하게 다듬어진 데다 도림사 말고는 달리 가옥이나 상인들이 없어 여름철만 아니라면 수질이 흐려질 염려는 없어 보인다.

도림사 일주문을 지나며 이해타산에 얽매였던 사흘간 속세에서의 까칠했던 일상을 털어내자고 되뇐다. 도림사 경내로 들어가 본다.

대한불교 조계종 제19교구 본사인 화엄사의 말사로 도인들이 숲처럼 모여들어 도림사라고 이름 지었다는데 무엇 때문에 도인들은 모였을까 하는 점도 궁금해졌다.

"응진전에 봉안되어있는 저 아라한 석상들 때문일까?"

원효대사가 성출봉(지금의 형제봉) 밑에 길상암을 짓고 강도講道하며 지내던 어느 날 꿈에 성출봉에서 부처님과 16나한의 모습을 대하게 된다. 잠에서 깬 즉시 성출봉으로 올라갔더니 한 척 남짓한 아라한阿羅漢 석상들이 솟아났다.

"나무아미타불, 대박이로다."

원효는 성출봉을 오르내리며 그때마다 아라한 석상을 하나씩 모셔놓았다.

"열여섯 번이나 갔다왔어. 무척 힘들군. 마지막으로 한 번
만 더 올라가자."

원효는 열일곱 번째 아라한 상을 짊어 메고 산에서 내려
와 조심스레 석상을 내려놓았다.

"빰빠라 바~"

그러자 천상의 음악이 온 산에 울려 퍼졌다.

"아니 웬 팡파르가, 이게 어디서 나는 소리지!"

그리하여 풍류 악樂자를 써서 산 이름을 동악산이라 지었
단다. 지금 보는 응진전의 아라한상이 이렇게 산 이름을 유
래하게 한 당시의 아라한 석상들이라니 그걸 보려 도인들
이 속속 모여들어 절 이름도 연유케 했는가 보다.

경내를 나와 계곡 길로 들어선다. 이 계곡에는 국내에서
유일한 열서넛 구비의 반석 계곡이 있는데 맨 꼭대기의 1

반석부터 9 반석까지 명칭이 있고 그 길이가 1km에 이른다고 한다.

짧은 철교를 몇 차례 건너고 다시 계곡을 오르다 보면 커다란 마당바위에 난해한 한자로 파서 새긴 글을 보게 된다. 보면서 잘 쓴 글씨라는 건 알아도 읽기도 어렵거니와 뜻을 해석하기에는 불가한 내용이다.

수석의 풍경이 3남에서 으뜸이라는 이 계곡에는 조선 시대 이래 근세에 이르기까지 시인 묵객들이 다녀간 흔적이 새겨져 있다는 글귀를 도림사 안내문에서 읽었는데 당시에는 붓과 벼루 대신 망치와 끌을 가지고 다니면서 바위에 자취를 남기는 게 추세였었나 보다.

"우리 조상들은 후세에게 물려줄 자연에 대한 지혜는 부족했었나 보다. 자연을 훼손하면서까지 다녀간 흔적을 남기는 건 아니지."

맑은 물줄기가 흐르는 널찍하고 편편한 반석이 큰 것은 폭이 2~30m에 길이가 100m에 이른다. 이처럼 널찍한 반석은 맑은 물을 흘려보내며 반질반질하게 닦여졌다.

차분히 흐르는 맑은 물길을 거슬러 오르다가 계곡을 빠져나와서도 무난한 등산로가 산책길처럼 이어진다. 길상골 갈림길에서 우측의 배넘어재로 향한다. 정상을 2.3km 남겨둔 배넘어재 갈림길부터 고도가 높아진다.

한 시간가량 올라와서야 활엽수림이 걷혀 조망이 트인다. 부쩍 높아진 하늘에 초록이 권태롭다는 양 점차 갈색으로 물들기 시작하는 산야를 바라보노라니 그토록 더웠던 여름이 언제였던가 싶다.

동악산으로 오르는 방향에서 200m 우측으로 신선바위를 가리키는 곳으로 가보고자 한다. 큰 바위들이 흘러내린 애추 지대를 지나 넓고 평평한 바위에 올라서면 곡성의 아담한 마을들이 한눈에 들어온다.

가게 될 형제봉과 멀리 호남의 부드러운 산세들을 두루 둘러보고 지리산으로 눈길을 돌렸지만 깔끔하게 갠 날씨가 아니라 지리산 조망은 어렴풋하기만 하다.

소소히 감미로운 미풍까지 불어오자 과연 신선이 지낼만한 바위로 손색이 없을 듯하다. 신선이나 사람이나 전망 좋은 바위를 보면 머물고 싶어진다.

잠시 머물다 다시 내려와 동악산 방향으로 진행한다. 올라서며 내려다본 신선바위는 앉아 수도하기에 좋은 장소처럼도 느껴지고, 누워 오수를 즐기기에는 더욱 적합해 보인다.

도림사로 내려가는 갈림길을 지나 거대한 암벽에 설치된 데크 계단에 올라서서 동악산에 당도한다. 올라와서 내려다보니 상당히 가파른 계단이다.

전혀 예정에 없던 갑작스러운 산행이라 더욱 반가운 정상

석이다. 커다란 바위들 위에 돌탑을 쌓아놓고 그 앞에 정상
석(해발 735m)이 놓여있다. 바위에 걸터앉아 아무 곳에나
시선을 던져놓는데 어디선가 풍악이 울리는 것 같다.

"하늘에서 울리는 음률에 맞춰 춤을 추다 보니 지금의 산
세를 지니게 되었고, 옛날 곡성 마을에서 장원급제자가 나
오면 동악산에서 노래가 울려 퍼졌다."

마을 주민들은 이런 얘기를 자랑스럽게 전한다고 한다. 시
루봉이라고도 부르는 동악산 정상에서 마주 보는 남원의
고리봉이 같은 산세인 것처럼 멀지 않다. 섬진강을 사이에
두고 나뉘어 있는데 여기 동악산과 고리봉 사이의 섬진강
7km 구간을 솔곡이라고 부른단다.

예로부터 이 두 산 사이의 섬진강을 강이라기보다는 소나
무 수림 울창한 골짜기로 여겨왔고 이 두 산을 하나로 여
긴 모양이다.

누군가 고리봉이 섬진강을 지킬 듯 당당한 형상이라면, 동
악산은 섬진강을 끌어안은 넉넉한 형상으로 솟아있다고 표
현하였는데 금상첨화로 4대 강 정비 사업에도 끼지 않았으
니 섬진강은 복 받은 강임이 틀림없다.

배넘어재 능선이 큰 굴곡 없이 평온하게 이어지고 곧 만
나게 될 대장봉과 형제봉, 그리고 형제봉에서 뻗어 내린 공

룡능선이 그리 멀지 않다.

거래처 대표가 알려준 대로 정상에서 계단을 따라 더 올라가자 사실상 동악산의 최고봉에 닿게 된다. 삼각점만 놓여있는데 정상보다 고도가 20m 더 높다고 한다. 여기서 시루봉을 건너보니 저렇게 가파른 계단을 어떻게 올라섰나 싶다. 깎아지른 암벽도 의외로 날카롭고 험준하다.

원효가 열일곱 번 오른 성출봉에서 그의 자취를 찾다

형제봉으로 가는 길은 약간의 굴곡이 있지만 무난한 능선이다. 기암도 많고 사방으로 트여 지루하지 않다. 동악산 산행의 중심지대라고 하는 배넘어재에 다다른다. 도림사에서 직접 올라오면 3.2km, 정상에서는 3.1km에 이르며 형제봉까지는 2.4km로 표시되어 있다. 여기부터는 소나무 숲길이 이어진다. 싱그럽고 편안한 능선을 걸어 서봉이라고도 하는 대장봉(해발 751m)에 이른다.

거듭 눈길을 주어도 곡성읍내 너머로는 연무가 뿌옇게 끼어 지리산은 여전히 흐릿하기만 하다. 섬진강 너머로 하늘을 가를 듯 산줄기를 길게 뻗은 지리산 주 능선이 한눈에 들어오기 때문에 곡성의 지리산 보망대로 꼽히는 동악산이지만 그것도 날씨가 맑을 때의 얘기다.

여기서도 온 길을 돌아보고 형제봉과 공룡능선을 바라보다가 바로 형제봉으로 향한다. 넓은 헬기장을 거쳐 도착한 형제봉(해발 755m)은 동봉과 성출봉까지 합쳐 세 개의 이름을 지녔다. 형제봉의 이곳저곳을 두리번거리게 된다.

원효가 실어갔다는 아라한 석상들은 과연 이곳의 어디에서 솟았던 걸까. 원효의 꿈 이야기를 떠올리다 보니 아라한 석상의 사실 여부가 더욱 궁금해지는 것이다. 도림사에 보존된 아라한 상들이 여기 형제봉까지 열일곱 번을 오르내리며 실어 나른 거라면 원효대사는 대단한 산악인이라는 사실까지 증명하는 셈이기 때문이다.

원효대사가 다녀간 산은 다 좋다는 누군가의 말처럼 원효대사가 창건한 사찰이 있는 산이나, 동두천의 소요산처럼 원효대사가 입산수도했다고 전해지는 산은 모두가 명산이다. 모르긴 몰라도 원효대사의 산에 대한 안목은 탁월했던 것 같다.

"아무튼, 불가사의하면서도 배울 점이 많은 분이야."

결국, 석상들이 솟은 흔적을 발견하지 못하고 제2 형제봉으로 걸음을 옮긴다. 형제봉에서 400m 떨어진 제2 형제봉도 동봉(해발 727.5m)으로 표기되어 있다. 너른 곡창지대를 내려다보고 또 암벽으로 이루어진 공룡능선을 우측으로 두고 멈춰 서서 감상한다. 부채꼴 모양의 암릉 군이 있어 부채바위 능선이라고도 부르는데 볼수록 구미가 당기는 풍광이다.

"다음에 꼭 다시 오겠네. 그때 보세."

설악산의 공룡에 비견하기엔 무리가 있지만, 우락부락 다부진 암릉을 보니 꼭 한 번 다시 와서 오늘 못 간 루트까지 포함해 여유로운 산행을 하고 싶어진다.

가을이 다가오는 게 확연하다. 서녘에 노을이 물들라치면 가을은 긴 여름을 제치려 제 기운을 모두 동원한다.

서울로 돌아오면서도 3박 4일간의 출장 여정 중 산줄기 곳곳에 기암을 쏟아놓고 괴봉을 솟게 하여 나무랄 데 없는 산세를 보여준 동악산행을 복기하게 된다.

운전 중에도 투명한 계류와 암반으로 이루어진 골짜기와 육산과 골산의 산수 미를 겸비한 동악산이 자꾸만 눈에 아른거린다.

때 / 늦여름
곳 / 도림사 주차장 – 도림사 – 청류동 계곡 – 신선바위 – 동악산 –
배넘어재 – 대장봉 – 형제봉 – 제2 형제봉 – 청류동 계곡 – 원점회귀

계절과 자연이 어우러진 화순적벽의 비경, 모후산

태고의 신비를 간직하며 깎아 세워진 단애 절벽의 절경에
반해 시인 김삿갓(김병연)이 이곳에서 방랑을 멈추고
생을 마쳤을 정도이니 얼마나 아름다운 곳인가.
산과 물의 조화로움을 새삼 각인시킨다.

전라남도 화순군은 호남정맥에서 뻗은 지맥들로 이루어진
산악지대로 서부의 하천 유역을 제외하고는 대부분 지역이
해발 400~900m의 산지로 이루어진 고장이다.

창랑천 주위 약 7㎞에 걸쳐 크고 작은 수려한 절벽이 자
연적으로 형성되었는데 중국 양쯔강의 적벽과 흡사하여 화
순적벽이라 이름 붙여졌으며 1979년 전라남도 기념물 제60
호로 지정되었다.

인근에는 호남지방 유일의 온천으로 1982년에 처음으로
발견된 화순온천이 있다. 34℃ 내외의 수온을 유지하며 만
성 피부염, 류머티즘, 위장병, 만성 신장염 등에 효험이 있
다고 한다. 1995년 현대식 종합온천장으로 개발되었다. 또
대표적인 민속놀이인 한천 농악은 1979년에 전라남도 무형
문화재 제6호로 지정된 바 있다.

화순군의 중동부인 동복면과 남면에 위치하여 순천시 주암
면과 송광면의 경계에 있는 모후산母后山을 찾았다. 화순이

가까워지면서 삼각 꼭짓점에 하얀 강우 레이더가 세워진 모후산이 계속해서 눈길을 잡아끈다.

본래 이름은 나복산이었는데 고려 공민왕이 왕비와 함께 홍건적의 난을 피한 이후 이름이 바뀌었다. 무등산과 조계산에 가려 잘 알려지지 않았으나 곳곳에 유마사, 화순적벽, 주암호, 사평폭포 등의 명소가 있고, 항상 맑은 계곡물이 넘쳐 관광객과 등산객들에게 주목을 받는 중이다.

계절과 물과 바위와 나무가 한데 어우러진 산이로다

"내가 네 운전기사냐?"

위치상 멀리 떨어진 산일수록 원점 회귀하게 되는 산은 편의상 차를 가지고 가게 된다. 더욱 편하게 다녀오고자 친구를 대동했는데 이번에도 병소가 동행해주었다. 투덜거리며 핸들을 잡았지만 먼 길 여정에 기꺼이 함께해준 것이다.

잘 정비된 유마사 주차장에 도착하여 유마사 입구에서 모후산 정상을 올려다보며 들어서게 된다. 낯선 미답지이지만 울긋불긋 곱게 물든 단풍이 기분을 편안하게 해 준다.

"한 주간의 스트레스 풀고 힐링도 시켜주려고 데려온 거지, 운전만 시키려고 너한테 같이 가자고 했겠니."

"젠장, 단풍이 곱긴 하네."

"하하하!"

유마사와 등산로 갈림길에서 일주문을 지나고 해탈교라는 조그만 석교를 건너 유마사維摩寺 경내로 들어서자 단풍에 휘덮인 천년고찰은 영롱하고도 아름다운 빛깔로 인해 절이 아니라 잘 가꾼 화원처럼 느껴진다.

대한불교 조계종 송광사의 말사로 백제 무왕 때 중국 당나라의 고관이었던 유마운과 그의 딸 보안이 창건했다고 한다. 한국전쟁 당시 빨치산이 이 절에 은거하면서 모후산과 백아산을 활동무대로 삼았다 하여 소탕 작전 때 모두 소실되었다가 근래에 중건하여 호남 최초로 비구니 승가대학을 개설하기도 하였다. 지금도 당시에 파놓은 참호가 발견된다.

유마사에서 나와 넓은 임도를 따라 오르다가 용문재와 집게봉이 나뉘는 정량암 갈림길에서 왼쪽 용문재로 방향을 잡는다. 낙엽 수북한 길에서 간간이 억새가 허리춤을 비틀고 붉은 애기단풍과 초록, 노랑, 갈색이 마구 어우러진 가을 숲을 한껏 만끽한다.

용문재까지 2km, 정상까지 3.4km를 남긴 계곡 삼거리를 지나고 원두막 삼거리에 이를 때까지도 낙엽 밟는 소리와 간간이 벌레 소리만 들리는 고요한 산길이다.

"물이 철철 흘러 철철 바위라던데."
"비가 안 와서 그런지 지금은 이름값을 못하네."

철철 바위를 오른쪽으로 두고 계속 용 문제 방향으로 길을 잡는다. 넓고 선명한 돌길에 꾸준한 오르막이 이어진다. 용문재 능선 안부에 이르러 숨을 몰아쉰다. 여기부터는 가을 색이 한풀 꺾인 모습이다.

오르다가 쉬고 있는 한 무리의 산객들을 만나게 된다. 배낭에 달린 리본을 보니 울산에 있는 산악회에서 온 사람들이다.

"멀리서 오셨네요."
"수고 많심더."
"고생 하이소마."

좁은 땅덩어리지만 곳곳에 산이 있어 사는 곳 구분 없이 사람들을 모으는 곳이 산이다. 지역과 관계없이, 진보든 보수든, 기독교든 불교 신자든 전혀 차이 두지 않고 포용하는 곳이 산이다.

"우리도 산에 같이 다니면서 우정이 더 돈독해졌잖아."
"그런데 왜 난 네 셰르파 같은 기분이 드는 걸까."

농을 주고받으며 용문재 팔각정부터는 정상의 강우 레이더 기지까지 모노레일을 따라 걷는다. 밧줄이 설치된 바위 구간도 있지만 대개 돌과 흙이 뒤섞인 길이다. 가을은 밑으로 충만하며 위로는 침몰하고 있어 조금 전과 달리 살짝 을씨년스러워진다. 경사 구간이 거듭되면서 나무들도 더 많은 잎을 가지로부터 흘려버리고 있다.

강우 레이더 관측소에 전망대와 벤치가 놓여있어 등산객들의 쉼터로 제공되고 있다. 관측소에서 조금 떨어진 모후산 정상(해발 918m)에서 둘러보니 온 산야가 수줍음을 타고 있다. 바야흐로 가을은 제 색깔을 한껏 발산하며 세상을 물들이는 중이다.

고개를 돌리자 뚜렷하진 않지만, 노고단부터 천왕봉까지 지리산 주 능선이 보인다. 언제 어디서 보아도 고향산천처럼 아늑하고 정다운 느낌을 주는 풍광이다.

"재작년 화대 종주했을 때가 생생하게 떠오르네."
"두고두고 추억에 남을만한 산행이었지."

함께 종주했던 계원이와 은수도 떠올리다가 무등산으로 방

향을 바꾼다. 무등산과 길게 물길을 잇는 주암호 뒤로 조계
산까지 호남의 명산들이 부드럽게 마루금을 잇고 있다.

또 동복댐이 있는 쪽도 가늠해보는데 어느 고을 환갑잔치
에서 방랑시인 김삿갓(김병연)이 지은 시 한 수가 떠올라
웃음을 짓게 한다.

저기 앉은 저 노인 사람 같지 않으니
아마 하늘 위에서 내려온 신선이겠지
여기 있는 일곱 아들 모두 도둑놈이니
서왕모 선도 복숭아 훔쳐 수연 열었네

"첫 구절에 환갑연을 맞은 아버지를 사람 같지 않다고 하
니 아들들이 가만히 있었겠나."

때려죽일 듯 대들자 둘째 구절을 듣고는 화가 풀렸다가
도둑놈 취급받은 아들들이 다시 주먹을 불끈 쥐고는 성을
냈다. 그런데 넷째 구절에서 천년에 한 번만 열려 먹으면
장수한다는 복숭아를 언급해 아들들의 정성을 한껏 추켜세
우자 거하게 술대접을 받았다는 유명한 일화가 떠오른 것
이다.

"그가 이곳 동복 마을에서 생을 마쳤다지."

300

1985년 동복댐을 만들면서 상류의 노루목적벽이 25m나 잠겼다고 한다. 태고의 신비를 간직하며 깎아 세워진 단애 절벽의 절경에 반해 김삿갓이 이곳에서 방랑을 멈추고 생을 마쳤을 정도이니 얼마나 아름다운 곳인가. 산과 물의 조화로움을 새삼 각인시킨다.

"하나의 근본에서 만 갈래로 나누어지는 것은 산이요, 만 가지 다른 것이 모여서 하나로 합하는 것은 물이다."

신경준은 '산수고 山水考'에서 이렇게 언급하였다. 산과 물은 다른 기능을 가지긴 하였지만 하나로 조화되는 통일체로 보았음이다. 우리 민족은 용의 맥을 짚어 산을 찾고, 산을 찾으면 다시 물을 찾아냈다. 그래서일까. 산에 만든 수많은 정자는 전망 좋은 산 중턱, 물이 보이는 곳에 만들어져 있다.

산과 물을 둘러보고 중봉을 향해 걸음을 옮긴다. 내리꽂은 듯한 급경사를 내려서게 된다. 산죽밭을 걸어 올라서서 중봉에 다다랐다가 또 너덜 비탈길을 조심스럽게 내려선다.

"단풍도 다 지고 길도 험해요."

집게봉을 들렀다가 하산하려 했으나 도중에 만난 이 지역

산객의 충고를 받아들여 바로 뱀골 계곡으로 하산하기로 한다. 뱀골 계곡에 들어서서 철철 바위 구간에 이르자 다시 가을 향연이 한창이다.

"오색 비경의 단풍 계곡은 인적이 없어도 분주하고 어수선한 느낌이 들지 않니?"
"저마다 제 색을 뽐내는 아우성이 계곡을 울리기 때문에 그렇겠지?"
"그래서 참하게 생동하는 봄 하곤 매우 다르지."

뱀골을 온전히 빠져나오면서 길이 수월해졌다. 계곡 삼거리로 돌아와 집게봉 삼거리를 지나면서도 낙엽 융단을 밟으며 걷게 된다. 생태 숲 갈림길을 지나고 유마사를 또 지나면서 모후산 정상을 올려다본다.

"멀리 여기까지 찾아주어 고맙네. 조심해서 상경하시게."
"두루두루 많은 걸 보여주어 감사합니다. 편안하게 영생하시기 바랍니다."

때 / 가을
곳 / 유마사 주차장 – 유마사 – 합수점 삼거리 – 용문재 – 모후산 – 중봉 – 뱀골 – 철철 바위 – 합수점 삼거리 – 유마사 – 원점회귀

진달래, 동백, 벚꽃 만발한 여수 오동도의 영취산

정상 전망대에서 봉우재 부근으로도 사면을 타고
진달래가 타오른다. 눈 비비고 다시 보면 출렁이는
핑크빛 바다가 거기 있다. 계곡 쪽으로는
여름을 준비하듯 연초록으로 변색하는 중이다.

오동나무 사라진 곳에 동백이 하염없이 붉게 피었다.

어디선가 날아온 금빛 봉황이 오동 열매를 따 먹는다. 그러자 봉황이 깃든 곳에 새 임금이 난다는 소문이 퍼진다. 왕은 오동나무숲을 없애버리라고 명한다.

그리고 세월이 흘러 오동도에 어부와 아리따운 여인 부부가 살았는데 도적 떼를 만나게 된 아내가 벼랑 끝에서 푸른 물결에 몸을 던졌다.

바다에서 돌아온 지아비는 겨우 슬픔을 가누고 오동도 기슭에 무덤을 만들고 장례를 치렀다. 북풍한설 몰아치던 그해 겨울부터 하얗게 눈 쌓인 무덤가에 동백꽃이 피기 시작했다. 여인의 붉은 순정이 동백꽃으로 피어난 것이다.

애틋한 사연과 함께 '누구보다 그대를 사랑합니다.'라는 꽃말을 지닌 동백꽃이 바람에 흩어져 온통 주위를 붉게 물들인다. 11월경에 빨간 꽃망울을 터뜨려 겨우내 피어 3월경에 절정을 이룬다.

남쪽에서 북상하는 봄이 가장 먼저 볕을 드러내는 곳, 여수 오동도 내에는 3000여 그루의 동백나무가 심어졌다. 그 오동도에 비가 내리면 용이 지하통로로 와서 빗물을 먹고 간다는 연등천 용굴이 있는데 마을 사람들이 이 용굴을 막아버리자 새벽이 되면 자산공원 등대 밑에 바다로 흐르는 샘터를 이용해 용이 이동하였다고 한다. 그 때문에 파도가 일고 바닷물이 갈라지는 소리가 밤하늘에 메아리쳤다는 이야기가 전해 내려온다.

바람골, 해돋이 전망대, 부산 태종대를 떠오르게 하는 갯바위를 둘러보고 오동도를 빠져나와 여수시가지에서 돌산대교를 건너 갓김치로 유명한 돌산마을에서 잠시 멈춘다.

요즘 갓 수확 철을 맞은 주민들이 분주하게 움직인다. 하루 25톤가량의 갓이 연한 맛의 김치로 담가진다. 돌산 갓은 병충해가 없어 농약을 뿌리지 않는다고 한다. 청정 남해의 역사유적지 여수를 살짝 눈 여김만 하고 오늘 산행지 영취산으로 향한다.

바다에서 산으로 활활 타들어 가는 붉은 불길을 쫓아

경남 창녕의 화왕산, 경남 마산의 무학산과 더불어 전국 3대 진달래 군락지 중 한 곳으로 꼽는 영취산은 국내에서 제일 먼저 진달래가 물드는 산이기도 하다. 꽃이나 단풍 등 그 지역의 축제 대상을 보려고 산행지를 고르지는 않지만 봄을 기다렸었나 보다. 화사한 남녘, 여수의 봄 바다와 만발한 진달래가 먼 길 영취산으로 잡아끌었다.

예로부터 신령스러운 산으로 인식하여 기우제나 치성을 들여왔던 영취산은 석가모니가 맨 마지막으로 설법했던 인도의 영취산에서 그 이름을 따왔다.

진달래 축제 행사장을 뒤로하고 정상인 진례봉까지 1.9km라고 표시된 여수시 월내동의 돌고개로 들어선다. 사진 찍느라 만면에 웃음 가득한 상춘객들이 빛깔 고운 벚꽃 터널에서 다양한 포즈를 취하고 있다.

진달래를 주제로 많은 시와 시조들이 현수막에 걸려 가는 걸음을 잡아당긴다. 김종안 시인의 시비 역시 진달래를 모티브로 했다.

그대여
저 능선과 산자락 굽이마다
셀레임으로 피어난
그리움의 바다를 보아라.

모진 삼동을 기어이 딛고
절정으로 다가오는
순정한 눈물을 보아라.

그리하여 마침내
무구한 사랑의 혼적으로 지는
가없는 설움을 보아라.

그러나 그대는 알리라
또 전설처럼 봄이 오면
눈물과 설움은 삭고 삭아
무량한 그리움으로
다시 피어날 것을

곧바로 산등성이 진달래 군락이 클로즈업된다. 측면 아래
로는 하얀 벚꽃 숲이 장관이다. 연분홍, 진초록, 연초록에
갈색과 흰색이 약간 흐리긴 하지만 엷은 하늘색과 어우러
져 캔버스에 물감을 칠한 듯하다.

꽃 숲 너머 여수 정유공장 굴뚝으로 연기가 뿜어 나오고 그
뒤로 묘도대교가 야트막한 봉화산으로 이어지더니 이순신대
교까지 보인다.

공장들이 빽빽이 들어선 국가산업단지에 위치하여 산업시
설에서 뿜어 나오는 공해를 견뎌내고 영취산을 진달래의
명산으로 거듭나게 했으니 여리게 홍조 띤 이 산의 진달래
야말로 역경을 이겨낸 억척의 산물이 아닐 수 없다. 공해에
약한 대다수 수종은 고사하고 공해에 강한 진달래가 무성
하게 자리를 확보한 것이다.

흐릿한 하늘빛으로 꽃은 더욱 붉어 보인다. 산세 때문에 그렇겠지만 강화도 고려산이나 달성 비슬산의 진달래 군락과는 또 다른 분위기를 창조해낸다. 그리 높지 않고 무척 촘촘하게 피어 숲을 이룬 곳이 많다.

길마다 자연스럽게 진달래 군락으로 이어진 붉은 숲길을 올라와 뒤돌아보면 그 길은 무대로 오르는 빨간색 카펫이고 진례봉까지의 능선은 마치 붉은 안장을 올려놓은 거대한 말 등처럼 보인다. 늦게 출발해서인지 반대편에서 내려오는 등산객들을 자주 만나게 된다.

억새 군락지에 들어서면 산업단지와 바다가 다시 나타나고 드문드문 농경지도 눈에 들어온다. 풍성한 곡선미를 보이며 눈앞에 버텨 섰던 가마봉에 오르자 사방이 트여 숨차게 올라온 보람을 느끼게 한다.

광양만을 아우르는 해안선을 따라 수많은 공장이 늘어선 여천공단에서 뿜어내는 연기가 이채롭다. 여수의 산이기에 볼 수 있는 광경이라 하겠다. 광양만과 공장 사이의 묘도에서 이순신 장군의 최후를 읽게 된다. 이 섬에서 작전 회의를 마치고 하룻밤을 보낸 장군은 다음날 왜 함 450여 척을 격파하는 대승을 거두었으니 이것이 노량해전이다. 그러나 이충무공은 적의 유탄에 맞아 유명을 달리하고 만다.

"내 죽음을 적이 모르게 하라."

두고두고 역사의 한 페이지를 장식한 장군의 마지막 음성
이 귓전을 맴돈다. 진례봉, 시루봉, 영취봉과 뒤로 뾰족하
게 솟은 호랑산을 바라보고 걸음을 옮기자 점차 날이 개기
시작한다.

주 능선 좌측은 소나무 숲이고 우측은 진달래밭이다. 진초
록과 연분홍의 대비가 극명하면서도 아름답다. 아래로 파란
지붕이 많은 마을에 있는 상암초등학교가 여기 오르는 또
한 군데의 들머리이다.

흙과 바위를 고루 밟고 걷다가 암봉 지대인 개구리바위
전망대에서 긴 계단을 올라 정상에 오른다. 진례봉進禮峰
(해발 510m), 통신탑이 세워진 공터와 한문 초서체로 휘갈
겨 쓴 정상석 앞에 많은 등산객이 모여 있다.

정상 전망대에서 봉우재 부근으로도 사면을 타고 진달래가
타오른다. 눈 비비고 다시 보면 출렁이는 핑크빛 바다가 거
기 있다. 계곡 쪽으로는 여름을 준비하듯 연초록으로 변색
하는 중이다. 이순신대교 너머로 희미하게 광양시와 백운산
이 시야에 잡힌다.

수많은 등산객의 발자취인 리본들은 아마도 이맘때인 봄철
에 달아놓았을 것이다. 많은 사람이 몰리는 봄철에 일행들
의 길잡이가 되게끔 해주었을 것으로 보인다.

하산로에서 바위굴을 지나고 기도 도량인 도솔암으로 오르
는 기나긴 침목 계단은 그냥 지나쳐 내려간다. 봉우재에도

행사가 한창이다. 많은 차량이 주차된 봉우재를 지나쳐 지나온 진례봉과 가마봉 능선을 쳐다보곤 내처 거친 바위 봉우리인 시루봉(해발 418.7m)까지 올랐다.

엷은 여수 바다에 눈길 담갔다가 작은 헬기장을 지나고 꽃길을 걸어 돌탑 쌓아 올려진 영취봉(해발 439m)에 도착하였다. 여기서 흥국사로 내려가는 길은 꽃길이 아닌 너덜 돌길이다. 돌이 많아서인지 돌탑이 즐비하게 늘어섰다. 내려서고 보니 백팔 돌탑공원이다.

용왕전이라고 적힌 현판이 있는 곳에서 시원한 약수로 목을 축이고 흥국사에 닿자 만발한 벚꽃들이 수고했다면서 반겨준다. 고려 명종 때 호국사찰 흥국사는 이름 그대로 나라의 융성을 위해 보조국사 지눌에 의해 세워졌다. 임진왜란 때 300여 명의 승려가 주둔하며 충무공 이순신을 도왔던 사찰로 진례봉과 영취봉이 둘러싸고 있다.

산을 내려서서도 시야엔 온통 봄 색깔이 어우러졌는데 그 색은 여수를 떠날 때까지도 잔상처럼 남아있었다.

때 / 봄
곳 / 돌고개 주차장 – 가마봉 – 진례봉 – 도솔암 – 봉우재 – 시루봉
– 영취봉 – 흥국사

남도의 용아장성, 만덕산, 석문산, 덕룡산, 주작산

어둠이라야 별이 더욱 반짝이는 것처럼,
구름을 그려 넣어 달빛의 오묘함을 묘사하는 것처럼
석문산 수림들은 바위산의 근육을
보기 좋을 만큼 적당히 드러냈다

"우리 집에 이젠 어린이가 없지?"

어린이날이 낀 5월 초의 사흘 연휴를 전라남도, 그것도 땅
끝 기맥에서 보내기로 마음먹고도 막상 몸이 움직이기까지
망설임이 적지 않았다.

"멀리 예닐곱 개 산을 혼자 산행한다는 게 예전 같지 않
게 겁도 생기고 버거워지는군."
"이제 나이 들어가는 거겠죠."

툭 던진 아내의 말에 반발심이 생겨 배낭을 꾸린다.

"익어가진 못할망정 늙어가게 내버려 둘 순 없지."

310

오래전 두륜산은 다녀온 바 있었지만, 그 양옆으로 이어지는 주작산과 달마산이 눈에 밟혔었다. 기왕에 남도의 용아장성으로 불리는 만덕산에서 석문산과 덕룡산을 거쳐 주작산을 찍고 다시 두륜산과 대둔산, 달마산을 잇는 7 산 종주에 꽂히고 만 것이다.

모처럼 봄기운 물씬 풍기는 바다도 보고 싶었지만, 무엇보다 나태함에 무뎌지려는 심신 상태를 일으켜 세우고 싶어서였다. 촘촘하게 계획을 세워 떠나도 좋겠지만 아무런 계획 없이 훌쩍 마음 가는 대로 떠나도 좋은 시절이다. 그런 5월의 금요일 저녁에 고속버스에 올라 또 자유로운 영혼이 된다.

남도 답사 일 번지라고도 일컫는 전남 강진에 내려 찜질방에서 눈을 붙이고 동이 틀 무렵 예약한 택시를 타고 옥련사로 향한다. 기사는 옥련사가 비구니들만 있는 사찰이라고 말을 붙이더니 예전과 달리 만덕산을 찾는 등산객이 많이 늘었다는 말도 곁들인다.

도로를 사이에 둔 만덕산과 석문산을 새로 생긴 구름다리가 이어 주면서부터일 것이다. 그 구름다리로 인해 몇 개의 산을 더 연계하는 등산객들도 늘었을 것이기 때문이다.

일곱 산의 들머리 옥련사에서 첫 산 만덕산으로

강진읍 덕남리 기룡마을 뒤 만덕산을 오르는 길에 옥련사라는 절이 있다. 여기가 만덕산의 들머리이자 완주를 하게 된다면 모두 일곱 산의 시점이 되는 곳이다.

옥련사 담장을 끼고 벚꽃 화사한 길을 지나 편백나무 숲으로 들어선다. 옥녀봉이라고도 하는 필봉(해발 204.8m)을 올라설 즈음 천관산 위쪽으로 해가 떠오르면서 환하게 날을 밝힌다. 임천 저수지 뒤로 영암의 월출산도 모습을 드러냈다.

드넓게 펼쳐진 광활한 농토의 강진읍과 강진만 간척지가 보이고 그 뒤로 멀리 보이는 산자락은 아마도 부용산일 듯 싶다. 깃대봉을 가리키는 방향으로 철쭉 따라 걷다가 봉우리가 잘려버린 듯한 직벽이 보여 눈살을 찌푸리게 한다. 구시골창봉이라고 적혀있는데 광물을 채굴하고 복원시키지 않은 채 내버려 둬서 심한 거부감이 인다.

오르내림의 고도가 심한 봉우리들을 몇 차례 오르내리다가 전망 좋은 암릉에서 숨을 돌린다. 향로봉과 천왕봉의 마루금이 드러난 월출산을 마주하자 수락산에서 도봉산을 바라보는 느낌이다. 자운봉을 중심으로 한 도봉산 정상 일대에서 좌우 주봉 능선과 포대능선으로 양팔 벌린 모습과 흡사하다.

영암 월출산에서 방향을 틀어 화학산과 천관산을 살필 수 있고 완도 오봉산까지 눈에 잡히니 폐광산으로 인한 불쾌

감이 조금은 가시는 것 같다.

반가운 지기들과 눈인사를 나누고 걸음을 옮겨 듬북쟁이봉
(해발 301m)이라는 곳을 통과하고 다시 통샘거리봉(해발
337m)이라는 종이 문패가 걸린 나무 기둥을 지나간다.

"이름들이 참 클래식하면서 까칠하군."

작은 산인 줄 알았는데 바위도 많은 데다 바위 구간도 길
고 거칠다. 소소하게 일던 바람이 멎으면서 햇살이 창창해
진다. 월출산이 조금씩 멀어지고 대신 무등산이 모습을 드
러낸다.

가우도를 둘러싼 바닷물결이 은빛으로 반사되며 아직 기상
하지 않은 주변 섬들을 일제히 일으켜 세운다. 그리고 정상
인 깃대봉(해발 408.6m)에 오른다. 정상석 옆에는 청렴봉
이라고 적힌 작은 돌비석을 박아 눕혔는데 2020년 전남 공
무원교육원 설립을 기념하면서 다산의 얼이 숨 쉬는 청렴
정신을 가다듬는다고 적혀있다.

아래로 이 지역의 천년고찰 백련사가 강진만을 굽어보고
있는 게 눈에 들어온다. 동백나무 7000여 그루가 밀집하여
이른 초봄이면 절 주변을 붉고도 붉게 물들인다.

고려 무인 집권기와 대 몽고 항쟁 때 백련 결사 운동을
이끌어 민중에 기반을 두는 실천적 불교개혁에 앞장섰던

유서 깊은 명찰이 백련사라고 한다. 효령대군이 동생 충녕에게 왕위를 양보하고 백련사에 들어와 8년 동안 기거하면서 불사 작업에 큰 도움을 주었다고 전해진다.

인근 만덕리에 정약용이 유배되어 머물던 다산초당이 있다. 강진으로 유배당해 마땅한 거처가 없던 다산에게 초당을 흔쾌히 내어준 건 해남 윤씨 집안이다.

유배 시절 다산은 백련사에 자주 들러 주지 스님과 차를 마시곤 했다는데 무슨 대화를 나누었는지 알려지지 않았지만 아마도 저술한 책들을 화두로 삼지 않았을까 추측해본다. 이곳에서의 긴 유배 기간에 목민심서, 흠흠신서, 경세유표 등 500여 권에 달하는 저서를 완성했다니 말이다. 귀인은 귀인이 알아보는 이치일까. 다산도 존경심이 우러나오는 훌륭한 분이지만 고산 윤선도의 집안 또한 속을 훈훈하게 하는 멋진 가문이 아닐 수 없다.

지독하게 고독했을 유배 중에 알아주는 이가 있어 살 곳을 내어주고 차 한 잔의 대화를 나눌 수 있었으니 얼마나 다행한 일인가.

서정시 '모란이 피기까지는'의 작가 김영랑의 생가도 멀지 않은 강진읍 탑동에 있어 이 고장의 역사, 문화적 자취는 결코 가볍지 않다.

지금부터 가야 할 석문산, 덕룡산과 주작산 그리고 두륜산까지 쭉 도열해 있는 걸 보고 그들을 사열하러 걸음을 옮긴다. 바람재 방향으로 오솔길 따라 느긋하게 걸어 마당봉을 넘어서며 많은 기암을 눈여겨보게 된다.

암릉 구간의 널찍한 바위에 걸터앉아 송송 솟는 땀을 닦으며 내려다보는 남해의 은물결이 자연스레 숨을 고르게 해 준다. 도로를 가로지른 구름다리가 석문산으로 연결된 게 보이고 거대한 죽순처럼 솟은 바위들이 우직하고도 경이롭다. 강진의 소금강이라고 칭할 만하다.

넓은 공터 사거리 바람재에서 모처럼 완만한 평지를 걷다가 다시 바위 사이를 비집고 건너뛰어 석문정과 구름다리를 진행 방향으로 잡는다. 만덕산을 내려서면 남도 명품 길인 바스락길 구간이다. 이중 강진 바스락길은 백련사에서 해남 대흥사에 이르는 37.4km의 구간으로 전남을 대표하는 걷기 길이라고 한다.

육산과 골산이 마구 섞이고 크고 작은 바위 봉우리들이 날을 세운 만덕산을 처음 생각했던 것보다 힘들게 지나왔다. 폭 1.5m의 다리 양 끝에 하트 모양의 조형물을 설치하여 사랑과 만남이 이어지는 의미를 주어 '사랑 + 구름다리'로 칭한다. 다리 가운데 투명하게 판을 만들어 밑을 내려다볼 수 있게 만든 현수교이다.

구름다리 건너고 돌문 통로를 지나 용아장성으로

만덕산에서 볼 때 우람한 근육질의 석문산은 111m 길이의 구름다리를 건너면서 역시 가파른 바윗길로 이어진다.

만덕산 중턱의 용문사를 쳐다보고 석문산 기암들 사이에서 숨은 그림처럼 탕건바위라는 걸 찾았는데 설명 팻말에 쓰인 것처럼 세종대왕이 익선관을 쓴 인자한 모습이다.

꽃이 물들어 덩달아 청량하게 물들고 싶었던 신록이 엊그제 지나니 석문산에도 더욱 기세 높여 짙푸름을 발산하는 녹음으로 발 닿는 곳마다 색감이 두드러졌다.

새들과 꽃봉오리의 재잘거림이 잦아들어 묵직한 고요가 담담하게 가라앉은 분위기지만 푸름을 뚫고 솟은 암봉은 계절과 관계없이 그 표정에 변함이 없다. 어둠이라야 별이 더욱 반짝이는 것처럼, 구름을 그려 넣어 달빛의 오묘함을 묘사하는 것처럼 석문산 수림들은 바위산의 근육을 보기 좋을 만큼 적당히 드러냈다.

전망대인 석문정 바로 앞의 매바위는 팻말에 쓰인 것처럼 매가 비상하듯 하늘을 향하고 있는 형상이다. 날카로운 주둥이는 금방이라도 먹이를 낚아챌 것 같다.

석문공원에서 1km를 걸어 올라와 소석문으로 가는 길에 이정표가 세워진 곳이 석문산 정상(해발 282m)인데 정상석은 없다. 덕룡산 아래로 석문 저수지가 보이고 너른 강진만이 시원하게 트였다. 맑은 도암천 사이로 협곡을 이루고 있는 석문산石門山은 해남의 남창과 완도에서 강진에 이르는 돌문 통로를 의미하는 명칭이라 한다. 정상에서 소석문으로 내려가 다시 올려다보는 석문산도 창백하고 뾰족한 바위들이 병풍처럼 둘러친 형태다.

세 번째 덕룡산으로 향한다. 개울 위에 세워진 작은 다리를 건너 정자를 지난다. 이곳이 석문산에서의 날머리이자 덕룡산으로 오르는 들머리이다.

처음부터 밧줄 길게 늘어진 암벽을 타고 올라야 한다. 연이어 줄을 잇는 암봉의 거친 산세를 설악산 용아장성에 비견하는 덕룡산이다. 첫 봉우리 역시 아홉 개 용의 이빨 중 첫 어금니처럼 날카롭지만, 시계는 사통팔달 훤하게 트여 시원스럽기가 이루 말할 수 없다.

제암산, 사자산에서 오른쪽으로 천관산까지 이어진 마루금이 오전보다 훨씬 선명하다. 멀리 많은 섬이 떠 있는 다도해가 바다인지 안개 위인지 몽롱하게 모습을 드러낸다. 발밑으로 돌을 던지면 바로 풍덩 소리를 낼 것처럼 석문 저수지가 가깝고 그 우측으로 조금 전 지나온 석문산과 만덕산이 이어져 있다.

나아갈수록 봉우리들은 한 치도 곁눈질을 허용하지 않게끔 바짝 날을 세우고 있다. 잠시 멈춰 서면 뭍에서 가우도를 잇는 출렁다리를 볼 수 있고, 고개 들면 우뚝 눈길 잡는 두 개의 봉우리가 보이는데 이제부터 올라서야 할 동봉과 서봉이다.

만덕 광업이라는 곳으로 하산하는 갈림길에서 300m 암릉 구간을 올라 동봉(해발 420m)에 이르렀다. 들머리 소석문에서 3km를 걸어온 지점이다.

"집에서 편안하게 쉴 걸 그랬나."

이쯤 이르자 그런 생각이 든다.

"사서 고생은 젊어서나 하는 건데."

힘이 부치면서 생기는 갈등을 지우려고 팔다리를 흔들고 몸을 비틀어 스트레칭을 하면서 마음을 다잡아 본다.

"어쩌겠나. 칼을 뽑았으니 휘둘러야지."

여기서 서봉으로 넘어가는 길은 더욱 호되다. 만덕산이 점점 멀어지고 두륜산이 가까이 다가온다. 밧줄을 잡기도 하고 간혹 바위를 붙들다시피 오르내리며 서봉(해발 432.9m)에 도착해서 돌아보는 풍광은 가히 설악산 공룡능선의 축소판이라 할 수 있다.

서봉에서 밧줄 붙들고 내려서서 거듭 이어지는 암릉, 외계인 닮은 바위에 이어 독수리바위를 지난다. 돌아보면 보이는 곳마다 수석 전시장이다.

힘이 부쩍 떨어질 즈음 걷게 되는 초원길은 가파름이 없어 모처럼 아늑하게 마음이 풀어진다. 유격훈련을 마친 후의 달콤한 휴식처럼 유순한 흙길을 걷는 게 감사하기까지 하다.

정상석은 주작산 덕룡봉으로 표기되어 있다. 정상 덕룡봉(해발 475m)에서 완도 상황봉을 바라보며 크게 숨을 고른다. 저곳 상황봉뿐 아니라 심봉 등 오봉산의 각 봉우리에서 이곳 덕룡산을 보았었고 내일 이어가야 할 대둔산과 두륜산도 가늠했었다. 돌아보니 아침부터 걸어온 길이 아득하게 멀어졌다.

용의 이빨에서 빠져나와 봉황의 날개로

한 손에는 날카로운 창을 쥐어 힘을 과시하는 무사를 보는 듯하고 다른 손에는 아이를 보듬어 안고 수유를 하는 어머니처럼 강온 양면성을 지녔다. 작천소령 고갯마루에서 주작산으로 오르며 다리가 무거워지지만, 주작산의 그런 양면성이 더욱 매력적이란 생각이 든다.

덕룡산을 용에 견주고 주작산을 봉황에 견주었다. 봉황이 활짝 나래를 펼쳐 날아가는 기세의 주작산에 막상 들어와서 보니 그 능선도 우아하기가 그만이다.

430m 봉 분기점을 지나고 흔들바위 삼거리를 거쳐 정상 (해발 428m)에 올라선다. 바로 봉황의 정수리 부분이라 할 수 있다. 작천소령에서 덕룡산으로 이어지는 왼쪽 날개를 막 지나왔고 해남 오소재로 이어지는 오른쪽 날개를 안전하게 내려서야 오늘 산행의 대미를 장식하게 된다.

정상에서 다시 작천소령 쪽 편안한 육산을 되돌아가 주작산 삼거리에서 오소재 방향으로 가다 보면 얼마 지나지 않아 암릉이 나타난다. 처음에는 암릉을 좌우로 두고 잘 다듬어진 오솔길이라 괜찮다가 또 바위틈으로 몸 비틀며 빠져나가야 한다.

극도의 아름다움에는 독이 묻어있을 수도 있다. 아름다움과 조여드는 압박감이 공존한 주작산에서 그런 말이 떠오르고 만다.

긴 시간의 산행이라 힘에 부치긴 하지만 창 든 무사가 뿜어내는 역발산기개세의 무한 에너지에 내내 탄성을 자아내게 된다. 고도 400m급의 산이라고는 절대 느껴지지 않는 탄탄한 카리스마에 이미 압도당한 지 오래였다.

내일 만나게 될 두륜산이 눈앞에 펼쳐졌다. 아마도 내일은 저기서 지금 서 있는 이곳을 돌아보게 될 것이다.

세 개의 비상탈출로 삼거리를 지날 때까지 암릉의 이어짐

을 보게 된다. 그리고 또 한참을 걸어 나무계단을 내려서고
지방도로까지 닿으면서 남도에서의 첫날을 고되게 마친다.

다시 뒤돌아보면
아득했던 그 산들
가파른 등성이마다
거친 호흡, 굵은 땀방울
없어져도 그만일
짧은 흔적이겠지만
가슴 깊은 곳에
줍고 쓸어 담아
고이 여미고
가지런히 포개 놓게 된다.

눈에 가득 드리운 연초록 나뭇잎들
마음 가득 채운 무수한 낙엽길
내려와 다시 그 산 올려다보면
비록 어둠에 가렸어도
흔적마다 온통 그리움이다.

저만치 가다 또 한 번 온 길 되돌아보면
달빛 흐릿한 어둠마저
감동으로 일렁이는
가슴속 쿵쿵거림은

금세라도 눈물 되어
내 두 뺨 적실 것만 같다.

때 / 봄
곳 / 옥련사 – 필봉 – 통샘거리봉 – 만덕산 깃대봉 – 바람재 – 마당
봉 – 구름다리 – 석문산 – 소석문 – 동봉 – 서봉 – 덕룡산 – 작천소
령 – 주작산 – 작천소령 삼거리 – 427m 봉 –362m 봉 – 오소재

322

땅끝마을 두륜산에서 대둔산에 이어 달마산까지

줄지어 늘어선 뽀족 기암들 너머로 완도와 청산도를
볼 수 있으며 푸른 바다에 둥둥 뜬 작은 섬들, 다도해를
눈에 담게 된다. 갖춰야 할 건 다 갖추었고,
덤달아 보여줄 것도 모두 보여주는 달마산이다

주작산 마루금의 실루엣을 가물가물 눈에 담다가 잠이 들었는데 꿈에서도 날카로운 바윗길을 걷다가 다시 밧줄을 잡고 암벽을 기어오르다 눈을 뜬다. 아직 동이 트지 않은 새벽, 오소재의 원룸형 민박집을 나선다.

잠 설치기 딱 좋은 낯선 곳에서의 유숙이지만 새벽 산행의 상큼한 맛을 느낄 수 있을 정도로 몸 상태는 괜찮은 편이다. 산악회 버스 한 대에서 내린 30여 명의 등산객이 두륜산 들머리로 들어선다. 자연스레 그들의 행렬에 섞이게 된다.

1979년 전라남도 도립공원으로 지정된 두륜산頭輪山은 동쪽 사면의 경사가 급하고 서쪽은 비교적 완만한 산세를 이룬다.

봉우리와 봉우리를 잇는 산마루 지대는 대개 말안장처럼 움푹 들어가 안부鞍部라 불리는데 두륜산의 연봉은 날카로운 산정을 이루지 못하고 둥글넓적한 모습을 하고 있어 둥

323

근 머리 산이라는 의미로 두륜산의 이름이 연유하였다.

어둡고 거친 두륜산에서 남도의 여명을 밝히다

깜깜한 어둠 속 산길이라 헤드 랜턴과 앞뒤 일행의 행보 때문에 수동적으로 걸음을 떼게 된다. 계곡 길 오심재를 지나 능허대라고도 일컫는 노승봉(해발 685m)에 다다를 때까지도 어둠은 쉬이 걷어지지 않고 흐릿하게 서기만 어릴 뿐이다.

두륜산 최고의 조망을 자랑하는 이곳을 아무것도 보지 못하고 지나가는 게 매우 안타깝다. 산과 바다가 공존하여 남해를 조망할 수 있는 지리상 여건이 두륜산의 특화된 장점인데 말이다.

여기서 가련봉 오름길도 상당히 어려운 구간이라 조망을 놓치는 안타까움은 접어둘 수밖에 없다. 두륜산 최고봉인 가련봉(해발 703m)도 인증사진을 찍는 일 외에는 달리 머물 이유가 없어 막간의 쉼도 없이 지나친다.

바윗길을 조심스레 내디디며 넓은 헬기장이 있는 만일재에 내려설 즈음 날이 밝아진다. 삼거리에서 쇠줄을 잡고 철 계단을 밟아 오르면서 바위와 바위가 이어진 희귀한 모습을 보게 된다. 코끼리바위라고도 하고 구름다리라고도 부르는 기암이다.

두륜봉(해발 630m)에 올랐을 땐 습한 안개가 자욱하게 사방 시야를 막았다가 트이길 반복한다. 조금 지나 묵직한 잿빛 구름을 뚫고 솟는 해 아래로 땅끝마을이 드러나기 시작한다. 또 지나온 노승봉과 가련봉, 가야 할 도솔봉도 그 지붕이 보인다.

가련봉 넘고 두륜봉 지나 도솔봉 오르는 고갯길
운무 가득하다가 하늘이 바다 되어 물결 일고
연초록 녹음 우거져 솔향 가득하니
두륜산 바윗길 홀로 걸어도 혼자가 아닐세

띠밭재(해림령)로 가는 길의 깎아지른 암벽 아래로 길게 밧줄이 늘어져 있다. 오늘 산행 중 가장 긴장해야 할 구간일 듯싶다.

여기서 잠시 정체되긴 하지만 통과하는 이들 모두 안정감 있게 내려선다. 띠밭재와 대둔산으로 향하는 능선은 완만해 보인다. 뒤돌아본 두륜봉은 오늘 첫 방문객들을 떠나보내고 세수를 했나 보다. 정갈하다.

연화봉과 혈망봉도 막 깨어나 기지개를 켠다. 대둔산 도솔봉으로 이어지는 능선은 완만한데 이슬 젖은 산죽이 키까지 커서 행로를 방해한다.

땅끝 기맥 508m라고 팻말이 걸린 508m 봉에서 30여 분 가까이 걸어 중계소가 있는 도솔봉(해발 671.5m)에 닿는다. 정상부에 시설물이 설치되어 있어서 정상석은 저만치 비켜 세워져 있다. 시설물은 종종 가야 할 길도 돌아가게 한다. 여기서도 중계소 울타리를 끼고 한참 우회해서야 암릉과 산죽 길을 걷는다.

저만치 달마산이 눈에 들어온다. 308m 봉을 넘어 꽤나 날카로운 암벽지대를 지나게 되는데 자칫 긴장을 풀었다가는 발을 헛디딜 수 있다. 바위가 미끄러워 스틱도 어긋나기 일쑤다.

오늘은 달마봉으로 바로 넘어서기 때문에 두륜산의 명찰 대흥사를 그냥 지나치게 된다. 신라 진흥왕이 어머니 소지부인을 위하여 창건했다는 대흥사는 탑산사 동종(보물 제88호) 외에도 무수한 보물들과 문화자원을 보유하고 있는데 임진왜란과 6·25 한국전쟁 때 재난을 당하지 않았던 곳으로도 유명하다.

우리나라처럼 좁은 땅에 비해 큰 전쟁이 잦았던 곳에서 전쟁의 화마를 피해 문화유산을 보존할 수 있었다는 건 필시 하늘이 내린 축복이라 하겠다.

대흥사 입구에 맑고 넘치는 계류와 동백나무, 왕벚나무, 그리고 후박나무 등이 울창한 숲을 이룬 장춘동 계곡의 수려한 경관이 아른거려 내려다보노라면 거기서 은은한 차향이 입맛을 다시게 한다.

대웅전에서 700m가량 정상 쪽으로 가파른 산길을 올라가면 조선 후기의 선승이자 다성茶聖으로 추앙받는 초의선사의 일지암이 나온다.

초의선사의 다선 일여茶禪一如 사상을 생활화하기 위해 꾸민 다원茶苑인데 그는 여기서 다산 정약용, 추사 김정희 등과 교류하며 차 문화의 중흥에 이바지하여 지금까지 한국 차의 성지로 주목받게끔 하였다. 거기서 배달된 한 잔의 차를 산 중턱에서 음미하고 일어선다.

고개 위로 도솔봉 가는 길도 거친 암벽 구간이다. 전망 좋은 큼직한 바위에 올라서자 바다 건너 완도가 보인다. 역시 남서해의 너른 물길을 멀리 따라갈 수 있어 마음이 평온해진다.

왼편 아래로 동해 저수지와 그 둑 밑으로 농토와 민가가 있다. 매일 달마산의 새벽 정기를 마시며 하루를 열 것이다. 주민들 대다수가 건강하게 장수할 거란 느낌이 강하게 든다. 그만큼 장애가 되거나 거리낄 것이 조금도 보이지 않는 곳이다.

떡봉(해발 422m)을 지나서도 계속되는 암릉 군이지만 길은 아까 날 등을 타고 온 길보다 덜 까다롭다. 직벽 구간을 우회하여 고도 편차 심한 봉우리 하나를 지나면서 허기가 지고 갈증도 생긴다.

13번 도로를 내려다보면서 소모된 에너지를 보충한다. 빽

빽한 소나무 숲과 채 지지 않은 철쭉, 파릇한 농토와 에메
랄드빛 바다들이 마냥 평온하기만 하다. 다시 하숙골재라는
곳으로 내려서는데 아마도 여기까지가 지도상 대둔산이라
표기된 곳이기도 하고 또 여기부터 달마산에 해당하는 것
같다.

갖출 걸 다 갖추고, 또 아낌없이 내어주는 산

다채로운 형상의 바위와 암벽들을 깃발처럼 치켜세우고 길
게 펼쳐져 달마산達摩山은 삼면이 모두 바다와 닿아있다.
고려 때 중국 사신이 해남으로 와 산을 가리키며 물었다.

"저 산이 달마대사가 다녀갔다는 그 산인가?"
"그렇소."

주민들의 대답을 들은 사신은 산을 향해 예를 갖추고 그
림을 그리는 것이었다.

"우리나라에서는 단지 그 이름만 듣고 아득히 경배만 해
왔는데 그대들은 여기에서 생장했으니 참으로 부럽도다."

여기가 바로 달마 화상이 상주한 곳이라 부러움을 감추지 못하고 그림으로 그려간 것이었다.

중국으로 건너간 달마는 자신의 불법을 이해하지 못하는 무리로부터 모함을 받아 죽게 되어 웅이산에 매장된다. 숨을 거둔 지 3년이 되던 해 달마는 지팡이에 짚신 한 짝을 꿰어 매고 서천(지금의 인도)으로 가고자 파미르고원을 넘고 있었다.

때마침 서역에 다녀오던 위나라 사신이 달마가 죽은 사실을 모르고 그에게 물었다.

"대사님! 어디로 가시는 길입니까?"
"서천으로 가는 길이네."
"부디 길 잘 살피시어 좋은 여행 되시기를 바랍니다."
"고맙네."

사신이 도착하고 보니 달마는 이미 3년 전에 죽었다는 것이었다.

"달마대사의 묘를 파보아라."

위나라 왕의 지시를 받고 무덤을 팠는데 짚신 한 짝만 덩그러니 남아있는 것이었다. 흔히 달마대사라고 일컫는 보리달마 Bodhidharma 의 전설이다.

그는 남인도 출신으로 중국으로 건너가 선禪의 씨앗을 뿌려 선종의 개조開祖로 여기는 부처의 28대 계승자이다. 보리달마는 부처의 심적 가르침에 돌아가는 방법으로 선을 가르쳤기 때문에 그의 일파를 선종이라고 하였다.

하숙골재를 지나 달마봉 능선으로 가는 초록 숲길로 들어서자 이제까지 걸어왔을 때와는 또 다른 산행 분위기를 창출한다. 바위산에서 육산으로 접어들었는가 싶었는데 고도가 높아지면서 다시 암릉 지대이다.

힘이 떨어지지만, 달마산의 명물인 금샘을 그냥 지나칠 수는 없다. 금빛으로 반짝이는 신비의 샘은 바위틈에 꼭꼭 숨어있었다. 석영의 주성분인 석질의 영향으로 금빛을 낸다고 한다. 물맛도 좋고 약효도 있다고 하는데 플라스틱 바가지가 지저분해 보는 거로 만족한다.

큰 금샘을 지나 대밭 삼거리에서 다시 작은 금샘을 통과해 달마산 정상으로 오르는 안부가 넓은 들판처럼 아늑하게 맞아준다. 지킬박사와 하이드처럼 극단의 양면을 가감없이 보여준다. 부지런히 오른 전위봉 뒤로 정상인 불선봉이 고깔 모양으로 높이 치솟아있다.

"무사 기질이 강한 가문이군요."

"그렇다네. 잘 살피며 걷다 보면 무사의 강인함도 아름답다는 걸 느낄 수 있을 걸세."

 돌탑이 쌓인 달마산 정상 불선봉(해발 489m)까지 암릉의 야무진 기세가 수그러들지 않는다. 달마산의 가문 자랑을 새겨보니 남도의 금강산이란 표현에 수긍하게 된다. 그래서인지 정상이 무척이나 반갑고 초면이지만 오래된 만남처럼 친근감이 든다.

 이곳의 봉수대는 완도 오봉산의 숙승봉과 해남 좌일산에서 횃불을 이어받아 불선봉의 명칭 유래가 되었고, 가뭄 때면 산 아래 주민들이 올라와 기우제를 지냈다고 한다.

 줄지어 늘어선 뾰족 기암들 너머로 완도와 청산도를 볼 수 있으며 푸른 바다에 둥둥 뜬 작은 섬들, 다도해를 눈에 담게 된다. 갖춰야 할 건 다 갖추었고, 덩달아 보여줄 것도 모두 보여주는 달마산이다.

 산 중턱 가파른 바윗길과 울창한 숲길에 평평하게 등산로를 닦은 달마 고도를 내려서고 다시 완만한 내리막을 걸어 육지의 가장 남쪽 사찰인 미황사美黃寺에 닿는다.

 사찰 뒤로 병풍처럼 둘러쳐진 달마산의 연릉이 마지막까지 멋진 비주얼을 선사한다. 그런 달마산을 바라보며 달마대사가 이곳까지 오긴 했겠냐는 의구심이 든다.

 소의 울음소리가 아름다워 명명한 미황사에 남겨진 기록들은 달마대사가 땅끝 해남까지 왔다고 주장한다. 이곳 사람들은 달마가 이곳 땅끝에 머물고 있다고 믿는다. 미황사를 달마대사의 법신이 있으신 곳이라고 소개한다.

끊임없이 수행하고 노력하되 수행과 노력에 얽매이지 않는 것을 강조하는 그의 선법 가르침은 뚜렷하나 그의 생애에 관한 이야기는 대개 설화적이다.

달마는 선정 도중에 잠들어버린 것에 화가 나서 자신의 눈꺼풀을 잘라냈다. 그런데 그 눈꺼풀이 땅에 떨어지자 자라기 시작하더니 최초의 차나무가 되었다고 한다. 이 전설은 선사들이 선정 중에 깨어 있기 위해 차 마시는 걸 일상화시키게끔 하였다.

바위의 누런 이끼, 금빛 나는 금샘, 달마전 낙조를 미황사의 3황으로 꼽는다는데 저녁 무렵 서해 낙조와 어우러지면 달마산도, 미황사도 더욱 황금빛을 발할 듯하다. 그처럼 찬연한 황금빛 중에 달마대사가 거기 있었다는 걸 굳게 믿기로 한다.

남도에서도 가장 남쪽 끄트머리라 할 수 있는 강진에서 해남까지 일곱 산을 무사히 마치게 되어 다행이다. 여느 때의 연계 산행을 마친 후처럼 뿌듯한 감회보다 다행이란 생각이 먼저 드는 건 그만큼 버거웠기 때문일 것이다.

고도에 비해 암팡진 남도의 산들이 오래도록, 아주 오래도록 눈에 아른거릴 것이다.

때 / 봄
곳 / 오소재 – 노승봉 – 가련봉 – 만일재 – 두륜봉 – 띠밭재 – 도솔
봉 – 대둔산 – 닭골재 – 달마산 불선봉 – 귀래봉 – 하숙골재 – 미황
사

철쭉의 극치를 음미하다, 지리산 서북 능선

태어나서 학업, 사회생활, 결혼, 자녀교육 등 틀에 박힌 삶만
살짝 틀어버릴 수 있다면 지리산이야말로 영혼이 편안하고
자유로울 수 있는 천혜의 세상이 아니겠는가.
그런 생각이 드는 것이다

내륙 최대의 산인 지리산은 단일 산의 종주 코스로 노고
단에서 천왕봉까지의 주 능선을 포함하여 구례 화엄사에서
유평 대원사까지 화대 종주 코스가 산객들의 로망처럼 여
겨진다.

도상거리 약 45km에 달하는 화대 종주는 주 능선에 노고
단, 연하천, 벽소령, 세석, 장터목에 각각 대피소가 있어 1
박을 할 수 있다.

주 능선 종주와는 전혀 다른 길을 걷는 코스로 서북 능선
을 많이 찾는데 지리산의 서북쪽에 해당하는 성삼재에서
출발하여 고리봉, 만복대, 정령치, 세걸산, 바래봉을 지나고
덕두산을 거쳐 구인월까지 연결되는 능선이다.

주 능선과 달리 이 구간에는 대피소가 없다. 백두대간과
겹치는 약 22km의 거리로 10시간 남짓 소요되므로 시간만
잘 조절하면 당일 산행이 가능하다. 식수도 성삼재 휴게소,
정령치 휴게소, 바래봉 아래의 샘터에서 조달할 수 있으므

로 굳이 무리하게 준비하지 않아도 될 것이다.

부실한 궁둥이로 따라붙는 반야봉을 대동하고

산악회에서 미세먼지 없이 기상이 무난한 날을 잡아 덕분에 서북 능선에 설 수 있었다. 새벽 4시 30분 성삼재 휴게소에 도착하여 산행 준비를 하는 사이에 서서히 어둠이 걷히고 있다.

행정구역상 전남 구례군 산동면과 광의면 사이에 있는 성삼재(해발 1102m)는 지리산 천은사에서 861번 지방도로가 있는 정상부의 성삼재 휴게소까지의 구간이다.

이곳을 기점으로 하여 동쪽으로 노고단과 주 능선의 고봉들이 이어지며 서북 능선의 시발점이 되기도 한다. 마한 때 성씨가 다른 세 장군이 지켜 성삼재로 명명하였다고 한다.

휴게소에서 도로를 따라 30m 정도 내려가 들머리에 접어들자 막 기지개를 켠 연한 분홍 철쭉이 꽃잎을 펼쳐 화사하게 맞아준다. 계속해서 철쭉이 따라붙어 제철을 맞아 잘 왔노라고 강조한다.

아침 안개가 옅게 깔려 흐릿하다가 새벽 시야가 트이면서 멀어지기 시작한 노고단이 끝까지 손을 흔들어준다. 주봉인 천왕봉의 반대편 서쪽에서 굳건하게 지리산을 수호하는 노고단은 가끔이지만 볼 때마다 뿌듯하고 상큼하다.

그리고 저만치 떨어져 모습을 보이는 반야봉 뒤로 해가 솟아오른다. 지리산에서의 여명, 그 하루의 열림이 장엄하다. 천왕봉에서 보는 일출과는 확연히 다르지만, 노고단과 반야봉을 드러내며 하늘 가까운 곳부터 온통 산 뿐인 세상을 밝히는 태양의 솟아오름이 신비스럽다. 지리산 봉우리 중 가장 덩치가 큰 반야봉의 한쪽 부실한 짝궁뎅이가 오늘따라 유난히 매력적이다.

"이번엔 서북 능선으로 갔구먼. 실컷 철쭉을 즐기시게."
"넵, 편안하시죠? 여기서나마 뵙게 되어 반갑습니다."

3년 전, 화대 종주를 하며 힘겹게 올랐던 반야봉이 엉덩이를 흔들며 아는 체해주는 게 고맙다. 고리봉으로 향하면서 지나온 성삼재 쪽을 돌아보니 구름 안개가 능선을 흘러넘는 풍광을 보여준다.

얼핏 산까지 고인 물이 수로가 열리면서 산 아래로 물을 쏟아내는 것처럼 보인다. 아니나 다를까, 금세 성삼재가 물에 잠기고 만다. 지리 8경의 하나인 노고 운해의 멋진 단면이다.

작은 고리봉(해발 1248m)에 이르러 진행하게 될 능선 너머 아득하게나마 바래봉이 눈에 들어오고 그 위로 솜이불처럼 구름이 덮고 있다. 이곳 서북 능선에는 두 곳의 고리봉이 있는데 먼저 접한 이곳이 작은 고리봉이고 정령치를 지나 백두대간 분기점에 큰 고리봉이 있다.

지리산 주 능선을 오른쪽으로 바라보면서, 특히 반야봉을 대동하고 걷는 게 서북 능선 종주의 참맛일지도 모르겠다. 꾸준히 따라붙는 반야봉을 배경으로 철쭉과 산죽, 소나무가 어우러진 모습에 초점을 맞추면 영락없이 한 폭 산수화가 그려진다.

작은 고리봉 올라 휘이 둘러보니
어깨너머 바로 반야봉일세.
분홍 연달래 군락 너머 묘봉치 마주하니
무관심하게 터억 내던졌던 기억들
하나둘씩 도드라지네.
떠오르면 미소 머금게 되는
옛 얘기들 수북이 바위 위에 쌓아놓네.

서북 능선 휘덮은 붉은 물결 때문이리라
뾰족하여 굴곡진 흔적은 언제 존재했던가.
안개 걷히듯 사라지고
움켜쥐어 부서뜨리고 싶었던 속앓이
죄다 털어버리네.
아직 남았을 삶의 파문일랑
흐르는 바람에 실어 보내고
허虛해서 더더욱 가벼운 가슴에

청량한 봄바람으로 그득 채운다네.

구례, 남원 쪽의 마을을 내려다보고 작은 고리봉, 성삼재, 종석대로 이어지는 능선을 돌아보다가 묘봉치에 이른다. 성삼재에서 2.1km를 왔고, 만복대를 2.2km 남겨두었으며 꺾어져 3km를 내려가면 상위마을로 빠지는 지점이다.

고개를 의미하는 우리말의 재처럼 한자어로는 령嶺, 치峙 등의 단어를 사용한다. 대관령, 한계령처럼 큰 산맥, 대체로 높고 험한 고개에 '령'을 쓰며, 높은 언덕을 뜻하는 '치'나 '티'는 그리 높지 않고 규모도 크지 않으나 가파른 고갯길에 주로 사용한다.

봄철의 서북 능선은 1000m가 넘는 봉우리의 오르내림이 반복되지만, 대다수 완만한 꽃길이고 숲길이라 그리 힘들지 않은 편이다.

산죽밭을 걷고 비탈 아래 얼레지 군락도 지나친다. 묘봉치에서 긴 능선을 오르다가 초원에 외떨어진 바위를 보게 되는데 만복대 지킴이 바위라고 부른다. 만복대萬福臺(해발 1438m)에 이르자 많은 등산객이 모여 있다. 천왕봉, 반야봉, 노고단에 이어 지리산에서 네 번째로 높은 고지이다.

구례군 산동면과 남원시 경계에 솟아 일대가 부드러운 구릉으로 형성되어 있는데 풍수지리상 지리산 10승지에 속하는 명당으로 많은 사람이 복을 누리며 살 수 있다 하여 이름 지어졌다고 한다. 그럼에도 사계절 사방에서 몰아치는 비바람, 칼바람을 몸으로 뚫고 지나야 하는 곳이기도 하다. 아래로 달궁계곡이 그 깊이가 어디까지인지 가늠할 수 없을 정도로 깊게 패 있다.

조선 초까지도 지리산은 사람이 거의 살지 않은 곳이었다. 기록에 의하면, 순례와 유람을 위해 찾는 사람들은 있었으나 상주하는 사람들은 나무꾼과 사냥꾼, 그리고 승려와 무당 등 특수한 계층이 고작이었다고 한다.

임진왜란 당시 왜군과의 격전장이었던 경상도와 전라도의 접경에 위치하여 숨을 만한 곳이 널려 있는 지리산으로 피난민들이 몰려들면서 삶의 터전을 이루기 시작했다.

"이만한 곳이 또 있을까."

멀리 둘러보고 깊이 내려다볼수록 한평생을 보내는데 이만한 곳이 있을까 싶다. 자연인이 되고자 하는 사람들이 많이 스며드는 곳이 지리산이다.

태어나서 학업, 사회생활, 결혼, 자녀교육 등 틀에 박힌 삶만 살짝 틀어버릴 수 있다면 지리산이야말로 영혼이 편안하고 자유로울 수 있는 천혜의 세상이 아니겠는가. 그런 생각이 드는 것이다.

"그렇지만 지리산은 지혜로운 이들이나 들어와 살 수 있는 곳이잖아."

　지리산은 지혜로운 이인異人의 산이라고 글자 풀이를 하는데 이 때문인지 여느 산보다 많은 은자隱者들이 꼭꼭 숨어들어 도를 닦으며 정진했던 곳이므로 자격 미달인 자에겐 그저 다녀갈 뿐인 곳이다.

　18~19세기경 영호남과 인근 지역에서 기근, 역병, 전쟁, 노역과 조세의 부담 등 혼란과 갈등을 피해 많은 이들이 지리산으로 이주하였다. 19세기 후반에는 진주 농민항쟁과 동학 농민전쟁에 참여했다가 패배한 농민군과 함께, 전쟁의 폐해를 겪은 사람들이 입산하였다.

　요즘에는 지리산을 자락으로 끼고 300여 많은 마을이 존재하는데, 대부분 농업을 기반으로 한 주민들이 마을을 형성하고 있다.

　1948년 여순반란사건을 계기로 1000여 명의 반란군이 들어오고 한국동란을 거쳐 빨치산이 거의 토벌된 1956년 무렵까지 빨치산과 군인, 경찰 간에 치열한 공방전이 벌어지면서 지리산은 많은 마을이 불에 타거나 주민들이 희생되는 커다란 변화의 계기를 맞는다.

　그런 지리산 자락을 둘러보고 또 둘러보아도 그건 이미 지나간 한때의 역사라는 양, 살아가다가 생긴 작은 일상 중 하나라는 듯 아무런 흔적을 보이지 않고 그저 깊은 포용으

로 팔을 벌리고 있다. 아기자기하게 맛깔스러운 맛은 덜해
도 중후하고 인자한 나름의 산악미와 넓은 풍모로 지리산
은 1967년 국립공원 제1호로 지정되었다.

지리산 주 능선 백 리 길을 한눈에 담으며

능선의 방향이 틀어지면서 반야봉의 부실한 오른쪽 궁둥이
가 점차 제 모습을 회복하는 중이다. 멀리 천왕봉과 중봉도
머리를 드러내니 무척이나 반갑다. 지나온 성삼재와 그 뒤
의 노고단은 떠나온 친정처럼 아득해졌다.

남원시와 운봉읍을 내려다보고 정령치로 향하고자 고도를
낮춘다. 철쭉은 말할 것도 없거니와 능선 곳곳의 야생화와
희귀 야생초들에 눈길을 주고 간간이 새들 울음에 귀 기울
이다 보면 걸음은 지체되기 마련이다. 그러나 시간에 쫓겨
대자연의 풍물을 소홀히 할 수는 없으므로 느긋하게 시공
을 즐기기로 한다.

성삼재와 정령치 사이의 반선으로 내려가는 산 중턱에 달
궁계곡이 있다. 마한, 진한, 변한의 삼한 시대에도 부족 간
의 전쟁이 숱했었는데 진한군에 쫓기던 마한의 왕이 신하
와 궁녀들을 이끌고 지리산 계곡으로 들어와 오랫동안 피
난 생활을 하였다. 그때 임시 도성이 있던 자리가 지금의
달궁이다.

달궁계곡은 지리산에서도 가장 깊은 곳에 자리 잡고 있어 적을 피하거나 방어하기에 적합한 위치였다.

휴정 서산대사의 황령암기黃嶺庵記에 의하면 마한 왕은 달궁을 방어하기 위해 서쪽 10리 밖의 산마루에는 정 장군을, 동쪽 20리 밖의 산마루에는 황 장군을, 남쪽 20리 밖의 산마루에는 성이 각기 다른 세 명의 장군을, 북쪽 30리 밖의 산마루에는 여덟 명의 젊은 장군을 배치하여 지키도록 함으로써 각각 현재의 정령치, 황령재, 성삼재, 팔랑치라는 명칭이 지어지게 되었고 한다.

사람들 목소리가 커지고 자동차 소리까지 들려온다. 정 장군이 지키던 정령치鄭嶺峙에 이르렀음이다. 남원시 주천면과 산내면에 걸쳐 백두대간 상에 자리한 정령치(해발 1172m)는 지리산에서 차로 넘을 수 있는 가장 높은 고개이다. 주천면에서 내기리를 거쳐 이곳 정령치까지 이르는 12km 거리 861번 지방도로는 가을 지리산을 충분히 만끽할 수 있는 최적의 드라이브코스이다. 많은 등산객이 여기서 산행을 시작하여 바래봉을 정점으로 하고 운봉으로 하산하기도 한다.

정령치 휴게소는 지리산을 두루 조망할 수 있는 전망대이기도 하다. 동으로 바래봉과 뱀사골 계곡, 서쪽으로 천왕봉과 세석평전, 반야봉과 발밑으로 남원시가지가 펼쳐져 있다. 지리산 주 능선 백 리 길을 한눈에 담을 수 있다.

우리나라에서 최초로 차茶를 재배한 곳이 지리산이다. 828년 당나라에 사신으로 갔던 신라의 대렴이 종자를 가져 와 본격적으로 재배하기 시작했다고 한다. 차 재배에 가장 좋은 자연조건을 갖추고 있었기 때문일 것이다.

"차 재배에 관광 사업까지?"

지나온 고리봉이 행글라이딩 최적지로 활용되고 있는데 지리산에 활공 레포츠 조성사업의 목적으로 정령치를 국제 활공장으로 개발하여 관광자원으로 활용하려 사업을 진행 중이라 한다. 관광자원으로 개발하여 돈을 벌되 제발 대자연에 흠집을 내어 소탐대실의 우를 범하지 않기를 진정으로 바라게 된다.

차 종자를 가져오고 540여 년이 지난 고려 때 문익점은 서장관 자격으로 원나라에 가는 사신과 동행했다가 귀국하면서 목화씨를 몰래 가져왔다.

이듬해 지리산 자락인 산청군 단성면에 시배하여 3년 만에 널리 퍼지게 하면서 백성들이 삼베麻布에서 무명옷綿布을 입을 수 있게 되었다.

목화를 처음 심은 이 마을을 배양마을이라 불렀으며 1965년 4월, 박정희 대통령의 지시로 '삼우당 문선생 면화시배사적비'가 세워졌다. 지금도 문익점 선생의 업적을 기리기 위하여 해마다 옛터에 밭을 일구어 면화를 재배하고 있는데 산청군 단성면 사월리 106-1번지에 있는 이곳 목면시배지木棉始培地는 사적 제108호로 지정되기도 하였다.

정령치에서 약 300m 거리의 북고리봉 아래에 고려 때 제작된 남원 개령암지 마애불상군을 보고자 내려선다. 절벽 바위에 여러 부처 형상을 조각하였는데 전체 12 구로 3구는 비교적 잘 보이며, 나머지 9구는 마모가 심한 편이다. 이 중에서 가장 큰 존상은 마애여래입상으로 높이가 4m 정도인데 조각 솜씨도 뛰어나 으뜸의 존격으로 추정된다.

이제 반야봉은 짝궁뎅이가 아니라 삼각으로 곧게 솟은 봉우리로 깔끔하게 성형을 마쳤다. 능선에 핀 철쭉도 연분홍에서 진홍, 흰색 등 다양한 색깔을 보여준다.

철쭉 철에 내려서서 눈꽃 철을 염두에 두는 서북 능선

정령치를 지나 만나는 첫 봉우리 북고리봉(해발 1304m)은 서북 능선 두 개의 고리봉 중 큰 고리봉이면서 일명 환봉이라고도 부르는 곳이다. 쭉 같은 방향으로 왔던 일부 등산객들이 여기서 방향을 바꾼다.

여원재로 향하는 백두대간 종주 등산객들이다. 잠시 뒤돌아 만복대를 다시 눈에 새기고 꽃밭과 꽃 터널을 지났다가 다소 버거운 걸음을 이어가며 세걸산(해발 1216m)에 닿았

344

다. 세걸산부터는 단조로운 등산로가 이어지면서 조망도 거의 트이지 않는다.

그리고 또 걸어 세동치(해발 1107m) 삼거리에 이르러서도 바래봉은 5.1km나 멀리 있다. 바래봉으로 향하면서 본격 철쭉군락이 이어진다.

사방에서 내리뻗은 산자락 아래로 자그마한 마을이 내려다 보이는데 부운 마을이라고 한다. 참으로 깊숙한 산중에 꼭꼭 숨어 세상을 마다한 촌락처럼 느껴진다.

세동치에서 2.1km를 더 걸어 부운 마을로 내려서는 부운 치(해발 1061m) 삼거리를 통과하고 팔랑치(해발 989m)에 이른다. 팔랑치는 예로부터 전라북도의 남동 산간지역과 경상남도의 북부 산간지역을 연결하는 중요한 교통로였다. 군사상 천연 요새이기도 하여 신라 때의 성이 남아있다.

이곳 아래로도 팔랑마을이 2km 거리에 있다니 지리산은 영호남의 지붕으로서 넉넉하고 웅장하고 아늑하게 이 지역 사람들의 생활 터전이자 생명의 산으로 굳건히 자리매김하고 있음을 몸소 느끼게 된다.

산은 사람을 가르고 강은 사람을 모은다고 했다던가. 산의 북쪽으로 만수천, 임천, 엄천강, 경호강, 남강, 낙동강이 이어지고, 남쪽으로 섬진강이 흘러 주민들에게 생명수를 제공한다.

전남 구례, 전북 남원과 경남의 하동, 함양, 산청의 3도 1

시 4군에 걸쳐 있는 지리산은 동식물이 넘쳐나는 만큼 문화 또한 동서로 나뉘어 다양하고도 이질적으로 형성되었다. 그래서 지리산은 단지 크고, 깊고, 넓은 것만으로 그 실체를 설명하기엔 충분하지 않은 산이다.

뒤를 돌아보면 언제 걸어왔나 싶게 긴 길이 아득히 이어져 있다. 길게 심호흡을 하고 가던 길을 향한다. 이쯤에서 철쭉의 극치 미를 보는가 싶었는데 다시 바래봉 능선으로 뻗으며 연두색 바탕에 붉은 덧칠을 한 채색의 조화로움이 입을 다물지 못하게 만든다. 세석평전과는 또 다른 분위기를 창출한다.

용산 운봉마을 바래봉 삼거리까지 아름답고도 편안한 숲길을 걸어왔다. 바래봉 아래의 샘터에 귀한 식수를 공급받으려는 등산객들이 줄을 섰다. 나무계단 위의 바래봉 정상(해발 1165m)은 그야말로 발 디딜 틈조차 없을 만큼 인산인해를 이루고 있다.

바래봉은 스님들의 밥그릇인 바리때를 엎어놓은 형상이라 그렇게 이름 붙였다고 한다. 운봉 주민들은 산 모양새가 마치 삿갓처럼 보인다 하여 삿갓봉으로 부른다.

바래봉 철쭉의 백미는 이곳 정상에서 막 지나온 팔랑치 구간의 약 1.5km 거리이다. 원래 농림부 산하 국립 시험연구기관인 국립 종축원國立種蓄院 남원지원이 운영하던 목장 지대였는데 키우던 면양들이 새순이 돋는 즉시 뜯어먹

346

어 독성이 있는 철쭉 말고는 대다수의 수종이 말라죽었다. 더구나 초지 조성을 위해 비료를 뿌렸기 때문에 철쭉은 더 무성하게 자라 지금의 철쭉 고원을 이룬 것이다.

동쪽 천왕봉에서 서쪽 노고단에 이르는 지리산 주 능선 전체가 파노라마처럼 전개된다. 여기서 하산을 위해 다음 행로를 잇는다.

바래봉 정상에서 올라온 방향으로 계속 직진하여 덕두봉(해발 1150m)에 이르면서 그 많던 등산객들이 꽤 많이 줄었다. 팔랑치를 통해 하산하는 이들이 많아서일 것이다.

여기서 구인월(월평) 마을까지 3.7km를 내려서게 된다. 험하거나 거칠지는 않지만 긴 구간이다. 다소 지루함을 느끼기도 한다. 그런데도 산에서 내려서자 하얗게 눈꽃이 핀 겨울 서북 능선을 염두에 두게 된다.

화대 종주를 마쳤을 때만큼 요란한 뭉클함이 있지는 않지만 거쳐 지나온 봉우리와 높은 언덕들이 파노라마처럼 스쳐 지나간다. 여전히 붉은 철쭉들은 눈앞에서 곱고 화사하다. 산행을 마치고 내려서서 바라보는 서북 능선이 아스라하다.

때 / 봄
곳 / 성삼재 - 고리봉 - 묘봉치 - 만복대 - 정령치 - 북고리봉 - 세걸산 - 새동치 - 팔랑치 - 바래봉 - 덕두산 - 구인월 마을